Lena Klassen

Mondlicht in deinen Augen

Die Legenden der Unaschkin

Band 1

DRACHENMOND VERLAG

DRACHENMOND VERLAG

Astrid Behrendt
Rheinstraße 60
51371 Leverkusen
http: www.drachenmond.de
E-Mail: info@drachenmond.de

Lektorat: Tanja Selder
Korrektorat: Michaela Retetzki
Satz: Marlena Anders
Layout: Astrid Behrendt
Umschlagdesign: Marie Graßhoff
Bildmaterial: Shutterstock

Druck: Booksfactory

ISBN 978-3-95991-471-0

Aus den Legenden der Unaschkin

In jenen Tagen, als das Schicksal der Unaschkin auf Messers Schneide stand, fand eines der Kinder des Kaj-Baor seine Berufung.

Er war einer der Verfluchten, doch er verließ seinen angestammten Platz, und damit forderte er nicht nur seine Feinde heraus, sondern den Kaj-Baor selbst. Ein Krieger, dessen Weg vorherbestimmt war wie der Weg der Sterne, erhob seinen Blick zu den Göttern und verlangte Gerechtigkeit.

Der Mut eines Bestienkriegers veränderte die Welt.

Doch es begann nicht mit Mut oder Stärke oder dem Geschick eines unvergleichlichen Kämpfers, sondern mit dem Aufflammen eines Herzens.

Es begann im Dschungel.

Es begann mit den goldenen Locken einer Frau.

Es begann mit Liebe.

1.

Ganz ehrlich, mit Karel Stevan zu tanzen, war nicht die reine Freude.

Er war ein bisschen jünger als ich, ein Jüngling mit einem weichen, noch kindlichen Gesicht, der immer zu zittern anfing, wenn er etwas sagen sollte. Sobald er den Mund öffnete, wurde er glühend rot und begann zu stammeln.

»Möchtet Ihr vielleicht eine Erfrischung, mein Herr?«, fragte ich vorsichtig, denn die dicke Schicht Puder in seinem Gesicht löste sich allmählich auf.

Sein Angstschweiß hatte den goldenen Farbschatten über seinen Augenbrauen zum Schmelzen gebracht, sodass ihm gelbliche Streifen über die Wangen liefen. Wäre er nicht der Erbe des Monopols zum Verkauf lebender Tiere, ich hätte ihn einfach stehen lassen, aber das hätte Papa niemals geduldet. Viehhandel konnte, kombiniert mit unserem Monopol zum Handel mit Lederwaren, Fellen und jeder Art von Stoff tierischer Herkunft, durchaus noch nützlich sein.

»Zu gütig, Fräulein Meriande«, krächzte er und verfärbte sich noch dunkler. Seine weichen, schweißnassen Hände lösten sich mit einem leisen Schmatzen von meinem Arm.

Aber ich hatte mich zu früh gefreut. Während Karel in Richtung der Tische, auf denen Eistee und Wein bereitstanden, davontaumelte, näherte sich mir der nächste Tanzpartner. Mein Plan, mich unbemerkt aus dem Saal zu stehlen, wurde von Wilimen Börger vereitelt, der seine Finger wie das Maul eines Jagdhunds um mein Handgelenk schnappen ließ.

»Fräulein Meriande«, säuselte er und ließ seinen klebrigen Blick über meinen Ausschnitt wandern. »Ihr seht heute Abend einfach bezaubernd aus.«

Ich unterdrückte den Drang, ihn mit irgendetwas zu bewerfen. Immerhin war er möglicherweise mein zukünftiger Ehemann. Nur die Götter wussten, wann mein Vater endlich seine Entscheidung treffen würde.

»Ich, ähm … wollte mir gerade etwas zu essen holen«, sagte ich rasch. »Kuchen. Ich brauche unbedingt Kuchen.«

Wilimen sah nicht aus, als würde er jemals das Angebot, Kuchen zu essen, ausschlagen. »Das ist eine hervorragende Idee, Fräulein Meriande. Darf ich bitten?«

Er reichte mir seinen Arm.

Der weiche Samt unter meinen Fingern war von hervorragender Qualität, das konnte ich fühlen. Die meisten der jungen Herren mussten sich mit Samt-Imitat, Glassteinen und falschem Goldpuder behelfen, weil die Schatzkammer ihrer Familie nicht mehr hergab, doch Wilimen Börger hatte das nicht nötig. Der Goldstaub auf seiner Perücke war echt, darauf hätte ich wetten mögen. An seiner Seite würde ich mir niemals Sorgen um meine Zukunft machen müssen.

»Eure Eltern haben sich wieder einmal übertroffen«, sagte er. »Es heißt nicht umsonst, dass die Suliwans die besten Küchensklaven von Nordun-Stadt besitzen.«

Ich lächelte verlegen und ließ mir von einer Sklavin ein Brombeertörtchen reichen.

Wilimen verdrückte bereits das zweite. »Ob Ihr wohl den Sklaven, der die gebacken hat, als Mitgift erhalten könntet?«

»Wollen wir uns nicht setzen?« Ich wies auf die hübschen kleinen Korbsessel, die im hinteren Bereich des Saals zu gemütlichen Sitzgruppen arrangiert waren.

Seine Augen leuchteten auf. Eine lauschige Unterredung mit mir, der begehrten Erbin? Da konnte er nicht Nein sagen.

Ich winkte der Sklavin, mit dem Tablett voranzugehen.

Bevor wir uns setzten, wandte ich mich noch einmal zur Tanzfläche hin. »Ist das nicht unglaublich?«

»Was meint Ihr, Fräulein Meriande?«

Ich meinte gar nichts, ich wollte ihn nur von dem Sessel ablenken. Es war schwieriger, als es sich anhörte, ein paar Törtchen auf der Sitzfläche zu platzieren, ohne dass er es merkte. Die Sklavin riss die Augen auf, aber natürlich wagte sie nicht zu kichern.

»Oh, ich dachte, ich hätte gesehen, dass einem der Herren die Perücke vom Kopf gefallen ist.« Graziös setzte ich mich und schlug die Beine übereinander.

Wilimen glotzte unverhohlen und ließ sich in seinen Sessel plumpsen. Seine vergoldeten Lider flatterten. Ein Beben ging durch seinen ganzen Körper und in seine Augen trat ungläubiges Entsetzen.

Nun hieß es Ruhe bewahren. Geziert verspeiste ich mein Kuchenstück. Die Cremefüllung aus Sahne, Honig und den unvergleichlichen wilden Brombeeren, die am Ufer des Dun wuchsen, war ein Gedicht. Ich leckte mir einen Klecks Sahne vom Finger und erhob mich dann wieder. »Möchtet Ihr weitertanzen?«

»Ich fürchte, ich kann Euch nicht begleiten, Fräulein Meriande. Ich … ich fühle mich gerade nicht wohl.«

»Im Ernst? Ihr bereitet mir Kummer«, sagte ich.

Sein Gesicht verzog sich gequält. »Kein Grund zur Sorge. Gleich … gleich bin ich so weit.«

Ich schenkte ihm mein freundlichstes, gütigstes Nicken. »Dann gehe ich schon voraus.«

Sollte er zusehen, wie er die zerquetschten Brombeeren und die Sahnecreme von seinem Hintern entfernte. Grüßend und lächelnd ging ich an den Tanzenden vorbei, bis ich die Treppe erreichte, die hoch zur Balustrade führte. Mit einem Seufzer der

Erleichterung huschte ich die Stufen hinauf. Oben stand bereits meine Schwester auf ihrem bevorzugten Beobachtungsposten, fern vom Gedränge, den falschen Komplimenten und dem verzerrten Lächeln der Schönen und Reichen von Nordun-Stadt.

Von der Galerie aus konnte man unbemerkt auf die Köpfe herabsehen. In den kunstvollen Hochsteckfrisuren der Damen wetteiferten künstliche Blüten und Schmetterlinge um Aufmerksamkeit. Die Blumen waren den hiesigen kleinen Blumen nachgebildet – den Parkrosen, den Wölkchen und Kussmündern. Mit Genugtuung stellte ich fest, dass ich das einzige Mädchen im Saal war, das eine echte Dschungelblüte im Haar trug.

»Da ist er«, flüsterte Wenizia, die aufgeregt das Geländer umklammerte und sich so weit vorbeugte, dass ich sie vorsichtshalber am Arm festhielt, bevor sie kopfüber aufs Parkett stürzte.

»Wärst du so freundlich, mir endlich zu verraten, in wen du dich verknallt hast?«

Meine Schwester drehte sich zu mir um, ihre Augen blitzten vor Wut. »Verknallt? Liebe ist etwas Großes und Heiliges, und du solltest endlich aufhören, so davon zu sprechen! Nur weil du nicht fähig bist, dich zu verlieben!«

»Ich wüsste nicht, warum ich mich verlieben sollte«, gab ich zurück. »Mama und Papa werden einen Mann für mich aussuchen. Es geht um das passende Handelsmonopol, das unseres ergänzt, nicht darum, wessen Perücke mir am besten gefällt. Ich glaube nicht mehr an den Prinzen, der in einer Kutsche vorfährt, seit ich vier Jahre alt bin.«

Das war gelogen. Noch bis vor Kurzem hatte ich den Traum mitgeträumt, wenn wir Schwestern uns im Garten auf der großen Korbbank aneinandergekuschelt und uns Märchen erzählt hatten, die nicht von der Vergangenheit, sondern von unserer Zukunft handelten. Davon, wie es sein würde, wenn unter den vielen Kutschen, die vor der prächtigen Villa der Familie Suliwan hielten, die eine war, die alle anderen in den Schatten stellte. Von dem jungen Mann, der ausstieg und an unserem Haus hochsah, als wüsste er schon, wen er hier finden würde: die Eine, die einzig Richtige.

Er würde gut aussehen, natürlich, aber noch viel mehr – seine Pferde waren die schönsten, er war reicher als die anderen, und unsere Eltern, das war das größte Wunder, wären begeistert von ihm. Niemand würde mehr von Monopolen sprechen und davon, welche Verbindung die geschickteste und gewinnbringendste war. Ein Lächeln und mein Herz gehörte ihm. Er würde mir seins zu Füßen legen und mit ihm all seinen Reichtum, seine Pferde und Kutschen und Sklaven. Nichts hatte eine Bedeutung, wenn wir nur einander haben konnten.

Ein dummer Traum, denn es gab in Groß-Nordun keine Prinzen mehr, seit der Magistrat vor zweihundert Jahren die königliche Familie mitsamt ihrem dekadenten Palast verbrannt hatte.

Und ich war inzwischen fast zwanzig Jahre alt und konnte froh sein, wenn mein Vater sich endlich für einen Ehemann für mich entschieden hatte. Auch wenn er entsetzlich fade und langweilig sein sollte.

Die Träume waren ausgeträumt, und ich hatte rechnen und die wichtigsten Regeln des Handels und der Diplomatie gelernt. Wenizia und ich steckten nicht mehr die Köpfe zusammen, um uns Prinzen und mit goldenen Ornamenten bemalte Kutschen vorzustellen. Doch manchmal hatte ich den Verdacht, dass sie immer noch davon träumte, dass jemand kommen und sie vor einer arrangierten Ehe retten würde.

Ich hingegen wusste längst, dass mich nichts und niemand retten konnte. Liebe war höchstens eine willkommene Beigabe, wie ein Löffelchen Wolkenblütenhonig im Eistee, wenn zwei Kaufmannsfamilien in langwierigen Verhandlungen die Verknüpfung zweier Monopole beschlossen. Liebe vernebelte jungen Leuten den Verstand, deshalb war es die Pflicht wohlmeinender Eltern, vernünftige Entscheidungen zu treffen.

»Soll ich dir was verraten?«, fragte ich mit einem spöttischen Lächeln. »Ich finde diese reichen Söhne alle hässlich. Und soll ich dir noch etwas verraten? Es ist mir völlig gleich.«

»Du verstehst gar nichts«, zischte Wenizia.

Sie war zwei Jahre jünger als ich, aber sie kehrte gerne ihre Überlegenheit heraus. In der Tat war sie besser darin, eine passende Frisur zum jeweiligen Anlass auszusuchen, besser darin, Stoffe und Schnitte zu beurteilen, besser, mit den jungen Männern, die sich zu solchen Tanzabenden wie heute einfanden, Konversation zu machen.

Aber sie konnte nicht heiraten, bevor ich nicht unter der Haube war, und Papa zögerte schon seit drei Jahren – eigentlich galt siebzehn als bevorzugtes Heiratsalter –, den Kontrakt zu schließen, der unser Handelshaus mit einem der anderen großen Häuser verbinden würde. Als älteste Tochter und Erbin war meine Hand einer der wichtigsten Einsätze im Spiel um Handelsmonopole, und kaum hatte Papa einen vielversprechenden Kandidaten gefunden und ihm erlaubt, mich zu besuchen und – in Gegenwart meiner Schwester natürlich – mit mir Tee zu trinken, fand er ein anderes Monopol interessanter und gewinnbringender, verbot dem jungen Erben das Haus und gestattete einem anderen Mann aus einer noch besseren Familie, um mich zu werben.

»Oh, ich verstehe genug«, sagte ich. »In dieser Welt geht es nicht um Küsse im Licht der Monde und kleine Geschenke und Briefchen, sondern um den Sitz im Magistrat und darum, ein unwichtig scheinendes Monopol möglichst billig zu erwerben und gewinnbringend auszunutzen. Wenn Papa klug wäre, würde er mich mit Wilimen Börger verheiraten. Die Börgers haben das Monopol auf Eisen, und deshalb werden sie immer einen der besten Sitze im Rat besitzen, vor allem, wenn der Krieg um die Straße nach Banesch sich länger hinzieht.«

Wenizia schnaubte böse. »Siehst du, genau das meine ich. Du bist kalt wie Eis. Wilimen ist über dreißig, er ist fett und hat dicke

Lippen wie ein Fisch! Du kannst ihn doch nicht wirklich wegen ein paar Wagenladungen Säbel und Pistolen heiraten wollen!«

»Nicht zu vergessen, seine Kanone.«

»Meriande!«, rief meine Schwester entsetzt.

»Er hat eine hübsche goldene Perücke.« Ich wusste genau, wie ich sie ärgern konnte. »Und wie elegant er tanzt!« Dass ich Wilimens Klebrigkeit eine neue Bedeutung verliehen hatte, musste ich der lieben Wenizia ja nicht erzählen. »Fast so gut wie Karel Stevan.«

Letztgenannter wirbelte gerade mit seiner Tanzdame unter unserem Beobachtungsposten hindurch.

»Ich hasse dich«, murmelte Wenizia, kniff mich boshaft in den Arm und rauschte zur Treppe. Sie trug heute ein atemberaubendes Kleid aus dunkelgrüner Seide, das nach der herrschenden Mode vorne über den Knien endete und den Blick auf ihre golden gepuderten Schienbeine freigab. Hinten lief das Kleid in einer meterlangen Schleppe aus, die üppig mit Rüschen und Blüten bestickt war. Ihre hellblonden Haare waren sehr lang und sehr schwer, doch sie trug die turbanähnliche Frisur stolz wie eine Königin, ohne zu wackeln. Graziös verstand sie es, die Kontrolle über ihr Turmhaar in jedem noch so komplizierten Tanz zu bewahren. Jede Schrittfolge, jede Drehung saß.

Ich beobachtete, wie sie in die Menge der Tänzer eintauchte und sich sofort ein junger Galan näherte. Auch wenn die reichen Söhne von Nordun wussten, dass Wenizia erst heiraten konnte, sobald ich aus dem Weg war, machten sie ihr bereits fleißig den Hof. Kein Erbe durfte sich Hoffnungen auf sie machen, aber es gab noch genug zweite und dritte Söhne, die eine Karriere anstrebten und eine Frau vom Glanz einer Suliwan zu schätzen wussten.

Mir hingegen schmerzten die Füße. Ich hasste hohe Schuhe, in denen ich regelmäßig umknickte. Mein Nacken war verspannt, und die Blüte in meinen Haaren, über die ich mich so gefreut hatte – ein Geschenk von Jurigan Mertaler, dem Erben des leider viel zu unbedeutenden Blumenmonopols –, verströmte beim Verwelken einen immer schwereren Duft, der mich müde machte. Obwohl mir bewusst war, wie ungehörig und unverzeihlich es war, von meiner eigenen Tanzveranstaltung zu fliehen, wandte ich der Treppe den Rücken zu und ging zu den großen Flügeltüren, die auf den Balkon hinausführten. Der Sklave öffnete sie mir mit gesenktem Kopf.

Zu meiner Enttäuschung war ich nicht allein. Ein Pärchen, das am steinernen Geländer miteinander geflüstert hatte, fuhr erschrocken auseinander.

»Guten Abend«, flötete ich.

Sie murmelten eine Erwiderung und verließen hastig den Balkon. Sastia Mettering mit der zweitältesten Tochter des Honigmonopols? Na, das war ja interessant.

Vermutlich würde Sastia mir später ein Briefchen schicken mit der Bitte, es nicht weiterzuerzählen. Von Nachrichten dieser Art hatte ich mittlerweile eine ganze Schmuckschatulle voll gesammelt. Wenn ich gewollt hätte, ich hätte die Hälfte der Kaufmannsfamilien erpressen können. Doch Erpressung war ein schmutziges Geschäft und ich brauchte kein Geld. Dankbarkeit und Respekt waren mir lieber. Ein vorsichtiges Lächeln, das mir Leute schenkten, über die ich etwas wusste, reichte mir vollkommen.

Ich streifte die Schuhe von meinen schmerzenden Füßen und trat ans Geländer. Nur ein Sklave mit dem Tablett voller Häppchen und Erfrischungen stand zwischen den Pflanzenkübeln. Die Wölkchenblumen raschelten in der leichten Brise, die vom Fluss herkam. Über dem Garten tanzten die beiden Monde; heute Nacht war der weiße Mond voll und der rote Mond eine scharfe Wunde am Himmel. Ich verengte die Augen, um den sagenumwobenen dritten Mond zu zwingen, sich zu zeigen, doch natürlich war das nur eine Kinderei. Meine Schwester und ich hatten kaum sprechen können, da hatte unsere Amme uns schon erzählt, dass Pana, die Göttin des dritten Mondes, sich nur denen zeigte, die reinen Herzens waren. Dass keine von uns ihn sehen konnte, wir es uns aber umso mehr wünschten, hatte uns sehr geschmerzt, und in kindlicher Naivität hatten wir daraus geschlossen, dass wir keine guten Menschen waren. Erst nach und nach hatten wir herausgefunden, dass niemand den dritten Mond sah, nicht einmal unsere Eltern, die wir für vollkommen hielten.

Der dritte Mond war nichts als ein Kindermärchen – sagten die einen. Die anderen beriefen sich auf den berühmten Sternforscher Galizian, der angeblich berechnet hatte, dass der Tanz der sichtbaren Monde nur auf die Weise stattfinden konnte, die wir Nacht für Nacht erlebten, weil sich noch etwas da oben drehte, etwas, das sich womöglich hinter dem weißen Mond verbarg, der größer war als sein roter Bruder.

Die Zikaden zirpten und ich sah die weißen Mondfalter fliegen. In ungefähr zehn Nächten würden es die roten sein. Noch ein Indiz, dass es den dritten Mond nicht gab – hätte er dann nicht, wie ich mir, ganz Kaufmannstochter, ausrechnete, seine eigenen Falter haben müssen, die seine Farbe durch die Nacht trugen?

Die steinerne Brüstung war aufgeheizt von der Hitze des Tages und ich genoss die Wärme der Bodenplatten unter meinen Fußsohlen. Rasch pflückte ich die Dschungelblume aus meinen Haaren und warf sie nach unten in den Blumengarten, wo die Schnecken sich freuen würden. Möglicherweise starben sie aber auch an dem ungewohnten Futter. Viele Pflanzen und Tiere aus dem Dschungel sahen farbenprächtig aus, waren aber extrem giftig. Ob das blumige Geschenk mich vielleicht absichtlich hatte schläfrig machen sollen, damit ich dem jungen Kaufmannssohn beim Tanzen in die Arme fiel?

Ich grinste bei der Vorstellung, wie er mich aufzufangen versuchte und rückwärts stolperte. Der Blumenerbe war ein schmächtiges Kerlchen, das passenderweise eher einer Blume ähnelte als einem Baum.

Nun noch die Haarnadeln herausgezogen, bis mir mein Haar wieder über den Rücken fiel. Ich massierte meine verspannte Kopfhaut und rieb mir die Schläfen. Diese Heiratssache machte mir viel mehr zu schaffen, als ich meiner Schwester gegenüber je zugegeben hätte. Es lag nicht nur an den Kandidaten, die unser Haus bevölkerten, an den Unmengen an Tee, von denen mir allmählich der Magen schmerzte, und dem ständigen Gerede von Monopolen. Ich hatte Angst, ja, aber nicht vor den Männern mit ihren glänzenden Perücken, ihren schweißnassen Händen und der langweiligen, nichtssagenden Konversation. Es war beinahe egal, welchen von ihnen Papa am Ende aussuchen würde.

Wovor ich mich fürchtete, war das Leben einer Kaufmannsgattin. Noch genoss ich gewisse Freiheiten, ich verbrachte meine Tage mit Reiten und Malen, mit Tanz- und Musikunterricht, mit Unterricht in Handelsgesetzen, Mathematik und Kultur. Ich stritt mich mit meiner Schwester und übte mich im Umgang mit dem Damenbogen, der zwar keine große Durchschlagskraft besaß, jedoch genügte, um überraschten Gästen, die nach anstrengenden Verhandlungen mit meinem Vater durch unseren Garten schlenderten, die Perücken vom Kopf zu schießen. Auf Nachtfalter zu zielen, war ebenfalls eine gute Übung.

Ich huschte zum rechten Rand des Balkons, wo ich hinter der blutroten, im Dunkeln leuchtenden Topfrose – eine Kreuzung mit Dschungelblumen, das Geschenk des Monopolinhabers – meinen Bogen aus Ebereschenholz versteckt hatte. Man brauchte keine große Kraft, um ihn zu benutzen, sodass die Arme einer Dame nicht unschön muskulös von seinem Gebrauch wurden. Die kurzen Pfeile flogen nicht besonders weit. Ursprünglich, so hatte Wenizia mir jedenfalls erzählt, war die Waffe dazu erfunden worden, den ausgesuchten Tanzpartner bei der Damenwahl abzuschießen. Wenn er den Pfeil zurückbrachte, konnte der Tanz beginnen.

Morgen würde ich die Pfeile unten im Garten suchen müssen, aber das war mir gleich. Diese Aufgabe überließ ich nie den Sklaven, obwohl der Streit, ob es sich bei diesem Bogen überhaupt um eine Waffe handelte – natürlich durften Sklaven keine Waffen berühren –, immer wieder neu diskutiert wurde und auch schon im Rat behandelt worden war, ohne abschließendes Ergebnis.

Ich legte den Pfeil an die Sehne, verfolgte die wild herumschwirrenden, leuchtenden Mondfalter eine Weile … und schoss.

Der Falter zerstob in der Luft und seine Flügel wirbelten wie Blütenblätter durch die Nacht. Wenizia fand mich grausam, aber sie war auch nicht diejenige, die zusammen mit den Gärtnern einen unermüdlichen Kampf gegen die gefräßigen Raupen der Mondfalter führte. Seit ich ein paar Setzlinge von Dschungelpflanzen geschenkt bekommen hatte, hütete ich sie wie meinen Augapfel.

Der nächste Pfeil. Ich zielte, schrak zusammen – und verriss. Der Pfeil zischte in die Dunkelheit davon. Über dem Balkongeländer lag eine seltsame Metallkralle. Verwundert betrachtete ich sie; davon kam also das kratzende Geräusch, das mich so erschreckt hatte! Aber …

Ich wollte mich gerade über die Brüstung lehnen, da erschien der Kopf eines Mannes hinter dem Geländer.

Hinter mir schepperte es; der Sklave hatte vor Schreck das Tablett fallen lassen.

Ein Lächeln erschien, dann Schultern, die in einer dunkelroten Jacke steckten, dann schwang der Fremde das Bein übers Geländer und sprang auf den Balkon.

Bevor ich zu dem Schluss gekommen war, dass ich vielleicht besser schreien sollte, verbeugte er sich vor mir und sagte höflich: »Ich wünsche Euch einen angenehmen Abend, Fräulein Meriande Suliwan. Darf ich mich vorstellen? Mein Name ist Leutnant Ruovan von der Dschungelbrigade, Grenzbataillon Sandoria.«

Ich starrte ihn an. Er trug keine Perücke, sondern sehr kurze dunkelblonde Haare und hatte sein Gesicht nicht gepudert. Soldaten puderten ihre Gesichter nicht.

»Äh«, sagte ich ratlos, dann siegte meine gute Erziehung und ich hieß ihn willkommen. »Angenehm, Leutnant Ruovan. Einen schönen Abend. Was, ähm, verschafft mir die Ehre Eures Besuchs? Wenn es denn ein Besuch sein soll und kein versuchter Einbruch?«

»Ich bin eingeladen«, sagte er und musterte mich ungeniert. »Ich gehöre zur Führungsriege der Wachmannschaft, die den Abgeordneten-Konvoi nach Banesch begleiten wird. Wir sind seit einer Woche in Nordun-Stadt.«

Mir wurde bewusst, dass ich mein Haar offen trug und keine Schuhe anhatte. Außerdem hielt ich einen Damenbogen in der Hand und zielte mit dem dritten Pfeil auf den Eindringling, was ein Angehöriger der Armee möglicherweise als Provokation werten könnte.

Ich senkte den Bogen, behielt ihn aber vorsichtshalber in der Hand. »Ach, und da kommt Ihr über den Balkon?«

»Ich war auf der Tanzfläche«, sagte Leutnant Ruovan. »Doch leider habt Ihr mich nicht beachtet. Ich hatte gehofft, mich auf diese Weise in Eure Nähe stehlen zu können.«

»Oh«, sagte ich.

»Es tut mir leid, wenn ich Euch störe«, meinte er weiter. »Wenn ich wieder gehen soll …« Er drehte sich dem Sklaven zu, der stumm die Überreste der Häppchen vom Boden aufsammelte. »Oder vielleicht wärt Ihr so freundlich, eine Erfrischung mit mir einzunehmen?« Damit beugte er sich über das Geländer und zog das Seil hoch, an dem er nach oben geklettert war. Am Ende des Seils baumelte ein Korb, der eine Flasche Honigsekt und mehrere geheimnisvolle Päckchen enthielt.

»Ihr habt ja an alles gedacht, mein Herr«, sagte ich anerkennend. »Darf ich fragen, was Ihr damit bezwecken wollt?«

Er lächelte. Der Leutnant war auf eine andere Art und Weise gut aussehend als die Männer im Kaufmannsviertel. Sein Gesicht war von der Sonne verbrannt, die Wangen waren zwar glatt rasiert, wirkten jedoch trotzdem rau, da sie nicht gepudert waren. Die Nase war leicht gebogen, die Augen blickten scharf und er scheute sich offensichtlich nicht, überall hinzusehen, wo er hinsehen wollte. In der Luft lag ein aufregendes Aroma von Dschungel und Gefahr.

»Die schönste Frau von Nordun beeindrucken.« Sein Lächeln hatte etwas Herausforderndes. »Wenn mir das heute Nacht gelingen sollte, wäre ich schon zufrieden.«

Ohne um Erlaubnis zu fragen, begann er die Köstlichkeiten auszupacken und auf dem Steinboden auszubreiten. Der Sklave zog sich bis zur Tür zurück, um uns Platz zu machen, blieb jedoch dort stehen. Natürlich war es trotzdem unschicklich, dass ich hier mit einem fremden Mann allein war, doch sollte der ungewöhnliche Besucher zu aufdringlich werden, würde der Sklave sofort Hilfe holen. Das beruhigte mich ein wenig. Ich hätte Ruovan dennoch wegschicken sollen, aber ich brachte es nicht über mich. Er war so ganz anders als die Kaufmannssöhne mit ihren vergoldeten Perücken, dem Puder und den stotternden Bemerkungen über das Wetter und den Wasserpegel des Flusses, und er kannte den Ort, von dem ich träumte.

»Darf ich Euch etwas fragen?« Neugierig begutachtete ich die fleischigen Blätter einer unbekannten Frucht. »Wie ist es im Dschungel?«

Der Leutnant zerteilte die Blätter und zeigte mir, wie man an das Fruchtfleisch herankam. »Wie es dort ist? Heiß, schwül, gefährlich. So viel Boden wir auch erobern, nichts ist dort wirklich unser. Anders als im Flachland, wo wir das gewonnene Gebiet absichern, eine Verwaltung einsetzen und es nach und nach zu Groß-Nordun hinzufügen, gibt es im Dschungel kein Ende der Kämpfe. Alles, was wir gestern erobert haben, müssen wir morgen wieder hergeben.

Jeden Tag verlieren wir Hunderte von Arbeitern ans Dschungelfieber, an die Raubtiere und bei Überfällen kriegerischer Stämme. Die Straße auf der ganzen Strecke zu sichern, ist unmöglich, dazu bräuchten wir Millionen Soldaten. Wenn Sandoria fällt, ist das Unternehmen gescheitert. Sandoria ist der äußerste Posten, die ausgestreckte Hand Norduns, die Speerspitze unserer Streitkräfte.«

»Ihr müsst sehr mutig sein, wenn Ihr Euch dieser Gefahr aussetzt.«

Er strahlte mich an. »Ich habe mir schon immer gewünscht, diesen Satz einmal aus dem Mund einer schönen Frau zu hören. Endlich ist es passiert.« Und damit beugte er sich vor und strich mit dem Zeigefinger über meine Wange.

Mir lief ein Schauer durch den ganzen Körper.

Sein Daumen blieb an meinem Mundwinkel liegen.

Mit klopfendem Herzen stellte ich die nächste Frage. »Gibt es wirklich Hornaffen?«

Er lachte. »Ja, ja natürlich gibt es Hornaffen. Ich habe schon mal einen gestreichelt. Sie sind normalerweise bissig, und man muss sich in Acht nehmen, denn wie so vieles im Dschungel ist ihr Gift tödlich, aber einer der Unaschkin hatte ihn gefangen und gezähmt.«

»Una…?«

»Unaschkin. So nennen sie sich selbst. Landläufig kennt man sie unter dem Begriff Bestiensoldaten.«

Mit offenem Mund starrte ich ihn an. »Die gibt es also auch?«

»Ja, die gibt es.«

»Sie sind … Tiere, die wie Menschen kämpfen?«

»Nein, sie sind eher Menschen, die wie Tiere kämpfen. Aber sie kämpfen auf unserer Seite, also ist das vielleicht auch nicht so wichtig.« Er nahm eine meiner blonden Haarsträhnen zwischen seine Finger und betrachtete sie versonnen. »Ihr seid wunderschön, Fräulein Meriande. Warum interessiert sich ein zartes Mädchen wie Ihr für so grausame Dinge?«

»Der Dschungel hat mich schon immer fasziniert«, sagte ich. »Die Händler, die Geschichten erzählen … die Waren, die ich zu sehen bekomme … Alles scheint im Dschungel größer und bunter zu sein, die Farben sind intensiver, der Geschmack und Duft der Früchte und Blumen ausgeprägter. Es ist wie eine andere Welt, in der jedes Detail verstärkt daherkommt und dadurch fremd wirkt.«

»Wie das hier?« Er fischte ein Häppchen aus den ausgebreiteten Köstlichkeiten heraus und führte es an meinen Mund. »Schließt die Augen und sagt mir, was es ist.«

Es schickte sich absolut nicht, aber ich nahm den Bissen mit den Lippen an und kaute mit geschlossenen Augen. Die Frucht war süß wie eine … Birne, nein, viel süßer und saftiger, und zugleich hatte sie einen herben Geschmack, der unterschwellig daherkam und sich erst langsam entfaltete.

Dann spürte ich etwas anderes. Fremde Lippen auf meinen, einen Kuss, so sanft und süß wie die Dschungelbirne. Ich blinzelte, und da hatte Ruovan sich bereits wieder zurückgezogen.

»Verzeiht mir«, flüsterte er. »Ich konnte nicht anders.«

Ich war noch nie geküsst worden. Ab und zu hatte es einer der Heiratsbewerber versucht, aber ich war immer sofort auf Abstand gegangen. Von mir aus hatte ich noch nie das Bedürfnis verspürt, jemanden zu küssen; im Gegensatz zu meiner Schwester war ich nicht andauernd in irgendeinen Kerl verliebt und träumte davon, in seine Arme zu fallen.

Es war nicht einmal unangenehm gewesen. Kurz und leicht prickelnd. Meine Lippen brannten.

Er bemerkte meinen verwirrten Blick. »Ich hoffe, Ihr verratet mich nicht an Euren Vater. Es könnte zu Komplikationen führen, wenn wir uns vor der Abreise nach Banesch streiten.«

»Es brennt«, sagte ich und kam mir unsäglich naiv vor, weil ich so überrascht war. Ich hatte nicht erwartet, dass Küsse wehtaten. »Warum brennt es?«

»Oh, das ist die Frucht. Alle Früchte aus dem Dschungel sind leicht giftig. Es ist nicht schädlich, macht Euch keine Sorgen. Die Wirkung verfliegt in Kürze.«

Ein Geräusch an der Tür ließ mich zusammenfahren.

Wenizia beobachtete uns durch die Scheibe, sie hatte die Hand ans Glas gelegt und war mit der Stirn dagegen geschlagen.

»Und so endet ein wunderschöner Abend«, sagte Ruovan bedauernd, packte alles kurzerhand wieder zusammen, stopfte es in den Korb, ergriff das Seil und schwang sich über die Brüstung.

»Wer war das denn?« Meine Schwester betrat den Balkon und spähte in den Garten hinaus. Von dem feschen Soldaten war bereits nichts mehr zu sehen.

»Sag nichts«, befahl ich. »Zu niemandem.«

Zum ersten Mal in meinem Leben hatte ich ein eigenes Geheimnis.

2.

Am Morgen beim Frühstück war Papa bestens gelaunt. Er summte vor sich hin, verspeiste mit Genuss doppelt so viele gebratene und mit Honig übergossene Wirrnwurzeln wie sonst und beschwerte sich auch nicht darüber, dass Mama und Wenizia noch schliefen.

So war er nur, wenn er ein gutes Geschäft abgeschlossen hatte. Ein sehr gutes Geschäft, denn er fand überall ein Haar in der Suppe, wenn andere schon längst zugeschlagen hätten.

»Hat dir der gestrige Abend gefallen? Es waren viele ansehnliche junge Männer da, die hervorragend getanzt haben. So viel Gold haben wir hier selten auf einem Haufen gesehen.«

Seine gute Laune machte mich misstrauisch. »Es war wie immer«, sagte ich.

»Hast du einen Favoriten, meine kleine Wolkenblume?«

Die Lachfältchen um seine Augen vertieften sich. Obwohl Akilander Suliwan einer der gewieftesten Kaufleute nicht nur von Nordun-Stadt, sondern von ganz Nordun war, hatte er sich sein heiteres Naturell bewahrt. Meist liebte ich ihn dafür, heute erfüllte es mich mit Grauen.

»Du hast jemanden für mich ausgewählt, Papa, habe ich recht?«

»Ihr habt beim Tanz wunderbar ausgesehen. Da hat alles gepasst. Und seine Familie ist auf einem guten Weg. Ich glaube, das ist die richtige Entscheidung.«

»Wer?«, fragte ich tonlos.

Er biss herzhaft in die gebratene Wurzel und leckte sich den Honig von den Lippen. »Das erfährst du früh genug. So, ich muss jetzt aufbrechen. Der Rat gibt der Delegation nach Banesch weitere Verhandlungsvollmachten mit auf den Weg.«

»Kann ich mit?« Ich beschäftigte mich hingebungsvoll mit dem Nusspüree und rührte es mehrfach um, bis mir auffiel, dass mein Vater gar nicht antwortete. »Was ist denn?«

»Lieber nicht«, antwortete er.

»Aber … du betonst doch selbst immer, wie wichtig es für mich ist, alles über Verträge zu lernen, und das Abkommen mit Banesch …«

»Es geht nicht um Banesch«, unterbrach er mich, »aber bei dem Treffen sind Soldaten dabei. Eine junge, unverheiratete Frau mitzubringen, ist in einem solchen Kreis nicht angemessen. Wenn du schon Kaufmannsgattin wärst, würde keiner Einwände erheben, aber so … Glaub mir, sie würden nur dein empfindsames Gemüt beleidigen.«

»Aber …«

»Nein«, sagte Papa. »Du kennst keine Soldaten, ich schon. Es sind raue Männer mit rohen Sitten. Ihre Worte, ihre Blicke, ihre Absichten … Und in der Armee herrscht ein sehr lockerer Umgang zwischen Männern und Frauen. Nein, ich habe schon zu viel gesagt. Insbesondere die Angehörigen der Dschungelbrigade leben jahrelang draußen in der Wildnis und kehren selten einmal zu Besuchen in die Zivilisation zurück. Ich werde dir so etwas nicht zumuten.«

Ja, Ruovan war tatsächlich sehr unkonventionell gewesen, aber so schlimm nun auch wieder nicht. Und ich hatte mich darauf gefreut, ihn wiederzusehen.

»Warum hast du dann einen Offizier zum Fest eingeladen?«

Er musterte mich irritiert und hob eine Augenbraue. »Das würde mir nicht im Traum einfallen. Wie kommst du darauf?«

Der Schlawiner hatte gelogen, war das zu fassen? Aber nein, eigentlich war es nicht besonders überraschend.

»Ich dachte, ich hätte gestern Nacht jemanden in Uniform gesehen.«

»Das musst du dir eingebildet haben. Die Soldaten sind in einem Haus der Armee untergebracht und verbringen dort ihre Zeit, wenn sie nicht direkt in der Stadt Familie haben. Kein Kaufmann würde sie nach Hause einladen, höchstens um geschäftliche Dinge zu besprechen, doch ich wüsste nicht, was es mit Dschungeloffizieren zu besprechen geben könnte. Das erfordert kaum die Teilnahme an einem Ball.«

Warum hatte Leutnant Ruovan sich dann auf unser Grundstück geschlichen? Warum hatte er einen Skandal riskiert, der ihn seine Stellung kosten konnte? Etwa meinetwegen?

Ich rührte weiter in meinem Nussbrei. »Aber …«

»Nein«, wiederholte mein Vater. »Und dabei bleibt es.«

Ich träumte von einem Kuss. Von Mondfaltern, die durch die Nacht flatterten, von dem Geschmack saftiger Birnen, deren Süße sich in Bitterkeit verwandelte, und von brennendem Gift auf meinen Lippen.

Den ganzen Tag übte ich draußen im Garten meine Schießkünste und holte in Ermangelung von Nachtschmetterlingen die Blätter von den Bäumen.

»Auf wen seid Ihr so wütend?«

Ich erschrak so heftig, dass ich aufschrie.

Eine schlanke, drahtige Gestalt in dunkelroter Uniform trat zwischen den bis zum Boden herabhängenden Zweigen hervor.

Und der Tag verwandelte sich. Plötzlich schien die Sonne heller, die Schatten wurden dunkler, die Luft roch intensiver nach dem Fluss und die Zikaden im Gras jubilierten ohrenbetäubend.

»Ihr«, sagte ich.

»Ja, ich. Wie schön Ihr lächelt. Gilt das mir?« Er kam näher, und wie eine Woge schwappte seine Präsenz über mich. »Ja, Ihr lächelt für mich.«

Ich konnte nichts dagegen tun. Meine Hand mit dem Bogen sank herab, als wäre sie willenlos geworden. »Nein, wegen des … des Picknicks«, stammelte ich. »Habt Ihr mir wieder etwas aus dem Dschungel mitgebracht?«

Er war so nah, dass ich die kleinen Flecken in seinen Augen erkennen konnte und die Haare, die auf seinen Wangen und seinem Kinn wuchsen und kleine dunkle Punkte auf seine Haut tupften. Ich fand es immer noch unfassbar, dass er sich nicht das Gesicht puderte. Es wirkte so unvermittelt und … beinahe nackt.

»Ich habe etwas für Euch«, flüsterte er.

Wie war er noch näher gekommen? Ich spürte seine Hände in meinen Haaren und dann seine Lippen auf meinen. Diesmal brannte es nicht. Dafür schmeckte er völlig anders, als ich erwartet hatte – fruchtig wie eine Schüssel voller Uferbrombeeren. Ich grübelte über den Geschmack nach, während ich zuließ, dass Ruovan mich weiterküsste. Ja, Brombeeren, und dann plötzlich eine unerwartete Schärfe, als hätte er mich gebissen.

Erschrocken fuhr ich zurück und wischte mir über den Mund.

Ruovan lachte mich an. »Hier, trinkt.«

Er reichte mir eine Flasche, die er aus seiner Jackentasche hervorzauberte, und ohne mich zu zieren, trank ich direkt daraus. Die brennende Schärfe auf meiner Zunge wurde noch intensiver, sodass es regelrecht schmerzte, und war dann schlagartig weg. Sie wurde abgelöst von einem milden, sahnigen, vollen Aroma, das sich in meinem Mund ausbreitete und ein unbeschreiblich wohliges Gefühl in mir auslöste.

Seine Augen funkelten. »Das ist die Milch der Banesch-Nuss. Man trinkt sie nach dem Genuss der Nachtbeeren.«

Mir schwindelte leicht. Vorsichtshalber stützte ich mich an seinen Schultern ab.

»Ich habe keine Beeren gegessen.«

»Ihr nicht, aber ich schon.«

»Ich stelle fest, dass Ihr mich mit einer gewissen zunehmenden Selbstverständlichkeit küsst«, sagte ich.

Er hielt mich immer noch fest. In meinem Kopf drehte sich alles, aber denken konnte ich durchaus noch. »Außerdem, Leutnant, solltet Ihr nicht im Rathaus sein bei der wichtigen Besprechung?«

Mein Vater war noch nicht zurück. Also warum war Ruovan hier?

»Ich habe mich davongestohlen«, bekannte er freimütig. »Es wird noch sehr viel zu besprechen geben. Wir haben zwei Mondtänze, um die Geschenke und Güterproben vorzubereiten und die mitreisenden Abgeordneten mit lebenswichtigen Verhaltensregeln bekannt zu machen.«

Zwei Mondtänze. Das hieß, dass die Delegation beim zweiten Weißmond abreisen würde. Zwei Mondtänze, das kam mir etwas wenig Zeit vor, wenn ich auch nicht hätte sagen können, warum mich das bedrückte. »Das ist … bald«, stammelte ich.

Er nahm mein Gesicht in seine Hände. Sie waren rau und schwielig und er trug keine Seidenhandschuhe. »Ich werde jeden Tag herkommen«, versprach er. »Und Ihr bekommt jeden Tag einen Kuss von mir. Wenn Ihr das nicht wollt, solltet Ihr jetzt rufen.«

»Rufen? Wen?«

»Ich weiß nicht«, antwortete er, »wen auch immer Ihr rufen würdet, um mich von hier zu vertreiben.«

Aber ich rief nicht. Ich wartete auf den nächsten Kuss, doch Ruovan unternahm nichts dergleichen. Stattdessen legte er meine Hand auf seinen Arm, als wolle er mit mir spazieren gehen. Ich war ein bisschen enttäuscht, ließ mir aber nichts anmerken. Er hatte seine Regel verkündet – ein Kuss am Tag.

Na schön. Dann eben ein Kuss am Tag. Wie konnte ich hungrig sein nach seinen Küssen?

Das war absolut unvernünftig und passte überhaupt nicht zu mir. Küsse nützten nichts. Sie waren nur verwirrend und berauschend wie perlender Wein.

Ich musste mich vorsehen, aber ich wusste nicht mehr so recht, wovor.

Gemeinsam gingen wir den Weg zum Flussufer hinunter, und er entschädigte mich für alle ausgebliebenen Küsse, indem er mir vom Dschungel erzählte, bis mir war, als wäre ich selbst dort. Ich hörte die Hornaffen in den Wipfeln schreien, sprang zurück, wenn eine Blaunatter sich aus dem Blattwerk hervorschlängelte, und spürte den Flügelschlag der Dunkelfalter auf meinen Wangen.

Als ich an diesem Abend ins Haus zurückkehrte, erhitzt von der Sonne und den vielen Geschichten, wollte ich nur in mein Zimmer und weiterträumen. In meinem Kopf kämpften rote Hornpanther gegen die Kleinen Krieger, die gefährlichen Ureinwohner des Dschungels, und schwarze Wasserbüffel trotteten durch die Sümpfe.

Meine Mutter fing mich am Fuß der Treppe ab. »Wo warst du denn? Er wartet im Salon auf dich. Schon seit zwei Stunden.«

»Wer?« Ich konnte den Duft der Dschungelrose riechen, hörte das Kreischen der Papageien, und Mama, die sich verärgert vor mir aufgebaut hatte, kam mir vor wie eine Erscheinung aus einem Traum.

»Du solltest dich umziehen, Meriande.« Sie zupfte einen Halm aus meinem Haar. »Aber noch länger dürfen wir ihn wirklich nicht warten lassen. Geh rein und entschuldige dich für dein Aussehen.«

Sie schob mich zur Tür des Salons. Die Sklavin öffnete mir und ich trat in das kühle Dunkel eines angenehm temperierten Raums, in dem alles auf die Behaglichkeit von Gästen ausgerichtet war, von den gepolsterten Sesseln und den kleinen Beistelltischchen bis hin zu der leisen Musik, die eine Sklavin einer Zupfbanite entlockte. Von Wasserschalen stieg duftender Nebel auf. In Kristallgläsern leuchteten die gekühlten Getränke, die mit echtem Eis befüllt wurden.

Karel Stevan schoss aus seinem Sessel hoch, sobald er mich sah.

»Ich, ähm«, stammelte ich. »Spazieren. Ich war spazieren. Am Fluss. Also, am Ufer.«

»Ja«, sagte der Junge und zupfte nervös an seiner Perücke. »Wie schön. Ihr seid. Da.«

Karel? Nicht im Ernst, Papa, dachte ich. Das kann nicht wahr sein.

Ich konnte die Steinfliesen unter meinen Schuhen nicht fühlen, nicht die Kante des Teppichs, auch nicht den weichen Stoff des Polsterstuhls, auf den ich mich plumpsen ließ. Meine Gedanken flatterten wirr durcheinander.

Karel Stevan reichte mir eins der Gläser. Das Eis war längst geschmolzen. Das Glas schlug schmerzhaft gegen meine Zähne.

»Wir könnten auch Tee trinken«, schlug ich vor. Eis war familiärer als Tee, und mir war wirklich nicht danach, mit dem Erben des Lebende-Tiere-Monopols familiären Umgang zu pflegen.

»Danke, ich … ich bin zufrieden.«

Warum war meine Schwester nicht da? Ich brauchte eine Anstandsdame. Ich brauchte jemanden, der in der Lage war, Konversation zu machen. Dummerweise fiel mir kein einziges Wort ein, das ich sagen könnte, keine Scherze, keine vor Geist und Witz sprühende Bemerkung.

»Die Sonne scheint heute stark«, sagte Karel, der unter demselben Problem zu leiden schien. »War es am Fluss sonnig?«

»Ja«, antwortete ich, »war es. Das Wasser stinkt.«

Wir schwiegen wieder. Ich nippte an meinem Getränk, ohne zu schmecken, was es war. Jedenfalls keine Banesch-Nussmilch.

Die Sklavin zupfte einschläfernde Musik. Wenn sie seit zwei Stunden spielte, mussten ihre Hände entsetzlich schmerzen.

»Mein Vater hat Euch, äh, erlaubt, dass, äh?«, fragte ich.

»Euch den Hof zu machen, ja«, antwortete Karel unglücklich.

Zwei Mondtänze. Tage, die träge unter der Sonne dahinglitten wie die Strömung des Flusses. Ruovan, der mich im Garten besuchte.

Karel, mit dem ich im Salon süßes Eiswasser trank.

Mein Vater, der sich mit Feuereifer an den Reisevorbereitungen der Delegation beteiligte. Er würde nicht mitkommen, seine Anwesenheit war hier vonnöten und Leute unseres Standes begaben sich nicht in Gefahr. Dennoch sprach er kaum von etwas anderem als vom Dschungel und von den Herrlichkeiten der großen Stadt Banesch am anderen Ende der Welt.

»Die Straße«, sagte er ein ums andere Mal, »ist unser Weg in die Zukunft. Dafür lohnen sich unsere Opfer.«

Es war das größte Projekt seit der Ausdehnung von Groß-Nordun nach Süden und der Eroberung des Graslands. Die wilden Völker, die dort hausten, hatten sich erst nach jahrelangem Krieg den Gesetzen des Magistrats gebeugt, und noch Jahrzehnte später waren immer wieder Kämpfe aufgeflammt. Zahlreiche Unruhen mussten blutig niedergeschlagen werden. Doch das nordunische Heer hatte aus den Fehlern und Schwierigkeiten gelernt. Bei der Eroberung der östlichen Urwälder und Moore griffen sie härter durch. Die Straße war nötig, um den Weg nach Banesch, dem wichtigsten Handelszentrum der östlichen Welt, für Reisende und Transporte sicher zu machen, und diesmal würde die Heeresleitung sich nicht auf Kompromisse und Zugeständnisse einlassen. Der Dschungel und seine kriegerischen Bewohner würden sich unterwerfen müssen.

Papas Augen leuchteten, während er uns beschrieb, wie das Leben sein könnte, wenn wir die Schwierigkeiten erst aus dem Weg geräumt hatten.

»Aber selbst dann«, bemerkte meine Mutter, die sich sonst meist aus den Gesprächen bei Tisch heraushielt, »bleibt das Dschungelfieber ein Problem.«

»Die Kleinen Krieger stecken unsere Arbeitersklaven und Soldaten an. Sobald sie erst zivilisiert sind, wird es auch keine Krankheit geben.«

Was Krankheiten anging, kannte meine Mutter sich aus. Sie kränkelte ständig und war daher beinahe ununterbrochen wegen unterschiedlicher Leiden in Behandlung. Zurzeit litt sie an einer schmerzhaften Geräuschüberempfindlichkeit, was ihr täglich einen Termin bei dem gut aussehenden jungen Arzt Meister Meiran garantierte.

»Die Wissenschaftler sind sich nicht sicher, wodurch das Dschungelfieber übertragen wird«, sagte sie. »Es könnte durch bestimmte Nahrungsmittel, die im Dschungel üblich sind, ausgelöst werden, oder vielleicht liegt es einfach in der Luft und wird vom Wind mitgebracht.«

»Es gibt im Dschungel keinen Wind, Dummerchen.«

»Ich meinte doch nur, dass die Ärzte sich nicht sicher sind.«

»Papperlapapp. Sobald die Straße fertig ist und die wilden Stämme umgesiedelt worden sind, werden wir uns nicht mehr mit solchen Übeln beschäftigen müssen.«

Gespräche dieser Art halfen mir nicht unbedingt dabei, mich auf die ungewollte Liebesgeschichte mit Karel zu konzentrieren. Ich träumte vom Dschungel. Ich sehnte die Treffen mit Ruovan herbei. Und ich beobachtete die beiden Monde, die Nacht für Nacht ihren Tanz aufführten, ihre Position wechselten, wuchsen und abnahmen. Einmal. Und dann ein zweites Mal.

An unserem letzten Abend stieg Ruovan mithilfe einer Strickleiter in mein Zimmer hoch. Er hatte mir wieder ein Geschenk mitgebracht – diesmal war es eine kleine, harte Nuss.

»Pflanzt den Samen ein«, flüsterte er, während er meine Haare streichelte. »Ich verrate Euch nicht, wie das Gewächs aussehen wird. Denkt an mich, während Ihr es pflegt.«

»Sagt mir wenigstens, ob es ein Baum oder eine Blume ist«, bat ich, doch er schloss nur meine Finger um den Kern und küsste mich, bis ich mich verlor.

»Darf ich Euch schreiben?«, fragte er dann. »Ich werde Euch Briefe senden, so oft es geht. Nehmt Ihr sie an?«

»Meine Eltern dürfen nichts davon erfahren. Mein Vater bringt mich um.«

»Dann schicke ich den Brief an jemand anders, der ihn an Euch weiterleitet. Ich könnte es als Lieferung von Pflanzensamen an Euren Gärtner tarnen.«

»Das dürft Ihr nicht. Das Monopol dafür haben die Strunas.«

Er hielt mich an seine Brust gedrückt. »Ich finde eine Möglichkeit. Es wird ein ständiger Austausch zwischen dem Magistrat und der Delegation stattfinden.«

»Ich hab eine bessere Idee«, flüsterte ich. »Nehmt mich mit.«

»In den Dschungel?« Fassungslos starrte er mich an. »Was wollt Ihr im Dschungel?«

»Ich bin in Verhandlungsgesprächen geschult, ich könnte in Banesch nützlich sein.«

»Die Ratsherren kennen Euch, Fräulein Meriande.«

»Ich könnte mich verkleiden. Ich könnte meine Haare abschneiden und eine Uniform tragen, so wie Ihr.«

»Oh nein, tut das nicht.« Er wog mein goldenes Haar in seinen Händen. »Ihr seid zu schön für den Dschungel. Zu kostbar. Habt Ihr nach all dem, was ich Euch erzählt habe, immer noch keine Angst? Der Dschungel würde Euch verschlingen.«

Er küsste mich ein zweites Mal. Heute brach er seine Regeln, und ich fühlte, wie mein Körper weich und warm wurde in seiner Umarmung.

»Ich kann nicht hierbleiben. Ich hasse es. Ich will Karel nicht, ich will dieses Leben nicht. Bitte nehmt mich mit!«

»Die Ratsherren würden Euch auch mit kurzen Haaren erkennen. Sie würden Euch erkennen, egal, ob Ihr Euch als Diener,

Fahrer oder Soldatin verkleidet. Ich kann die älteste Tochter des Hauses Suliwan nicht entführen, so gerne ich es auch täte.«

Eine Träne rollte über meine Wange. Bei Pana, ich wollte nicht weinen!

»Ich werde Euch schreiben«, versprach er.

Sein Blick versenkte sich in meinen. Er schien etwas sagen zu wollen und schwieg doch. Unser Treffen war seltsam stumm und unsere Küsse fanden kein Ende.

»Kommt eine Stunde nach Mitternacht in den Garten«, flüsterte er schließlich in mein Ohr. »Zieht die Strickleiter hoch, wenn ich weg bin, und lasst sie später herunter. Dann ist der weiße Mond hinter den Türmen der Stadt und es ist dunkel genug. Ich werde unter dem großen Baum auf Euch warten.«

Mein Herz klopfte schneller. Das war ein ungeheurer Vorschlag.

Ruovan umarmte mich ein letztes Mal und küsste mir die Tränen von den Wangen. »Ich liebe dich«, flüsterte er. Dann kletterte er über die Brüstung und war fort.

Natürlich konnte ich nicht schlafen. Ich stand am Fenster, beobachtete die Monde und fragte mich, was ich tun sollte. Schon oft hatte ich mich gefragt, warum Ruovan mich nie berührte, und wie ich reagieren würde, wenn er es versuchen sollte. Seine Küsse gefielen mir, aber das alles hatte keine Zukunft. Ich würde Karel heiraten, daran führte kein Weg vorbei. Sosehr ich die heimlichen Treffen auch genoss, es war hoffnungslos.

Würde es etwas ändern, wenn Ruovan heute Nacht unter dem Baum mehr von mir verlangte als einen Kuss? Hatte ich dann eine Erinnerung, von der ich zehren konnte? Oder würde es mir erst recht das Herz brechen?

Unruhig wanderte ich durch mein Zimmer, kehrte ans Fenster zurück, legte mich schließlich ins Bett, fest entschlossen, es nicht zu tun, und sprang dann doch wieder auf, um die Strickleiter und den Stand des weißen Mondes zu überprüfen. Aus dem Garten stieg der Gesang der Zikaden empor und die Mondfalter schwärmten aus, um Hochzeit zu feiern. Ich zog mir eine dünne, eng anliegende Hose an und ein kurzes Kleid, um besser klettern zu können, dann zerrte ich mir die Sachen wieder vom Leib und schlüpfte in mein Nachthemd. Ich war nass geschwitzt von der Aufregung, mein Herz trieb mich wild hämmernd durch den bedrohlichen Dschungel meiner Gefühle. Der weiße Mond berührte die Spitze der Türme und fiel weiter hinab, während der rote Mond wie ein Blutstropfen, der jeder Schwerkraft trotzte, den dunklen Himmel hinaufkroch. Dann war der weiße Mond hinter der Silhouette der Stadt verschwunden. Ich wusste, dass Ruovan wartete. Mein ganzer Körper wartete ebenfalls, meine Haut kribbelte überall, mein Bauch tat weh. Es fühlte sich an, als wäre ich betrunken.

Geh ich …

Geh ich nicht …

Geh ich …

Vielleicht, dachte ich, wenn ich den dritten Mond sehen könnte – wäre das nicht ein Zeichen, dass ich im Begriff war, das Richtige zu tun? Was, wenn nicht die Liebe, könnte ein Herz mit Reinheit füllen?

Doch der dritte Mond erschien nicht am Himmel. Ich wusste nicht, was Liebe war. Vielleicht war sie ja auch das Gegenteil von Reinheit.

Die Nacht schritt voran. Ich sah die Dunkelheit tiefer und stiller werden. Die Zikaden verstummten. Die Falter taumelten vorüber. Der Duft nach Gras und Blumen, nach aufgeheizten Steinen und Erde wurde immer intensiver und verblasste allmählich, und ich hörte das Rauschen des großen Flusses Dun, der sich mit Macht durch Nordun wälzte.

Als die ersten Strahlen der Morgensonne über die Dächer kletterten, stand ich immer noch am Fenster.

3.

Karel knetete nervös seine Hände. »Ich habe Euch etwas mitgebracht, Fräulein Meriande.«

Im Laufe der Mondtänze war er ein wenig aufgetaut. Unser betretenes Schweigen hatte sich in ein vorsichtiges Tasten verwandelt – was die Worte betraf, natürlich, denn er hatte nie auch nur gewagt, meine Hand zu berühren. Ich träumte immer noch von Ruovans Küssen, und oft lag ich nachts wach und wünschte mir, ich wäre aus dem Fenster gestiegen und hätte mich meinem Liebsten unter den tief herabhängenden Zweigen des Baums hingegeben.

Er fragte nie, warum ich nicht gekommen war. In seinen Briefen erzählte er vom Dschungel, von den Abgesandten und ihren Missgeschicken, von aufdringlichen Papageien, lästigen Affen und dem unheimlichen Brüllen des Dschungellöwen in besonders heißen Nächten, wenn alle anderen Tiere verstummten und sich versteckten. Banesch war noch weit entfernt; die Delegation hatte den Außenposten Sandoria erst vor Kurzem hinter sich gelassen. Hier begannen die echten Gefahren, und ich lebte von einem Brief zum nächsten und versuchte die Möglichkeit zu verdrängen, dass ich Worte las, deren Schreiber vielleicht bereits tot war.

Es dauerte recht lange, bis die Postillions Nordun-Stadt erreichten, und im Dschungel herrschten andere Gesetze, was

Entfernungen und Tagesritte betraf. Da sich glücklicherweise der jüngste Sohn der Familie Struna unter den Mitreisenden befand, konnte Ruovan mir unter seinem Namen Briefe an unseren Gärtner schicken. Manchmal legte er mir kleine Geschenke hinein – einen schillernden Käferflügel, ein paar lange rote Haare, die, wie er behauptete, von dem gefährlichen Hornpanther stammten, oder die Wimper eines Bestiensoldaten – sehr lang, gebogen wie eine Mondsichel und schwarz-rot gestreift. Dieses winzige Haar wirkte giftig wie eine Schlange.

»Ein Geschenk«, wiederholte Karel.

»Ihr habt mir noch nie etwas geschenkt«, sagte ich vorsichtig. Was auch immer er mir schenken würde, es läutete eine neue Stufe unserer Beziehung ein. Womöglich erwartete er von nun an Küsse oder dass wir nebeneinander auf dem Sofa saßen statt uns gegenüber.

»Ich habe gehofft, es würde Euch Freude machen.« Er stand auf und hob etwas Großes, Unförmiges auf, das er hinter seinem Sessel versteckt hatte. Es war beinahe zu groß, um auf den Tisch zu passen, den eine Sklavin hastig frei räumte.

»Was ist das?«

Statt einer Antwort zupfte Karel an dem Tuch, das sein seltsames Geschenk bedeckte, und zum Vorschein kam – ein Käfig.

Ein Käfig aus vergoldetem Draht, die Maschen eng gewebt, und darin flatterten fünf Schmetterlinge umher. Sie waren groß, jeder Flügel größer als meine Hände, und leuchtend bunt. Ein besonders hübsches Exemplar besaß dunkelblaue Flügel, auf denen goldene Tupfen wie Sterne am Nachthimmel prangten. Auf seinem schmalen Leib trug es überraschend wehrhaft aussehende Stacheln. Ein anderes Tier war rot wie der Mond, und wenn es die Flügel zusammenklappte, entstand ein Halbmond, denn die Außenseite der filigranen Flügel war zur Hälfte tiefschwarz. Der dritte Falter war goldgelb, der vierte schwarz und rot gestreift und der fünfte war schillernd grün und blau.

Fasziniert betrachtete ich die lautlos umherfliegenden Schmetterlinge.

»Gefallen sie Euch?«, fragte Karel ängstlich. »Ich dachte, weil Ihr so gerne vom Dschungel sprecht … Das sind Dunkelfalter aus dem tiefsten Dschungel, sie stammen aus Sandoria. Sie sind gefährlich, aber … aber Ihr gebt acht, ja?«

Ich konnte nicht verhindern, dass ein breites Lächeln meine Mundwinkel nach oben zog. Die Falter waren herrlich. »Ich habe noch nie so etwas Schönes gesehen.«

»Sie trinken gerne Zuckerwasser, das man hier einfüllen kann. Nur greift nicht mit den Händen hinein. Und steckt nicht den Finger durchs Gitter, sie sind giftig.«

»Brauchen sie kein Futter?«

»Sie fressen nur als Raupen. Nun wollen sie sich nur noch, äh …« Er wurde glühend rot. »Sie wollen, äh, ihr kurzes Leben genießen. Bitte seid nicht traurig, wenn sie bald sterben.«

Ich konnte den Blick nicht vom Käfig abwenden. »Wunderschön. Sie sind fantastisch.«

Dann überraschte ich mich selbst damit, dass ich ihm die Hände auf die Schultern legte. »Danke.«

Wir waren uns so nah, dass wir uns hätten küssen können. Ruovan hätte mich geküsst, ohne Zweifel. Aber Karel blickte nur äußerst erschrocken drein und wartete darauf, dass ich ihn wieder losließ. Also ließ ich ihn los.

Wenizia, die ungefähr jedes zweite Mal unsere Anstandsdame spielen musste, stieß ihre Teetasse um. Klappernd und klirrend landete sie samt Löffel auf dem Boden und zersprang in tausend Stücke.

»Danke«, wiederholte ich, und er lächelte ein kleines, beinahe süßes Lächeln.

»Danke, oh, danke«, giftete Wenizia, als er sich wenig später verabschiedet hatte. »Euch beiden zuzuhören, strapaziert meine

Nerven. Was willst du mit Insekten aus dem Dschungel anfangen? Sie haben Stacheln.«

Ich ließ mir den Käfig von der Sklavin nach oben in mein Zimmer tragen und ignorierte Wenizias fortgesetzte Sticheleien. Es wurde immer schlimmer. Während ich manchmal das Gefühl hatte, auf einer schmalen Kante zu balancieren, hin- und hergerissen zwischen meiner Sehnsucht nach Ruovan, der Pflicht meinen Eltern gegenüber, der Langeweile und meinen heimlichen Wünschen, machte meine Schwester es mit ihrer Gehässigkeit noch schwieriger für mich. Manchmal hätte ich am liebsten so laut geschrien, dass die Bilder von den Wänden fielen, doch Wenizia warf mir ausdauernd Gefühlskälte vor. Sie schalt mich eine Idiotin, sie hatte an allem, was ich tat, sagte oder anzog, etwas auszusetzen.

Vielleicht lag es daran, dass sie auf ihre geliebten Tanzveranstaltungen verzichten musste. Seit Papa sich für Karel entschieden hatte, luden wir nicht mehr zum Ball ein und gingen auch auf keine anderen Feste, damit ich nicht in Versuchung kam, mit anderen Männern zu tanzen. Erst wenn ich aus dem Haus war, würden meine Eltern sich Wenizias Verheiratung zuwenden.

Sie konnte es gar nicht erwarten, mich loszuwerden.

Nun, dachte ich, während ich die Sklavin anwies, den Käfig neben dem Fenster aufzustellen, dies ist offensichtlich der nächste Schritt und dann wird es nicht mehr lange dauern. Bald bin ich seine Frau.

Der Gedanke schmeckte nach Wermut; es war, als würde ich versuchen, ein Büschel Stroh zu schlucken oder eine ungeschälte Kastanie.

Es war undenkbar, unvorstellbar. Ich und Karel!

Ich warf mich aufs Bett und betrachtete die Schmetterlinge, die aufgeregt flatterten und sich langsam an die neue Umgebung gewöhnten. Gleich würde ich ihnen Zuckerwasser geben, doch sie würden so oder so sterben. Sie waren wie Träume, farbenfroh und leicht, doch so wie meine Träume hatten sie keine Zukunft. Wie die Dschungelnuss, die Ruovan mir geschenkt hatte. Sie war nicht gekeimt und aufgegangen, sondern in der Erde verschimmelt.

Mit Tränen in den Augen holte ich die Briefe unter meinem Kopfkissen hervor, hundertmal gelesen und geküsst hatte ich sie. Ich kannte sie so gut wie auswendig, und doch wurde ich nicht müde, sie in den Händen zu halten.

Geliebte – darf ich Euch so nennen, liebste Meriande?

Ich wünschte, ich hätte Euch nicht davon abgehalten, Euch zu verkleiden und mir zu folgen. Es kam mir selbstsüchtig und falsch vor, Euch aus Eurem sicheren, geordneten Leben herauszureißen, doch nun wünsche ich mir, ich wäre so vermessen gewesen, denn ich kann an nichts anderes denken als an Euch. Ich versteige mich in wilde Träume – wie Ihr Euch dem Heer anschließt und als Soldatin im Hospital von Sandoria Wunden verbindet, Brüche schient und Fiebernden die Stirn abtupft. Und wie ich Euch begegne, wenn ich aus Banesch zurückkomme, erschöpft und fiebrig, und dann seid Ihr es, die mir lächelnd einen Becher kühlen Wassers anbietet. In der Uniform seht Ihr zauberhaft aus, Eure goldenen Locken kringeln sich, da sie nun kürzer sind, um Euer Gesicht, und Euer Lächeln ist nicht mehr schüchtern und zurückhaltend, sondern frei und verheißungsvoll. Wärt Ihr eine Soldatin, könnte ich Euch küssen, ohne den Zorn Eures Vaters auf mich herabzuziehen, denn Soldaten haben keine Eltern, sie gehören nur Nordun und sich selbst. Wir würden beide unseren Sold sparen, und wenn die fünf Jahre vorbei sind, für die Ihr Euch verpflichten müsstet, könnten wir heiraten und in eine kleine Stadt am Rand des Dschungels ziehen, vielleicht nach Siragant … Ach, vergebt, ich träume. Aber wie könnte ich damit aufhören?

Für immer der Eure
Ruovan

Ich strich das Papier glatt und las seine Zeilen wieder und wieder. Träumte mit ihm seinen Traum. Ich, angetan mit der dunkelroten Soldatenuniform, einen Helm auf dem Kopf, unter dem meine Locken hervorquollen, und Ruovan, der mich entgeistert anstarrte, weil er nicht glauben konnte, dass ich es tatsächlich getan hatte, dass ich alles hingeworfen hatte und ihm in den Dschungel gefolgt war. Bei der Vorstellung, dass dort die strengen Regeln der nordunischen Gesellschaft nicht galten, wurde mir ganz anders. Niemand würde sich darum scheren, ob wir zusammen waren. Niemand würde es mir übel nehmen, wenn ich ihn umarmte, mich nach seinem Kuss sehnte … und um uns der Dschungel, wild und grün und voller Gerüche und Geräusche, eine Welt voller Früchte und Gefahren.

Hör auf zu träumen, Meriande, schalt ich mich. Du musst deine Pflicht tun. Du bist eine Suliwan, du musst Karel heiraten und all das mit ihm tun, was du lieber mit Ruovan tun würdest. Du wirst den Dschungel niemals sehen, du wirst Empfänge veranstalten und Teegesellschaften für die anderen Kaufmannsgattinnen, und wenn die Straße fertig ist, wirst du Feste für die Reisenden aus Banesch veranstalten.

Es war unerträglich. Ich war nicht so. Schon bevor Ruovan in mein Leben getreten war, hatte ich lieber draußen Bogenschießen geübt, statt die perfekte Spitze für das perfekte Kleid auszusuchen.

Ich brauchte lange, um einzuschlafen. Und als ich endlich schlief, träumte ich vom Dschungel. Ich träumte, dass ich die rote Uniform trug und eintauchte in dunkles Grün, wo gigantische rote Blüten wuchsen, die nach mir schnappten. Sie bissen mich, weil ich mich wie sie angezogen hatte, und über mir lachten die Hornaffen, die Papageien kreischten vor Begeisterung und die Blumen bissen noch fester zu. Sie würden mich umbringen. Ich spürte, wie mein Blut aus mir herausströmte, wie sie mich verschlangen, und im Traum war die Gewissheit zugleich schrecklich und tröstlich: Letztendlich ist es der Dschungel, der mich tötet, und nicht die Langeweile.

Dann erwachte ich und der Schmerz war immer noch da, bohrte sich in meinen Arm und etwas Großes schlug mir ins Gesicht.

Mit einem Schrei fuhr ich hoch.

Es war zu dunkel in meinem Zimmer, um deutlich sehen zu können, aber draußen leuchtete der rote Mond und hier drinnen glühte das, was mir ins Gesicht flog, in einem unheimlichen roten Licht. Auf meinem Arm pulsierte ein weiteres Licht.

Ich streifte es mit Gewalt ab und fühlte das Blut über meine Haut rinnen. Bei Pana, was war hier eigentlich los? Ich sprang aus dem Bett und griff nach meinem Kissen.

Die Dschungelschmetterlinge waren irgendwie aus dem Käfig entkommen. Sie flogen durch mein Zimmer und schon griff mich der nächste an und ich spürte einen stechenden Schmerz in der Wange. Während ich mit dem Kissen nach ihm schlug, bohrten sich winzige Zähne in meinen Rücken.

Es war nicht allein der Schmerz – es war wie eine Lähmung. Meine Bewegungen waren so langsam, als würde ich durch tiefes, zähes Wasser waten. Ich warf das Kissen nach dem blauen Falter und verfehlte ihn und gleich darauf setzte er sich auf meinen Hals und biss mich. Meine Hand tastete kraftlos nach ihm.

Sie sind gefährlich, hatte Karel gesagt.

Wirre Bilder tanzten durch meinen Geist, ich sah leuchtende Farben, als würden drei Monde durch mein Zimmer schweben und sich um mich drehen. Meine Beine gaben unter mir nach, ich glitt neben meinem Bett auf den Boden. Mir war schwindlig und zugleich war es ein angenehm berauschendes Gefühl. Der Schmerz war noch da, aber aus irgendeinem Grund störte er mich nicht mehr.

Du wirst sterben, dachte ich dumpf. Fünf gegen einen, das ist nicht fair.

Liebste Meriande, hörte ich Ruovans Stimme.

Noch lebte ich. Und bei Pana, ich wollte in den Dschungel! Ich wollte nicht in meinem Zimmer sterben, ohne je die Dinge gesehen zu haben, von denen ich träumte! Es durfte nicht sein, dass die Leute über mich redeten: Wir haben es ja gleich gesagt, der Dschungel ist nichts für eine Kaufmannstochter.

Wo waren die Sklaven, wenn man sie wirklich brauchte? Ich versuchte zu schreien, aber ich brachte nur ein heiseres Krächzen heraus.

Mit letzter Kraft pflückte ich den Falter von meinem Hals. Ich versuchte, ihn in meiner Faust zu zerquetschen, und während seine wild flatternden Flügel zerfielen, bohrten sich die harten Stacheln seines schlanken Leibes in meine Haut. Der Schmerz war unbeschreiblich. Ich stöhnte und versuchte, die Stacheln wieder herauszuziehen, aber meine Finger ließen sich nicht biegen. Nein, ich durfte meine Zeit nicht verschwenden. Einer von fünf.

Zitternd warf ich mich auf den Rücken, um den Falter, der mich durch mein Nachthemd hindurch biss, unter meinem Gewicht zu zerdrücken. Während ich mich auf dem Boden wälzte, spürte ich die Stacheln, die mühelos meine Haut durchdrangen. Doch der Schmetterling hörte endlich auf, mit den Flügeln zu schlagen. Zwei. Das Gift wirkte immer stärker. Ich würde sterben, so oder so.

Aber mit euch zusammen, ihr verdammten Viecher.

Wo waren die anderen? Der Schmerz wohnte in meinem ganzen Körper, ich war wie blind und konnte nicht sehen, wo die anderen Falter saßen.

Ah, da war einer. Der Gelbe flatterte wild durch den Raum. Den würde ich auch noch erwischen.

Mit bebenden Händen tastete ich nach etwas, das ich werfen konnte. Die rechte Hand, in der die Stacheln steckten, konnte ich nicht gebrauchen, aber meine Linke schloss sich um etwas, das unter meinem Bett gelegen hatte. Mein Bogen! Fast hätte ich gelacht. Der kleine Damenbogen, mit dem ich Mondfalter abschoss. Nur dass ich im Moment nur eine Hand zur Verfügung hatte und mich wie eine uralte Frau bewegte. Ich ertastete einen der kurzen Pfeile, klemmte den Bogen zwischen meine Knie, legte den Pfeil an die Sehne.

Ich musste sie mit dem Mund spannen. Und ich hatte nur einen Schuss.

Wieder stieg völlig unpassendes Kichern in mir hoch. Es war kaum zu glauben, aber ich fühlte mich gut! Ich würde lachend sterben. Gift wälzte sich durch meine Adern, füllte sie mit Schwere und Wohlbehagen.

Der gelbe Falter flatterte auf mich zu. Du willst dich doch nicht etwa auf mein Gesicht setzen, du widerliches Scheusal?

Ich zog die Sehne noch weiter zurück. Und schoss.

Der Pfeil schnellte in die Luft, durchbohrte den Schmetterling und nagelte ihn an die Wand.

Ich war genial. Ich war die beste Schützin von Nordun.

»Hassudavon«, murmelte ich.

Wer fehlte noch?

Irgendwie schaffte ich es, mich auf die Füße zu kämpfen. Etwas leuchtete in der Käfigecke. Der Vierte war da, wo er hingehörte. Ich taumelte darauf zu, fingerte nach dem Türchen, das weit offen stand. Warum stand es auf? Die Sklavin hatte es nicht geöffnet, da war ich mir sicher. Und ich hatte Ruovans Brief gelesen, ich war es auch nicht gewesen. Mein Verstand arbeitete träge, aber er arbeitete.

Der fünfte Schmetterling. Wo?

Ich tastete mit meiner linken Hand über meinen Bauch, meine Beine, verrenkte mich, um meinen Rücken zu überprüfen. Nichts. Ich hatte keine Ahnung, wo er war, und keine Kraft, um nach ihm zu suchen. Das Gift brannte in meinen Adern.

Drei hatten mich beinahe umgebracht. Fünf hätten es todsicher geschafft.

Noch war ich nicht außer Gefahr. Vor meinen Augen tanzten schwarze Flecken und ich konnte kaum meine Beine bewegen. Ich brauchte einen Arzt, so schnell wie möglich, oder ich würde auf den Boden fallen und mich nicht rühren können.

Meine Stirn schlug gegen die Tür, als ich dagegentaumelte, aber dann gelang es mir doch, sie zu öffnen. Keine Sklaven weit und breit. Jemand musste sie weggeschickt haben, aber wer? Ich stolperte über eine Teppichkante und hielt mich an einer großen Vase fest, die ich innig umarmte, bis ich es schließlich schaffte, sie wieder loszulassen. Dann torkelte ich gegen die nächste Tür.

Das Zimmer meiner Schwester. Ich war gerettet.

Wachskerzen und eine duftende Öllampe tauchten den Raum in sanftes Licht. Wenizia schlief nicht. Sie lag auch nicht in ihrem Bett, sondern saß, und der Kerzenschein übermalte ihre nackten Brüste mit Gold. Ihr Haar fiel ihr lang und wellig über die Schultern, ihr Gesicht war so schön und lieblich wie immer, vielleicht noch mehr. Sie sah aus wie eine Prinzessin, die ihre Kleider verloren hatte.

Wirre Gedanken. Ich hielt mich am Türsturz fest, meine Knie gaben unter mir nach.

»Oh verdammt«, zischte Karel.

Wieso lag Karel im Bett meiner Schwester? Wieso war er nackt? Und warum starrten die beiden mich so entsetzt an?

Ich stolperte ins Zimmer, stürzte auf den Teppich, die Stacheln bohrten sich noch tiefer in meine Hand.

»Wann stirbst du denn endlich?«, rief Wenizia. Sie raffte eine Decke vor ihrer Brust zusammen. »Warum stirbst du nicht?«

Ich blinzelte verwirrt. Begriff erst gar nichts und dann zu viel.

»Du?«, ächzte ich. »Der Käfig, die Tür?«

»Ja«, sagte sie. »Ja, ich hab die Falter rausgelassen, während du geschlafen hast. Sie sollten dich im Schlaf stechen, du hättest gar nichts gemerkt.«

»Es tut mir leid«, stammelte Karel. »Ich wollte das nicht, aber … aber …«

»Aber es gab keine andere Möglichkeit.« Ihre Stimme klang nicht kalt und gefühllos, sondern traurig und verzweifelt und so voller Liebe, dass mir beinahe selbst die Tränen in die Augen traten. »Ich liebe ihn so sehr, Meriande, du kannst dir das gar nicht vorstellen, aber er sollte doch dich heiraten!«

»Wir wussten keinen Ausweg«, sagte Karel leise. »Es tut mir schrecklich leid.«

Er stieg aus dem Bett und griff nach seinen Kleidern.

»Ich brauche … einen Arzt …« Und ich lebte immer noch. Ich fühlte, wie meine Kraft schwand, wie die Dunkelheit von allen Seiten auf mich zuwaberte, aber ich lebte immer noch.

»Ich fahre Euch zu Meister Meiran, Fräulein Meriande.«

»Nein«, protestierte Wenizia, »nein, Karel, das darfst du nicht tun! Dann ist alles aus, man wird uns vor Gericht bringen!«

»Sie wird nichts erzählen.« Er kniete sich vor mich hin und berührte mein Kinn. »Schwört Ihr, zu schweigen? Dann bringe ich Euch zum Meister.«

Ich nickte benommen.

»Nein, Karel.« Meine Schwester weinte. »Wenn Meriande überlebt, dann war alles umsonst. Dann musst du sie heiraten. Karel, bitte! Bitte, gib uns nicht auf!«

Er fasste mich um die Taille und zerrte mich hoch. Karel war zu schmächtig, um mich zu tragen, und ich fiel halb gegen ihn.

»Ich kann das nicht«, sagte er. »Ich dachte, im Schlaf würde sie nicht leiden. Aber sie hier vor unseren Augen sterben zu lassen … Es geht nicht, Wenizia. So bin ich nicht.«

Er rief nach den Sklaven. Ich hörte Wenizias lautes Schluchzen, während er mich aus dem Zimmer schleppte und dabei fast zusammenbrach. Sie weinte nicht um mich. Nur um ihre Liebe.

Ich dämmerte weg, als er mich in die Kutsche hob. Ich lag in seinen Armen und träumte, es wäre Ruovan. Die Wagenräder holperten über das Pflaster, der rote Mond schien durch die Fenster und irgendwann beugte sich ein Gesicht über mich und runzelte besorgt die Stirn.

Dann Dunkelheit.

Meine Augen taten weh, als ich sie öffnete. Es war hell, viel zu hell. Sonnenlicht flutete ins Zimmer. Blinzelnd sah ich mich um. Weiß getünchte Wände. Zwei schmale Betten, auf einem davon lag ich. Wo war ich?

»Ihr seid wach, Fräulein Meriande? Wie fühlt Ihr Euch?« Sie sah aus wie eine Ärztin mit den streng zurückgekämmten Haaren, und sie klang wie eine Ärztin. Doch die Frau, die einen Vorhang zur Seite schob und sich vor meinem Bett aufbaute, trug eine goldbraune Uniform – eine lange Hose aus Leinen und eine dazu passende Jacke mit einer Menge Knöpfe. Die Rangabzeichen an ihrer Schulter waren mir ein Rätsel.

»Was ist passiert?« Dann kehrten die Bilder zu mir zurück. Die Schmetterlinge! Karel und Wenizia hatten versucht, mich umzubringen. »Wo ist Meister Meiran?«

»Ich bin Vizefeldwebel Utaina vom Reserve-Bataillon Stadt Nordun«, stellte die Frau sich vor. »Ihr wurdet von Dschungelfaltern angefallen. Meister Meiran brachte Euch her, da er für die Behandlung von fremdländischem Gift nicht ausgerüstet ist. Glücklicherweise hatte sich ein Falter in Eurem Haar verfangen, sodass wir sofort wussten, um welches Gift es sich handelt. Wir konnten Euch gerade noch rechtzeitig ein Gegengift verabreichen.«

Ich hob die Hand, die in einem dicken Verband steckte.

»Wir mussten die Splitter und die Eier entfernen. Das wird rasch wieder heilen.«

»Eier?«

»Die Falter legen durch die Stacheln hindurch ihre Eier in den Leib des Wirtskörpers. Das Gift bewirkt zuerst dessen Lähmung und dann dessen rasche Zersetzung, sodass die Raupen ein Festmahl vor sich haben, wenn sie schlüpfen.«

»Und diese Eier hatte ich in der Hand?«

»Ja, und auch in der Wunde an Eurem Rücken.«

»Jetzt wird mir übel«, sagte ich.

»Aber nicht doch«, sagte Feldwebel Utaina mit einem freundlichen Lächeln. »Ihr habt Euch überraschend tatkräftig gewehrt. Bei so viel Gift, das bereits in Eurem Blut war, hättet Ihr eigentlich schon friedlich schlummern sollen. Euer Verlobter ist untröstlich, dass sein gut gemeintes Geschenk solche Folgen hatte. Er wartet draußen im Vorraum, möchtet Ihr ihn sehen?«

Mein Verlobter Karel Stevan, der Mann, den ich heiraten sollte. Er hatte versucht, mich zu töten. Nein, ich wollte ihn ganz bestimmt nicht sehen.

»Kann ich aufstehen?«

»Ihr könnt auch nach Hause gehen, wenn Ihr wollt, Fräulein Meriande. In diesem Hospital versorgen wir verletzte Veteranen, die weitaus schlimmer dran sind als Ihr.«

Als ich mich aufgesetzt hatte, drehte sich alles um mich.

»Wartet, ich helfe Euch.« Karel war plötzlich im Zimmer, schob die Ärztin zur Seite und packte mich am Arm. »Verratet uns nicht«, zischte er mir ins Ohr. »Bitte, ich flehe Euch an.«

Ich hätte ihm nie einen solch starken Griff zugetraut, während er mich durch den Vorraum in die Eingangshalle schob. Ich war nicht einmal dazu gekommen, mich bei der Ärztin zu bedanken.

»Ich tue alles, ich schwöre es, nur verratet nichts!«

Wir traten in die Sonne hinaus. Das Hospital war, wie ich jetzt sah, ein vierstöckiges Gebäude aus hellem Sandstein. Die Flaggen von Nordun wehten auf dem Dach – der goldene Kreis, der wie eine Sonne aussah und eine Münze darstellen sollte, und in den Ecken die Symbole der eroberten und angegliederten Gebiete – Grün für das Grasland, Blau für den Küstenstreifen, Grau für die Berge von Binatet. Um den von hohen Bäumen beschatteten Platz standen weitere Gebäude der Armee und unmittelbar vor uns marschierten an die fünfzig Rekruten vorbei. Die Soldaten waren blutjung, halbe Kinder noch, und gafften mich unverhohlen an.

»Alles«, wiederholte Karel. »Ihr werdet in unserer Ehe das Sagen haben. Ich werde Euch nie Vorschriften machen, ich werde auch dulden, wenn Ihr Euch … anderweitig umseht. Nur bitte trennt mich nicht von Wenizia! Bitte klagt sie nicht an! Was mit mir geschieht, ist mir gleich, aber bitte, ihr darf nichts geschehen!«

Ich löste seine Hand von meinem Arm. Heute Nacht hatte ich nur ein Nachthemd getragen; wie ich jetzt feststellte, hatte man mir einen schlichten weißen Kittel angezogen und einen leichten Mantel darübergelegt. Ich trug keine Schuhe, keinen Hut, keinen Schleier, kein angemessenes Kleid. Kein Wunder, dass die jungen Männer so geglotzt hatten. In diesem Aufzug würde ich nicht durch die Stadt fahren, nicht einmal in einer geschlossenen Kutsche.

Bei Pana, ich war eine Suliwan!

»Ich brauche etwas zum Anziehen. Ich rühre mich nicht von der Stelle, bevor ich nicht angemessen gekleidet bin.«

»Ja«, rief Karel, er klang erfreut, dass es etwas gab, das er für mich tun konnte, »ja, ich hole Euch etwas.«

Er geleitete mich zu einer Bank im Schatten.

»Setzt Euch. Und sicher habt Ihr Hunger? Ich bringe Euch etwas. Ich rufe die Kutsche und fahre Euch nach Hause. Oder fahre ich zu Euch und hole Euch ein Kleid?«

Ich schloss die Augen, um ihn nicht ansehen zu müssen.

»Bitte.« Er kniete sich vor mich hin und legte seine Hand auf meine. »Bitte, Fräulein Meriande. Ich habe nichts gegen Euch, Ihr seid eine wunderschöne Frau. Aber mein Herz gehört Wenizia. Ich weiß, wir sind zu weit gegangen, wir hätten nie …«

»Geht einfach«, sagte ich.

Er sprang wieder auf. »Was zum Anziehen, ja. Und etwas zu essen. Kommt sofort.« Und damit rannte er endlich davon.

Ich legte den Kopf in den Nacken und seufzte. Mein Hals schmerzte bei jeder Bewegung. Ich spürte das Pochen in meiner Hand und an meinem Rücken. Die Verbände juckten. Ich war hungrig, das stimmte, und ich schämte mich, dass ich nur einen Kittel für Kranke trug und keine Schuhe, als wäre ich ein armes Mädchen von der Straße. Es hätte mich nicht gewundert, wenn mein Vater plötzlich angerauscht gekommen wäre, um sicherzustellen, dass die Erbin des Hauses Suliwan so behandelt wurde, wie es ihr zustand.

Wieder marschierten Soldaten vorbei, Licht brach sich in ihren polierten Messingknöpfen. Alle trugen goldbraune Uniformen. Rot war die Farbe der Dschungelbrigade. Niemand hier trug Rot.

Ich sehnte mich nach Ruovan.

Für einen Moment schloss ich die Augen und stellte mir vor, wie er auf mich zutrat und mich anlächelte. Für Ruovan war ich keine Erbin. Es ging ihm nicht darum, ein Monopol zu küssen. Bei ihm war der einzige Ort auf der Welt, wo ich Trost finden konnte.

Ich hatte die Wahl: Wenn ich meine Schwester anklagte, würde sie hingerichtet werden. Höchstwahrscheinlich würde unser Vater die Richter bestechen, damit sie die Todesstrafe in Sklaverei umwandelten, und man würde Wenizia verkaufen. Karel als Erbe eines anderen Monopols hatte überhaupt keine Chance. Kaufleute, die gegeneinander intrigierten, wurden unerbittlich bestraft, da kannte der Magistrat keine Gnade.

Der Name Suliwan war durch Wenizias Mitschuld unheilbar beschädigt. Wir würden unweigerlich absteigen, vermutlich fand sich kein neuer Bräutigam für mich.

Dieser Anschlag auf mein Leben war unser aller Ruin.

So wie ich Karel einschätzte, würde er die alleinige Schuld auf sich nehmen. Aber wenn Wenizia nicht zur Verantwortung gezogen wurde, wenn sie frei blieb, würde ich nie sicher sein. Ich hatte die Verzweiflung in ihren Augen gesehen. Wenn sie mich für Karels Tod verantwortlich machte, obwohl er mir letztendlich doch noch das Leben gerettet hatte, würde sie sich rächen.

Also sollte ich schweigen – und wir würden weitermachen wie bisher? Mit Karel Tee trinken, Geschenke empfangen, denen ich nicht mehr trauen konnte, und auf den nächsten Mordversuch warten?

»Nein«, flüsterte ich.

Es gab noch eine Möglichkeit. Eine einzige, die den guten Namen meiner Familie nicht beschädigen würde, das mörderische Pärchen glücklich machen und mir das Leben retten konnte. Vielleicht mehr als das Leben.

Es war das, was ich sofort hätte tun sollen, gleich nach Ruovans letztem Brief.

Mühsam kämpfte ich mich von der Bank hoch.

Mit den bedächtigen, langsamen Schritten einer Schwerkranken ging ich auf eins der Gebäude zu. Und überraschte den Soldaten, der am Eingang Wache hielt, mit der Frage: »Wo kann ich mich einschreiben?«

4.

Siliva klammerte sich an meinen Arm. »Hast du das gehört?«

»Was denn?«

Im Dschungel war es nie still. Immer hörte man irgendwelche Schreie, und es war gar nicht so einfach zu unterscheiden, ob ein Vogel, ein Affe oder eines der zahllosen unheimlichen Raubtiere brüllte, kreischte oder fauchte. In den Blumen wohnten giftige Frösche, die wie Hunde bellten, in den Zweigen hübsche bunte Vögel, die wie Schlangen zischten und messerscharfe Zähne im Schnabel hatten, und überall musste man mit den roten Hornpanthern rechnen, die sich jeden Abend einen unglücklichen Sklaven aus dem ungeschützten Arbeiterlager holten.

Nichts war harmlos, und je schöner eine Pflanze oder ein Tier aussah, umso tödlicher war es mit großer Wahrscheinlichkeit.

»Das!« Siliva zeigte in die Wipfel eines Bena-Baums. »Ich glaube, es ist da oben!«

»Entspann dich, das sind nur die Flughunde. Sie pfeifen, wenn sie jagen.«

»Können sie uns umbringen?«

»Natürlich«, sagte ich und zückte vorsichtshalber meinen Bogen. Ich hatte zwar in der Trainingseinheit, die man uns Neuen hatte angedeihen lassen, mit einem Kampfbogen und einem Jagdbogen geübt, aber wenn es darauf ankam, vertraute ich immer noch auf meinen kleinen Damenbogen. Einen Flughund konnte ich damit durchaus vom Himmel holen. Oder einen Schmetterling. Siliva hatte sich schon oft darüber beschwert, dass ich auf die »entzückenden Falter« schoss, sobald ich sie auch nur von Weitem erspähte.

Nach einem anstrengenden Marsch, der drei Mondtänze gedauert hatte, waren wir endlich am Ende der Straße angelangt. Von hier aus ging es direkt in den Dschungel. Nur noch der Außenposten Sandoria lag tiefer im Wald, mitten im feindlichen Gebiet. Jeden Tag trotzten die Arbeitersklaven der Wildnis ein kleines Stück ab, rodeten Bäume und hauten Steine, die in großen Brocken geliefert wurden, in kleine Stücke, um eine auch für Kutschen und schwere Wagentransporte befahrbare Straße zu bauen. Es war eine harte, schweißtreibende Arbeit, und die Arbeiter starben wie die Fliegen, doch keiner von ihnen versuchte je zu fliehen.

Auf dem Weg hatten wir eine Einführung in die wichtigsten Regeln des Soldatenlebens erhalten – Gehorsam und Disziplin. Die jungen Rekruten wurden alle gleichermaßen grob herumgestoßen, was unsere Vorgesetzten für die einzig angemessene Erziehungsmaßnahme zu halten schienen. Je nach Rang unseres Befehlshabers hatten wir mit »Ja, Herr« oder »Ja, Meister« oder gar »Ja, Erhabener« zu antworten – egal, ob es sich um einen Mann oder eine Frau handelte. Am Anfang hatte ich mich gar nicht daran gewöhnen können, höherrangige Soldatinnen mit »Herr« anzusprechen.

Hier nannte mich niemand »Fräulein« und »Ihr« und »Euch«. Meinen Familiennamen hatte ich ablegen müssen, was mir jedoch ganz recht war. Ich wollte nicht überall als Suliwan-Tochter erkannt werden, und eine besondere Behandlung wäre mir sowieso nicht zuteilgeworden. Nicht einmal meine Eltern hatten es geschafft, meine Einberufung rückgängig zu machen. Noch in Nordun-Stadt hatte ich ein Gespräch zweier Offiziere belauscht, die sich über die verzweifelte Frau Suliwan und ihren plumpen Bestechungsversuch lustig gemacht hatten. Dabei hatte ich nicht einmal mitbekommen, dass meine Mutter in der Anlage vorgesprochen hatte. Vielleicht wäre das die letzte Gelegenheit gewesen, sie zu sehen, mich von ihr zu verabschieden. Das musste nun bis zu meinem ersten Urlaub in zwei Jahren warten.

Zwei Jahre! Ob ich überhaupt so lange überleben würde?

Siliva, die auf dem Marsch trotz ihrer gewöhnlichen Herkunft meine Freundin geworden war, blinzelte ängstlich nach oben. Es war fast völlig finster unter den Wipfeln der Riesenbäume.

Ich spannte den Bogen und beobachtete die Finsternis. Ein Glimmen, ein Aufleuchten und ich schoss.

Etwas fiel dicht neben unseren Köpfen vom Himmel – ein Flughund, die spitzen Zähne sprossen ihm aus dem Maul, seine leuchtenden Augen blitzten mich wütend an. Ich musste ihn töten, bevor es ihm gelang, uns zu beißen.

»Die werden dich zu einer richtigen Kämpferin ausbilden«, prophezeite Siliva beeindruckt. »Ich werde wohl eher bei den Heilern landen.«

»Wo du einem der Offiziere den Kopf verdrehen wirst, wetten? Vielleicht einem Feldwebel – oder gar einem Major?«

Siliva war eins der schönsten Mädchen, das ich je gesehen hatte. Wäre sie Teil meiner Welt, der Bälle und Kaufmannsfeste, gewesen, sie hätte sich vor Bewunderern und Bewerbern nicht retten können. Ihre roten Haare waren tagsüber zu einem strengen Zopf geflochten, so wie meine – zu meiner Überraschung hatte sich keine von uns die Haare abschneiden müssen –, doch abends löste sie die Flechten auf und fing die Blicke unserer Kameraden ein. Die Hitze vertrug Siliva nicht besonders gut, denn ihre Haut war milchweiß und zart. In unserer kleinen, bunt zusammengewürfelten Truppe machte sich manch ein Junge große Hoffnungen, und sie hatte, soviel ich mitbekommen hatte, den einen oder anderen bereits erhört.

Auch ich hatte ein paar vorsichtige Anfragen von den Neuen und etwas frechere Angebote von den älteren Rekruten erhalten, doch an mir musste etwas sein, was die Männer abschreckte, denn nach den ersten schroffen Antworten, die ich gegeben hatte – und ein paar Ohrfeigen, wo es nötig war –, ließ man mich in Ruhe.

Siliva hingegen genoss die Freiheit, die das Leben in der Armee ihr bot, in vollen Zügen. Fast jeden Abend verschwand sie mit jemandem im Gebüsch, und wenn wir uns aus Sicherheitsgründen nicht vom Lager entfernen durften, schlüpfte sie zu einem hübschen jungen Kerl unter die Decke.

Wenn ich sie darauf ansprach, denn zuzugeben, ihr Treiben verstörte mich nicht wenig, sagte sie bloß: »Das hilft mir zu vergessen. Was weißt du schon davon?«

Da sagte ich nichts mehr, denn sie hatte recht – ich wusste nichts vom Leben in den Elendsvierteln von Nordun-Stadt. Dass ihre Eltern sie in die Sklaverei hatten verkaufen wollen, erwähnte sie einmal und dann nie wieder. Doch unsere Vergangenheit zählte im Heer nicht. Hier hatte sie eine Chance, aufzusteigen, ihren Sold zu sparen, um sich irgendwann ein Haus zu leisten, zu heiraten. Ihre Träume waren meinen sehr ähnlich, auch wenn sie aus ganz anderen Gründen geflohen war als ich.

Man hatte uns nicht gesagt, wo wir eingesetzt werden sollten. Statt an einem der größeren Stützpunkte eine Ausbildung zu erhalten, waren wir, zusammen mit einer Schar anderer Rekruten, direkt in den Dschungel geschickt worden. Daraus schloss ich, dass man uns wohl kaum im Kampf gegen die wilden Stämme einsetzen wollte. Die Arbeit von medizinischen Helfern hatten wir unterwegs in Grundzügen gelernt – Verbände anlegen oder Fiebertränke verabreichen. Vielleicht sollten wir daran anknüpfen und Dienst im Feldlazarett tun.

Wieder ertönte ein Schrei, diesmal kreischten die Affen in den Bäumen, und als ich versuchte, etwas im Dickicht zu erkennen, war mir, als hätte ich etwas Großes, Rotes gesehen, das mit unglaublicher Geschwindigkeit und Gewandtheit den Stamm einer mächtigen Wurzelbuche hochkletterte. Gelbe Augen glühten in der Finsternis.

»Soldat Meriande, Soldat Siliva.« Leutnant Harik, der uns bisher begleitet hatte, blickte missbilligend auf den Flughund, der gerade sein Leben aushauchte. »Packt eure Sachen. Ihr marschiert morgen mit nach Sandoria.«

Ich wechselte einen ungläubigen Blick mit Siliva. Sie wirkte entsetzt. Und ich … natürlich dachte ich sofort an Ruovan. Mein Verehrer würde dorthin zurückkehren, wenn die Delegation aus Banesch nach Hause kam. Wir würden uns treffen! Doch ich bremste meine Aufregung und zwang mich, vernünftig nachzudenken. Sandoria war der gefährlichste Ort im Kriegsgebiet. Der Außenposten lag mitten im Dschungel – weit von der Straße entfernt. Bis der Bau dort angekommen war, würden ein, zwei Jahre vergehen. Von dort aus wurden die Vernichtungsschlachten gegen die Kleinen Krieger geführt. Die wilden Stämme dieses Volkes und ihre hartnäckigen Überfälle waren wie ein Stachel im Fleisch von Nordun. Kein Offizier, dem etwas an seinen Soldaten lag, würde frische Rekruten, die noch in der Grundausbildung waren, so tief in den Dschungel hineinschicken.

»Ja, Herr«, sagte Siliva.

»Was sollen wir denn da?«, fragte ich. »Wäre es nicht sinnvoller, wenn wir erst …«

»Soldat«, unterbrach Harik mich schroff. »Stellst du einen Befehl infrage?«

»Nein, Herr.«

Ohne ein weiteres Wort drehte er sich um und stapfte davon.

Aus dem Schlaflager der Sklaven ertönte ein markerschütternder Schrei, bei dem es mir kalt den Rücken herunterlief.

»Wie weit ist Sandoria entfernt?«, fragte Siliva unbehaglich.

»Einen halben Mondtanz, habe ich gehört.«

Das war unvorstellbar weit, schien mir. Tage und Nächte durch ungerodetes Dickicht. Ich dachte an die grausamen, wilden Kleinen Krieger, an den Hornpanther, an Schlangen und Falter, die des Nachts über uns herfallen könnten. Doch es war zwecklos, an die Vernunft des Leutnants zu appellieren. Der einzige Weg, dem Befehl zu entkommen, wäre die Flucht gewesen – doch wohin? Wir hatten keine Wahl. Wenn wir zum Außenposten geschickt wurden, würden wir zum Außenposten gehen. Die Stelle in Ruovans Brief, als er geschrieben hatte, die Soldaten würden nur Nordun und sich selbst gehören, beschönigte die Tatsachen sehr. Nein, wir gehörten nicht mehr uns selbst. Für die nächsten fünf Jahre gehörten wir ausschließlich Nordun.

Die Sklaven gingen hinter uns und trugen das Gepäck. Einige Soldaten bahnten uns den Weg durchs Dickicht mit Macheten und Stöcken, und dazwischen waren wir – zehn junge Rekrutinnen, ausnahmslos Frauen. Nur Siliva und ich stammten aus Nordun-Stadt, die übrigen waren aus den kleineren Städten am Südufer, und Briane, ein sehr junges schwarzhaariges Mädchen mit riesigen runden Augen, hatte sich in Siragant zum Dienst gemeldet. Das Leben in den unteren Schichten der Gesellschaft war schwieriger, als ich es mir je vorgestellt hatte. Wenn ich denn überhaupt darüber nachgedacht hatte. Im Kaufmannsviertel bekam man keine ärmeren Menschen zu sehen als diejenigen, die uns mit den Waren des täglichen Bedarfs belieferten. Und Sklaven natürlich, aber Sklaven zählten nicht wirklich als Menschen, sondern als Handelsware.

Wir kamen nur langsam vorwärts. Die Geräusche des Dschungels schienen mir zehnmal so laut und verwirrend wie im Lager. Ich sehnte mich nach einer Straße unter meinen Stiefeln, nach festen Steinen statt Wurzeln, Löchern und Ranken, die sich um unsere Füße wanden. Trotz der leichten Leinenkleidung war ich nassgeschwitzt. Zum Reden fehlte uns allen die Kraft, wir machten uns nur gegenseitig auf stachelige Pflanzen oder herausragende Wurzeln aufmerksam. Manchmal war es mir, als würde uns etwas verfolgen, denn immer wieder tauchte ein Schatten am Rand meiner Wahrnehmung auf und verschwand wieder. Sobald ich den Kopf drehte, war da nichts – nur das undurchdringliche Blattwerk des Dschungels. Aber nach dem dritten Mal war ich mir sicher, dass ich mich nicht getäuscht hatte, und bei unserer nächsten Rast während der Mittagshitze setzte ich mich neben unseren Leutnant und senkte die Stimme.

»Ich glaube, wir werden verfolgt, Herr. Da ist etwas neben uns.«

Harik musterte mich überrascht. »Du hast sie gesehen, Soldat Meriande?«

»Ihr wisst davon, Herr?«

Er lächelte. »Was glaubst du, was es ist?«

»Ein Hornpanther? Oder ein … ein Dschungellöwe?«

Ein spöttisches Lächeln glitt über sein verschwitztes Gesicht. »Wenn es ein Dschungellöwe wäre, dann wären wir längst tot. Ein Hornpanther hingegen ist zu schlau, um sich ein bewaffnetes Opfer auszusuchen. Warum sollte er sich mit uns auseinandersetzen, wenn er sich jeden Abend unbehelligt einen Mann aus dem Sklavenlager holen kann?«

»Was ist es dann?«

»Bestiensoldaten. Seit unserem Aufbruch von der Baustelle werden wir von zwei Bestiensoldaten begleitet, die uns nach allen Richtungen hin absichern. Ansonsten wäre es Selbstmord, sich in so einer kleinen Gruppe in den Wald vorzuwagen.«

»Sie beschützen uns?«

Der Leutnant nickte zufrieden. »Das ist ihre Aufgabe.«

Ich drehte den Kopf und versuchte, die Schatten im Dickicht auszumachen. Wie sie wohl aussahen? Waren sie wie aufrecht gehende Tiere? Glichen sie den Hornaffen? Ich hätte Ruovan dazu zwingen sollen, sie mir näher zu beschreiben. Er war mir stets ausgewichen, wenn ich ihn darauf angesprochen hatte. So als brächte es Unglück, über sie zu reden. Oder als wäre ihr Anblick zu schrecklich, um ihn einer Dame zuzumuten.

Doch mittlerweile war ich keine Dame mehr. Ich trug eine dunkelrote Uniform, mein Haar war geflochten und ich hatte mich sogar an ungepuderte Männergesichter gewöhnt.

»Wie sehen sie aus?«, fragte ich leise.

»Du wirst sie noch früh genug sehen, Soldat«, sagte Leutnant Harik bloß. »Und jetzt nutz die Zeit, um dich auszuruhen, du wirst deine Kraft noch brauchen.«

Natürlich spähte ich nun erst recht neugierig ins flirrende Spiel von Licht und Schatten, aber erst am dritten Tag gelang es mir einmal flüchtig, eine Gestalt zu sehen.

Siliva, die hinter mir ging, gab mir einen leichten Stoß in den Rücken. »Nicht stehen bleiben, Meriande. Weitergehen!«

»Hast du das gesehen?«

Es musste eine Täuschung gewesen sein. Die Bestie war riesig, ein unförmiger Schatten, größer als jeder Mann, breiter als ein Pferd, und dabei bewegte sie sich nahezu lautlos. Beim nächsten Mal sah ich sie ein wenig deutlicher. Ein Lichtstrahl, der sich durchs Blätterdickicht gekämpft hatte, glänzte auf einem großen, gebogenen Horn.

Das Wesen hatte Hörner! Und es hatte gemerkt, dass ich nach ihm Ausschau hielt. Aus dem Dunkel spürte ich seinen Blick und mir war, als würden zwei Lichtpunkte aufglühen.

Vor Schreck stolperte ich und krachte in den Rücken von Monka, einer hochgewachsenen Brünetten, die von sich behauptete, im Nahkampf unschlagbar zu sein. Sie fuhr herum und packte mich am Kragen.

»Verzeihung«, stammelte ich.

Monka musterte mich böse, dann ließ sie mich los. »Pass auf, wo du hintrittst, Püppchen.«

»Ja, mach ich, danke, Soldat.«

Ich wandte den Kopf, doch der unheimliche Schatten mit den glühenden Augen war verschwunden.

Nachts wurden wir in Schichten für den Wachdienst eingeteilt. Leider war ich nicht mit Siliva zusammen, sondern musste einem der Machetenträger, einem einfachen Soldaten namens Stefenno, Gesellschaft leisten. Wir hatten Öllaternen aufgehängt, die von einer Wolke von Insekten umlagert wurden, und lauschten in die Dunkelheit. Hin und wieder stand einer von uns auf und drehte eine Runde um die Schläfer. Als ich an der Reihe war, ging ich betont langsam und versuchte so wenig Lärm wie möglich zu machen. Bei jedem Schritt hielt ich inne und horchte.

Und unterdrückte einen Schrei, als plötzlich eine riesenhafte Gestalt vor mir auftauchte. Aus der Nähe war der Bestiensoldat noch größer als von Weitem, meine Nase war ungefähr auf Höhe seiner Brust – oder da, wo ich eine Brust vermutete. Er war ein unförmiges, pelziges Wesen. Das Gesicht lag im Dunkeln, nur die Augen waren im Laternenlicht blanke, goldene Scheiben. Ein seltsamer, ölig-harziger Geruch ging von ihm aus. Das Geschöpf beugte sich leicht vor und sog die Luft ein. Schnüffelte es etwa an mir?

Mein Herz begann zu rasen.

So wenig ich auch über die Bestiensoldaten wusste, mein Körper reagierte instinktiv mit Gänsehaut und Schockstarre. Gleich darauf ergriff mich ein unwiderstehlicher Fluchtreflex. Es kostete mich jedes bisschen meiner Willensstärke, um stehen zu bleiben und den glimmenden Blick auszuhalten.

»Wie heißt du, ähm, Soldat?«, fragte ich. Hoffentlich war er kein Feldwebel, dann hätte ich ihn damit beleidigt. Niemand wollte einen solchen Riesen kränken. Leider trug er keine Rangabzeichen, sodass ich gezwungen war zu raten – und ich hoffte, ich lag nicht falsch. Die gewaltigen Hörner auf seinem Kopf waren tödliche Waffen, doch wenn er so stark war, wie seine massige Gestalt verriet, brauchte er nur seine Hände, um mich zu zerquetschen.

Hatte er wohl Hände? Zu sehen war davon nichts. Im Schatten verschmolzen alle Einzelheiten zu einem Berg aus Fleisch und Fell und … Stacheln. Meine Augen gewöhnten sich an die Finsternis und erkannten die armlangen Stacheln, die aus seinen Schultern ragten.

Er antwortete nicht.

»Warum sitzt du nicht bei uns im Lager, Soldat? Du und dein Kamerad, ihr schlaft ganz allein im Wald?«

Der Duft nach bitterem Harz stieg mir in die Nase. Nicht nach irgendeinem Tier, das ich kannte.

Ohne ein Wort drehte der Riese sich um und tauchte in den Dschungel ein.

Ich sah ihm nach – aber da war nichts. Als hätte ihn die Wildnis verschluckt.

Mit einem beklommenen Gefühl kehrte ich zu meinem Wachpartner zurück.

»Die Bestiensoldaten«, sagte ich leise. »Hast du schon mal mit ihnen geredet?«

»Niemand redet mit den Bestiensoldaten«, sagte Stefenno. »Sie sind Tiere. Sie sind zu dumm zum Sprechen, obwohl es heißt, dass die Klügsten von ihnen ein paar Worte lernen können. Aber ob das stimmt? Untereinander knurren und bellen sie nur.«

Ich dachte an den glühenden Blick, an den fremdartigen Duft, an die Angst, die mich dazu hatte bringen wollen, umzukehren und davonzurennen, so schnell ich konnte. Aber ich floh nicht. Ich war Soldatin im Norduner Heer, ich gehörte zur Dschungelbrigade. Es war meine Aufgabe, den Dschungel kennenzulernen.

Verwirrt setzte ich mich auf den Lederhocker, der verhinderte, dass uns Tausendfüßler oder Hornameisen in die Hosen krochen, und starrte in die Dunkelheit, bis mir die Augen tränten.

Zwischendurch schoss ich eine Handvoll Schmetterlinge ab, was mir verwunderte Blicke von Stefenno einbrachte.

»Hast du was dagegen, wenn ich sie behalte?«, fragte er. »Getrocknet sind sie eine Menge wert.«

»Auf dem Schwarzmarkt?«

»Was glaubst du denn.« Er grinste.

Natürlich auf dem Schwarzmarkt. Das Monopol für vollständige tote Tiere besaß die Familie Mettering.

»Ich würde die nicht mit einer Kneifzange anfassen«, sagte ich. »Sie können ihre Eier auch noch ablegen, wenn sie tot sind, und diese Eier halten sich lange. Nur ein Wort der Warnung.«

»Ich pass schon auf.« Er sammelte die toten Falter ein.

Ich mochte gar nicht hinsehen.

In diesem Moment ertönte der Schrei.

Es war ein Laut, wie ich ihn noch nie gehört hatte, er fuhr mir durch Mark und Bein, schien wie ein Reibeisen über meine Knochen zu schaben. Wir waren so hastig aufgesprungen, dass wir beinahe mit den Köpfen zusammenstießen, und alle Schläfer saßen aufrecht, die Augen weit aufgerissen vor Schreck.

»Einen Kreis bilden«, befahl Leutnant Harik. »Sofort.«

Wir drängten uns aneinander, mit dem Rücken zur Mitte, und warteten.

»Was war das denn?«, wisperte Siliva. Ihre Hände krampften sich um das lange Messer, ihre bevorzugte Waffe.

Ich wünschte mir, wenigstens die erfahrenen Soldaten hätten Gewehre gehabt. Doch die Luntenschlossgewehre, mit denen das Heer im Süden erfolgreich kämpfte, waren im Dschungel nutzlos, da die Luftfeuchtigkeit jedes Pulver verklumpte.

Mit zitternden Fingern legte ich einen Pfeil an die Bogensehne.

»Dschungellöwe«, flüsterte der Leutnant, jede Silbe klang so laut wie ein knackender Zweig.

Niemand, dem ich bisher begegnet war, hatte je einen Dschungellöwen gesehen. Diejenigen, die davon hätten erzählen können, kehrten nicht mehr ins Lager zurück. Ein Hornpanther brachte tödliches Verderben, doch ein Dschungellöwe war der Tod selbst.

Wieder zerriss ein Schrei die Stille. Ein unangenehmer Gestank lag plötzlich in der Luft; irgendeiner der Soldaten hatte die Nerven verloren.

Die Sklaven, die außerhalb des Kreises waren, wimmerten vor Furcht. Einer stürzte los, in den Dschungel hinein, obwohl die anderen noch versuchten, ihn zurückzuhalten.

Entsetzt wartete ich auf den nächsten Schrei, auf den qualvollen Schrei eines Mannes, der dem Grauen selbst gegenüberstand, doch es blieb unheimlich still. Nicht einmal das Zerreißen von Blättern und das Brechen von Zweigen war zu hören, obwohl kein Sklave sich so geräuschlos bewegen konnte wie ein Bestiensoldat.

Erst jetzt fiel mir auf, dass auch die gewöhnlichen Laute des Dschungels ausgesetzt hatten. Alle Tiere waren verstummt. Kein Nachtvogel rief, die Käfer hatten aufgehört, Löcher in weiches Holz zu bohren, nicht einmal die lästigen Affen stritten sich in den Schlafbäumen. Der rote Mond warf sein Licht durchs Blattwerk, jeder Tropfen Feuchtigkeit, der sich auf Blättern und in Blütenkelchen gebildet hatte, sah aus, als wäre er aus Blut.

Und dann war plötzlich alles Geschrei und Chaos. Etwas sprang zwischen uns, war einfach da, etwas Großes, Wildes. Zähne und Hörner und Stacheln glühten, bunte Farben leuchteten, blendeten mich, ein vibrierendes, pfeifendes Geräusch gellte in meinen Ohren und die Luft roch metallisch und bitter.

Ich sah … etwas. Es war zu dunkel, um mehr als Umrisse zu erkennen. Ein Wesen, leuchtend, flammend, schnell wie eine Eidechse. Und dann zwei Gestalten, die in unser Lager sprangen, die massig und dennoch erstaunlich gewandt waren. Im Wechselspiel von Licht und Schatten war es wie ein Tanz von drei

Ungeheuern. Welches von ihnen war der Dschungellöwe? Wer waren die Bestiensoldaten? Sie waren wie ein einziges Wesen, ein Berg aus Fell und Licht und Stacheln.

Und dann schrien sie alle drei. Ein Schrei, dreifach verstärkt, und dann schwanden mir die Sinne.

5.

Aufwachen!« Etwas Nasses klatschte mir ins Gesicht. Leutnant Harik schüttelte schon den nächsten Soldaten und goss den Inhalt eines trichterförmigen Blattes über ihn, um ihn zu wecken.

»Wir müssen sofort weiter!«

Blitze hatten sich in mein Gehirn eingebrannt, und nur mit Mühe erkannte ich meine Umgebung. Meine Kameradinnen, die sich aufrappelten, die Sklaven, die sich ängstlich aneinanderdrängten, die Soldaten, die aufsprangen und nach ihren Macheten griffen. Sämtliche Öllaternen waren ausgegangen und nur der weiße Mond sandte seine Strahlen auf die kleine Lichtung. Der rote Mond war längst untergegangen.

Ich versuchte, die Überlebenden zu zählen, aber alle liefen durcheinander. Fehlte jemand? Jedenfalls sah ich niemanden verletzt oder tot auf dem Boden liegen. Von dem Dschungellöwen war nichts zu sehen, und nur noch ein Bestiensoldat war übrig geblieben. Er setzte sich an die Spitze unserer Truppe, ein stummer Berg aus Hörnern und Pelz, und wir rannten ihm nach, so gut es ging. Ich konnte nur hoffen, dass es dem anderen Bestiensoldaten gelungen war, das Ungeheuer zu verjagen. Dass es noch lebte, davon ging ich aus, sonst wären wir nicht in blinder Eile durch den Wald geflüchtet.

Stundenlang kämpften wir uns durchs Dickicht, bis unser Anführer plötzlich stehen blieb, ein Knurren ausstieß und zwischen den Bäumen verschwand.

»Wir rasten jetzt«, sagte Leutnant Harik müde.

Zwei Sklaven fehlten – der Mann, der weggerannt war, und eine junge Frau, die unser Essen zubereitet hatte. Von meinen Kameradinnen hatten alle überlebt, nur Monka blutete aus einem tiefen Kratzer quer über ihre Stirn; sie konnte nicht erklären, wie sie sich das zugezogen hatte. Sie jammerte darüber, dass eine Narbe zurückbleiben würde. Ich wies sie nicht darauf hin, dass sich Gift in der Wunde befinden könnte und ich mir lieber über mein Leben Sorgen machen würde als über den Verlust makelloser Haut.

Einer der Soldaten, die uns begleiteten, fehlte ebenfalls.

Drei Tote also, wenn man davon ausging, dass der zweite Bestiensoldat nicht tot war, sondern das Ungeheuer ablenkte.

Wir aßen, ruhten uns etwas aus und zogen dann weiter. Es waren noch viele Tagesmärsche bis nach Sandoria, und nach der letzten Nacht war niemand von uns davon überzeugt, dass wir überhaupt ankommen würden.

Die Wachen wurden verstärkt und wir anderen schliefen nur, weil die Erschöpfung uns in den Schlaf trieb. Auch in dieser Nacht hörten wir den Schrei des Dschungellöwen, doch zum Glück weiter entfernt. Der Bestiensoldat, der uns geblieben war, hielt sich in der Nähe des Lagers auf. Immer wenn ich unruhig hochschreckte, sah ich seinen unförmigen Schatten, fingen die Hörner das Mondlicht ein. Dann, schon gegen Morgen, schlug ich die Augen auf, suchte instinktiv nach ihm und stellte überrascht fest, dass er mitten im Lager direkt neben der Laterne saß. Aus den Falten seines Fells ragten Hände und neben dem Hocker erkannte ich einen groben Lederstiefel.

Benommen richtete ich mich auf. Ein Mantel! Er war gar nicht mit Fell bedeckt, er trug einen Mantel! Im Dunkel des Waldes, wo alles miteinander verschwamm, hatte ich es nie richtig erkennen können. Nur wer hätte gedacht, dass sich jemand in dieser Hitze mit üppigen Pelzen behängte?

Glühende Augen trafen mich über die anderen Schläfer hinweg. Sein Gesicht lag trotz der Lampe im Schatten, da sein gewaltiger stacheliger Kopf mit den Hörnern zu viele Vorsprünge und Verformungen aufwies. Aber vielleicht gehörte auch das nicht wirklich zu ihm, war … ein Helm vielleicht? Doch wer würde bei dieser Schwüle so ein schweres Ding auf dem Kopf tragen? Versuchte ich bloß, ihn mir menschlicher zu denken? Die Menschen in Banesch hatten Hörner, das wusste ich von Ruovan. Und kamen nicht die Bestiensoldaten von dort?

Die vier Wachposten drehten ihre Runden, wobei sie einen großen Bogen um ihn schlugen. Es war ungewöhnlich, dass er ins Lager gekommen war. Was tat er da überhaupt? Er hielt seine Hände ins Licht.

Ohne lange nachzudenken, stand ich auf, stieg vorsichtig über meine schlafenden Kameradinnen und ging zu ihm. Ich zog einen Lederhocker heran und setzte mich ihm gegenüber. Aus seiner breiten Brust kam ein tiefes Grollen, das Ärger bedeuten mochte – oder Schmerz? Denn in seinen Händen steckten mehrere dunkle Splitter. Einige ragten direkt aus seinen Fingerspitzen. Obwohl er die Handinnenflächen nach oben hielt, konnte ich erkennen, dass seine Fingernägel dunkel und leicht gebogen waren und spitz zuliefen. Er besaß Klauen, und obwohl sie so wirkten, als könnte er sie wie Pinzetten für feine Arbeiten benutzen, hatte er offenkundig Schwierigkeiten damit, die Splitter zu entfernen. Die Haut um sie herum war gerötet und angeschwollen.

»Darf ich?«, fragte ich leise.

Es machte mich nervös, dass ich sein Gesicht nicht sehen konnte. Nur die Augen spürte ich, ihren stechenden Blick. Aber er war nicht mein Feind, er war Soldat im nordunischen Heer und damit mein Kamerad.

»Gib mir deine Hand, Soldat.«

Die Wachtposten beobachteten uns angespannt, einer von ihnen war Leutnant Harik, der seit dem Angriff des Dschungellöwen ebenfalls Wachdienst tat. Warnend schüttelte er den Kopf. Doch solange er mir keinen direkten Befehl gab, konnte ich so tun, als hätte ich es nicht gemerkt.

Der Bestiensoldat zögerte, also griff ich einfach nach seiner Hand und zog sie näher ans Licht. Sie war größer als jede Männerhand, mehr eine Pranke, und doch war die zarte Haut der Handfläche sehr glatt und weich. Ich zupfte den ersten Splitter heraus. Der Soldat zuckte nicht einmal, obwohl es bestimmt schmerzhaft war. Gleich fasste ich nach dem nächsten, einem dickeren Dorn, der sich tief in den Handballen eingegraben hatte. Das tiefe Grollen aus seiner Brust klang beängstigend, doch ich ließ mich nicht davon beirren und er zog seine Hand nicht weg. Also machte ich einfach weiter. Vorher war ich so müde gewesen, dass ich möglichst schnell hatte fertig werden wollen, doch jetzt war ich hellwach. Mir war durchaus bewusst, dass dieses Wesen bedrohlich war und mich mit seinen scharfen Klauen nach Belieben auseinandernehmen konnte – aber warum sollte es? Ich durfte nur keinen Fehler machen und ihm keine zusätzlichen Schmerzen zufügen. Trotzdem zitterten meine Hände nicht. Einen Splitter nach dem anderen bekam ich zu fassen. Manche brachen beim ersten Versuch ab und ich musste die oberste Hautschicht abziehen, um sie freizulegen. Der Bestiensoldat nahm es leise grollend hin.

»Die andere Hand bitte, Soldat.«

Hin und wieder, während ich arbeitete, hob ich den Blick und versuchte, Details zu erfassen. Die Stacheln auf seinen Schultern waren aufgenäht – Trophäen vermutlich. An eingenähten Schlaufen hingen weitere Stacheln, die mit Griffen versehen waren, breite Messer mit gezackter Klinge, Pfeile, die in Röhren steckten, und kleine Beutel, deren Inhalt nicht zu erkennen war. Der Kerl war bewaffnet wie ein ganzer Trupp. Als ich seine Hand einmal drehte, zuckte ich zusammen. Nicht nur, dass ich nun seine Klauen vor mir hatte – sein Handrücken war mit blauen Schuppen gesprenkelt. Er war viel weniger menschlich, als ich angenommen hatte. Diesmal klang sein Grollen beinahe amüsiert.

»Verzeihung«, murmelte ich und wandte mich wieder den Splittern zu.

Es gab noch ein paar schwierige Stellen, und am schlimmsten war ein Splitter, der sich direkt unter eine der Klauen gegraben hatte, doch mein Patient nahm alles stoisch hin und endlich war ich fertig.

Ich hatte kein Dankeschön erwartet. Aber dies noch weniger: dass er mir mit seiner geschundenen, blutigen Hand über die Wange streichelte. Dann erhob er sich. Sein weiter Mantel streifte mich, unendlich weicher Pelz hüllte mich kurz ein, dann verschwand der Bestiensoldat im Dschungel.

»Bist du wahnsinnig, Soldat?«, zischte der Leutnant.

»Er hatte Schmerzen«, zischte ich zurück. »Wo liegt das Problem?«

»Wo das Problem liegt?« Er lachte heiser. »Bringt man den neuen Rekruten bei der Einweisung denn gar nichts mehr bei? Die Bestien halten sich von uns fern, und wir halten uns von ihnen fern. Er hätte dich beißen können! Er hätte dich fressen können! Oder ins Gebüsch schleppen, so wie du ihm schöne Augen machst. Sie sind nicht wie wir!«

»Ich will Lazarettgehilfin werden«, sagte ich, obwohl das nicht stimmte. Viel lieber wollte ich Jägerin werden, doch im Moment schien mir dieses Argument nützlicher. »Und deshalb muss ich lernen, mich um alle Arten von Verletzungen zu kümmern.«

»Nicht bei ihnen«, widersprach er. »Sie lassen sich nie von unseren menschlichen Ärzten behandeln oder auch nur untersuchen. Außerdem sind sie giftig, besser, man berührt sie erst gar nicht. Du wirst dich von den Bestien fernhalten, Soldat. Das ist ein Befehl.«

Seine Worte beunruhigten mich mehr, als ich mir anmerken ließ. Mit Gift hatte ich bereits ungute Erfahrung gesammelt, und ausgerechnet jetzt begannen meine Hände heftig zu kribbeln. Unauffällig rieb ich die Fingerspitzen aneinander, sie fühlten sich dick und geschwollen an.

Oh Pana, hatte ich mich etwa vergiftet? Aber das hätte der Bestiensoldat doch nicht zugelassen, oder? Er hätte nicht erlaubt, dass ich ihn berührte, wenn das gefährlich für mich gewesen wäre. Jedenfalls hoffte ich das. Beschämt musste ich mir eingestehen, dass ich vielleicht ein bisschen zu stolz auf meine Hilfsbereitschaft gewesen war. Ich wusste gar nichts über die Wesen, die uns auf unserer Reise beschützten. Und meine Neugier konnte mich teuer zu stehen kommen.

Manchmal hörten wir den Dschungellöwen brüllen, doch es erfolgte kein weiterer Angriff, und nach einem halben Mondtanz erreichten wir Sandoria. Anders als das Lager an der Baustelle, das mit der Straße durch den Dschungel wanderte, war dieser Stützpunkt auf lange Sicht hin angelegt. Ein hoher Palisadenzaun umgab die Wohnhütten und den Übungsplatz, die Gebäude der Verwaltung und das Hospital. Neugierig blickte ich mich um.

Ich hatte erwartet, dass hier zahlreiche Bestiensoldaten Dienst taten, doch nur menschliche Soldaten in dunkelroten Uniformen übten sich im Bogenschießen und im Säbelkampf. Sie waren sehr gut. Fasziniert blieb ich stehen, um zwei Soldaten zuzusehen, doch Harik rief mich sofort zur Ordnung.

»Die neuen Rekrutinnen melden sich in der Verwaltung bei Feldwebel Juwal. Sofort nach ihrer Ankunft. So lautet der Befehl. Ich gebe euch kurz die Gelegenheit, euch frisch zu machen. Dort drüben in den Frauenunterkünften sind Waschbecken. Aber ich rate euch, nicht zu trödeln.«

Dankbar stürzten wir uns auf das Wasser, wuschen uns den Schweiß ab und zogen uns frische Uniformen an. Dass sich auch neue Kleidung klamm anfühlte, waren wir mittlerweile gewöhnt. Die Spiegel waren beschlagen, doch immerhin konnten wir unsere Haare flechten und uns etwas zurechtmachen. Monka, die mit dem geschwollenen Kratzer auf der Stirn übel aussah, machte sich dagegen gleich auf den Weg zum Lazarett.

Siliva strich ihre Uniformjacke glatt und steckte sich eine rote Strähne hinters Ohr. »Ich hätte nie gedacht, dass wir einmal im Außenposten landen. Schicken sie nicht sonst nur die Besten her?«

»Vielleicht gibt es hier die beste Ausbildung«, vermutete eine der anderen Frauen.

Jede von uns brannte darauf, zu erfahren, wofür wir eingeteilt werden würden. Ich hoffte, dass mein geschickter Umgang mit dem kleinen Bogen mich dazu befähigte, zu den Jägern zugelassen zu werden. Andererseits war es im Dschungel so gefährlich, dass ich kaum hoffen durfte, als Jägerin die fünf Jahre, für die ich mich verpflichtet hatte, zu überleben. Im Lazarett hingegen war ich zwar vor Dschungellöwen und Hornpanthern sicher, konnte mich jedoch mit dem gefürchteten Dschungelfieber anstecken. Nein, sicher war es nirgends. Und in der Tat fühlte ich mich bereits leicht fiebrig. Mir war heiß und ein wenig schwindelig.

Wir mussten in einem Vorraum warten und Siliva wurde als Erste hereingerufen. Als sie nach relativ kurzer Zeit wieder herauskam, war sie blass wie eine getünchte Wand, und auf unsere Fragen antwortete sie nur mit einem Kopfschütteln. Eine nach der anderen betrat das Büro des Feldwebels und kehrte mit geröteten Augen, weinend oder starr vor Schreck zurück.

Ich war die Vorletzte. Nach der Reaktion der anderen fürchtete ich schon das Schlimmste, doch ich nahm mir vor, mich nicht unterkriegen zu lassen. Schlimmstenfalls würden sie uns als einfache Soldaten in den Kampf schicken, als Futter für den Feind. Ich hoffte so sehr, dass ich auf eine Stelle versetzt wurde, die es mir ermöglichte, zu überleben und Ruovan zu sehen, wenn er zurückkam. Anders durfte es einfach nicht kommen.

»Du hast dich also dazu entschlossen, Nordun zu dienen, Soldat. Vor einigen Mondtänzen hast du deinen Eid geleistet und dich für fünf Jahre verpflichtet.« Feldwebel Juwal, eine ältere Frau mit straff zurückgebundenem Haar, das ihre Gesichtszüge glättete, blätterte sich durch die Stapel an Unterlagen auf ihrem Schreibtisch. Das Papier wellte sich stark, die dünnen Mappen beulten sich aus und jedes Umblättern endete damit, dass sie auch die übrigen Blätter bändigen musste.

»Ja, Feldwebel«, sagte ich und ertappte mich bei einem erwartungsvollen Lächeln. Rasch wurde ich wieder ernst. Mir war vorhin durchaus aufgefallen, dass die Soldaten hier in Sandoria mit grimmigen Gesichtern durchs Lager spazierten. Frischfleisch wie uns erkannte man sofort an der Hoffnung, das Leben könnte besser werden.

Die Offizierin musterte mich. »Du bist recht hübsch, Soldat.«

»Äh, danke.« Es gelang mir gerade so, keine Miene zu verziehen. Mein Aussehen hatte nichts mit meinen Fähigkeiten zu tun. Glaubte sie, ich wäre mir zu fein, um mich schmutzig zu machen? Mit dem Zopf, dem Helm und der Uniform sah ich nicht anders aus als jeder andere Soldat auch, und das war mir durchaus recht so. Meriande Suliwan, die auf Debütantinnenbällen glänzte und deren lange Kleider sie am Laufen hinderten, gab es nicht mehr.

Der bohrende Blick des Feldwebels irritierte mich zunehmend. Die lockeren Sitten der Armee würden doch nicht etwa dazu führen, dass sie mir Avancen machte? Waren die anderen Frauen deshalb weinend aus diesem Raum gekommen?

»Sehr schön«, murmelte sie. »Leutnant Ruovan hat dich vorgeschlagen, wie ich sehe.«

Mein Herz schlug schneller. Ich hatte Ruovan geschrieben, dass ich ins Heer eingetreten war, aber seitdem war ich beinahe ununterbrochen unterwegs gewesen, und falls er mir geantwortet hatte, hatten seine Briefe mich nicht erreicht. Hatte er etwa im Hintergrund die Fäden gezogen und bewirkt, dass ich in den Außenposten versetzt wurde? Ihm so nah wie möglich?

»Mein Verlobter«, sagte ich stolz. Wenn wir genug gespart hatten, zählte nicht mehr, was mir meine Eltern und die Regeln der vornehmen Gesellschaft erlaubten.

Ein ohrenbetäubender Schrei ließ mich zusammenzucken – ein lang gezogenes Heulen, das in einem wilden Fauchen endete. Es klang anders als die üblichen Urwaldgeräusche, nicht wie die Affen oder die Panther, und so schrie auch kein Dschungellöwe.

»Was war das denn?«, fragte ich erschrocken. »Kam das aus dem Dschungel?«

Feldwebel Juwal stand auf und ging ans Fenster. Als sie es öffnete, ertönte erneut das grässliche Geräusch, bei dem mir ein Schauer über die Haut rann, diesmal lauter.

»Sie sind wieder da.« Sie klang beunruhigt.

»Wer ist wieder da?« Ich vernachlässigte schon wieder die grundlegendsten Regeln der Hierarchie. »Wer ist wieder da, Herr?«

Sie fuhr herum und schenkte mir einen Blick, der mich zu durchleuchten schien.

»Mir ist zu Ohren gekommen, dass du dich für die Bestiensoldaten interessiert hast, die eure Gruppe begleitet haben, und einen davon sogar medizinisch versorgt hast. Das ist gut, Soldat. Ich denke, das verschafft dir einen kleinen Vorteil gegenüber den anderen.«

»War der Schrei eben … waren sie das?«

»Das Bataillon der Bestien«, sagte Juwal, »ist unsere einzige Hoffnung, die Straße nach Banesch zu bauen. Sie sind die Einzigen, die nicht am Dschungelfieber erkranken, und so gut und tapfer unsere Soldaten auch kämpfen, da draußen gibt es Kreaturen, denen ein gewöhnlicher Mensch nichts entgegenzusetzen hat. Dieses Wissen ist geheim, Soldat. Wenn die feinen

Damen und Herren in Nordun-Stadt und in den Siedlungsgebieten am Fluss wüssten, wie gefährlich es hier wirklich ist, würden sie uns keinen Nachschub mehr schicken. Schlimmer noch, es könnte eine Panik ausbrechen. Die Eroberung des Dschungels ist die größte Herausforderung, vor der Nordun je stand.«

»Aber was sind sie? Ich meine, die Bestiensoldaten? Kommen sie tatsächlich aus Banesch?«

»Der König von Banesch hat sie uns zur Verfügung gestellt, und es ist unsere Verantwortung, ein friedliches Miteinander mit unseren eigenen Soldaten zu gewährleisten.« Juwal schob ihre Papiere zusammen. »Dennoch hat es sich als unmöglich erwiesen, mit ihnen in einem gemeinsamen Lager zu leben. Sie wohnen in einer eigenen Siedlung, etwa ein, zwei Stunden Fußmarsch von hier entfernt. Dorthin werden wir dich und die anderen Soldatinnen schicken. Es gehört offiziell zu Sandoria, daher bleibt ihr in unserem Zuständigkeitsbereich.«

»Ich verstehe nicht, Herr.«

»Ich will ganz offen mit dir sein, Soldat.« Juwal legte die Hände aneinander. »Die Bestiensoldaten machen uns Schwierigkeiten. Sie sind wild und laut, sie schüchtern unsere Soldaten ein und kämpfen auch gerne gegeneinander. Die Disziplin, die der Heeresdienst erfordert, ist ihnen fremd. Draußen im Dschungel erledigen sie ihre Arbeit auf vorbildliche Weise, doch sobald sie wieder im Lager eintreffen, langweilen sie sich, sie raufen und zerstören wichtiges Armee-Eigentum. Die gewöhnlichen Soldaten kommen nach ihren Einsätzen krank und zerschlagen wieder und brauchen Erholung, während die Bestien so voller Energie sind, dass sie ihre Hütten zerlegen!« Sie schnaubte missbilligend. »Es sind unhaltbare Zustände. Deshalb hat der Generalmajor von Sandoria beschlossen, Maßnahmen zu ergreifen. Es gibt drei neue Arten von Dienststellen, um die Zusammenarbeit mit dem Bestienbataillon zu verbessern. Zum einen wurden einige Verbindungsoffiziere berufen, die für die Weiterleitung von Befehlen zuständig sind, für eine bessere Verständigung, und die in beide Richtungen Botschaften transportieren. Des Weiteren haben wir eine Gruppe von Dienstpersonal zur Verfügung gestellt, das sich um den Zustand der Blockhütten, um Sauberkeit, Inventar und die Verpflegung der Bestiensoldaten kümmert.«

Putzen und kochen? Ich war nicht ins Heer gegangen, um die Pflichten einer Dienstmagd zu verrichten. Aber wenn es absolut nötig wäre, würde ich es natürlich tun. Ich war nicht mehr Meriande Suliwan, die für jede Arbeit einen eigenen Sklaven hatte. Irgendwie würde ich diese Zeit herumbekommen, und wenn Ruovan ebenfalls seinen Sold sparte, würde es uns danach richtig gut gehen. Wir konnten heiraten, eine Familie gründen, und ich würde nie wieder nach Nordun-Stadt zurückkehren. Meine Sorge, ob ich die fünf Jahre überleben würde, löste sich in Nichts auf. Botengänge oder Putzen? Das war nicht das Abenteuer, von dem ich geträumt hatte, aber für den Anfang gar nicht schlecht. Das würde ich hinbekommen.

»Ich habe keine Erfahrung darin«, sagte ich, »aber ich lerne schnell. Dennoch würde ich Botengänge bevorzugen. Ich bin diplomatisch durchaus geschickt, ich reite ziemlich gut, und …«

»Ich bin noch nicht fertig, Soldat«, unterbrach Juwal mich streng.

»Natürlich. Verzeihung, Herr.«

»Die dritte Gruppe ist dafür eingeteilt, die überbordende Energie der Bestiensoldaten abzulenken und sie in gewisser Weise zu zähmen, sofern das überhaupt möglich ist.«

Sie sah mich erwartungsvoll an.

Ich verstand nicht, was sie meinte. »Geht es um Waffentraining, um körperliche Übungen? Ich bin ganz gut im Bogenschießen, ich könnte …«

»Frauen«, sagte Juwal.

»Was? Ich meine, wie bitte, Herr?«

»Wir stellen ihnen Frauen zur Verfügung. Über die Paarungsgewohnheiten der Bestiensoldaten ist uns wenig bekannt, wir wissen nichts von weiblichen Exemplaren. Betrachte es daher als Experiment. Wenn es uns gelingt, sie auf diese Weise zu beruhigen und Ordnung ins Lager zu bringen, dann ist es den persönlichen Einsatz einiger Auserwählter wert.«

Ich starrte die Dame vor mir an. Ich blinzelte. Nein, ich war mir nicht sicher, ob ich sie richtig verstanden hatte.

»Um unsere Mitstreiter nicht zu beleidigen, suchen wir nur ausgesprochen schöne Mädchen mit angenehmem Wesen aus, doch es gibt natürlich keine Garantie dafür, dass ihre Vorlieben unserem menschlichen Geschmack gleichen. Falls die Bestiensoldaten jemanden zurückweisen, werden wir uns um Ersatz kümmern, doch wir erwarten in erster Linie von unseren Soldatinnen, sich redlich zu bemühen.«

»Ich glaube, ich habe da etwas falsch verstanden.« Ich musste mich mehrfach räuspern, bevor ich weitersprechen konnte. »Ihr sucht … Dirnen? Ich bin aber keine. Ich habe mich zum Dienst verpflichtet, um bei der Fertigstellung des neuen Handelswegs zu helfen. Ich habe Grundkenntnisse in Krankenpflege, ich bin zum Botendienst geeignet, ich bin eine gute Schützin, ich …«

»Das ist alles sehr schön«, sagte Juwal und nickte wohlwollend. »Krankenpflege ist gut, denn das führt mich gleich zum zweiten Teil deines Auftrags, Soldat. Wir wissen sehr wenig über die Bestiensoldaten, zu wenig. Sie scheinen über spezielle Kenntnisse des Dschungels zu verfügen und diverse Substanzen zu benutzen, um schneller zu heilen. Es wird deine Aufgabe sein, möglichst viele und detaillierte Informationen über die Heilmethoden der Bestiensoldaten zu sammeln. Jede Kleinigkeit ist wichtig und könnte helfen, unseren Soldaten das Leben zu retten. Wir wissen nicht, warum sie nicht am Dschungelfieber erkranken, warum ihre Wunden sich nicht infizieren, warum sie so viel widerstandsfähiger sind. Wenn ihr Rekrutinnen uns hilfreiche Informationen zutragt, können wir euren Einsatz im Lager entsprechend verkürzen. Dann seid ihr frei und wir betrachten die fünf Jahre vorzeitig als abgegolten. Bei vollem Lohn.«

Sie war über meinen Einwand einfach hinweggegangen.

»Ich fürchte, Ihr habt mir nicht zugehört, Herr. Ich bin nicht die Richtige für diese Art von Dienst.«

»Du bist Soldatin. Und dies ist notwendig.«

»Also müsste ich nur … ähm, Krankenpflege anbieten? Wunden versorgen?« Wenigstens Splitter entfernen hatte ich bereits geübt.

Feldwebel Juwal starrte mich irritiert an. »Du wirst tun, was immer der Soldat, dem wir dich zuteilen, von dir verlangt. Ist das deutlich genug?«

»Ich bin keine Dirne, daher werde ich auf keinen Fall …«

»Mit Frauen aus dem Gewerbe haben wir es bereits versucht«, unterbrach mich Juwal. »Die Bestiensoldaten haben die bezahlten Mädchen, die wir ihnen geschickt haben, vehement abgelehnt. In ihrer Gesellschaft gibt es so etwas nicht, sie waren entsetzt und beleidigt. Es kostete viel Zeit und Mühe, sie wieder zu besänftigen. Für sie kommen nur freiwillige Partnerinnen infrage.«

Beinahe erleichtert lehnte ich mich zurück. »Von Freiwilligkeit kann bei mir keine Rede sein.«

»Hast du eine Dienstvereinbarung unterschrieben, Soldat? Hast du Nordun einen Eid geleistet?«

»Ja, Herr, aber …«

»Hast du damit nicht deinen eigenen Willen abgegeben? Hier im Außendienst zählt nur das, was nötig ist. Und die Zähmung der Bestiensoldaten ist nötig!«

Wieder ertönte der unmenschliche, schauderhafte Schrei. Es lief mir kalt den Rücken hinunter.

Feldwebel Juwal beugte sich über ihren Tisch. »Ich habe bisher unermessliche Geduld bewiesen. Aber wir sind immer noch in der Armee. Wenn du dich weigerst, Soldat, den Dienst anzutreten, für den wir dich einteilen, werden wir das als Gehorsamsverweigerung werten. Du kennst die Strafe, die darauf steht?«

»Hängen?«, fragte ich ungläubig. »Entweder Ihr werft mich den Bestien vor oder ich werde gehängt?«

Ich konnte gar nicht glauben, dass das hier wirklich passierte.

»Nein, wenn irgend möglich hängen wir keine Soldaten, dazu ist ein Menschenleben zu kostbar. Wir machen sie zu Sklaven und setzen sie auf der Baustelle ein. Und im Übrigen sind die Männer, zu denen wir euch schicken, keine Bestien, sondern Soldaten. Sie sind das Beste, das Sandoria zu bieten hat. Sie sind alles, was zwischen uns und den wahren Bestien des Dschungels steht.«

6.

Es war dunkel, als wir das Bestienlager erreichten. Wir, neun verstörte Frauen und eine bewaffnete Eskorte. Der Weg durch den Dschungel mochte kurz sein, doch sicher war er nicht. Ich wollte nicht daran denken, dass uns die Soldaten vielleicht an der Flucht hindern sollten und in den Rücken schießen würden, wenn es einer von uns einfallen sollte, in den Wald zu laufen und zu verschwinden. Doch wohin? Ins Dickicht, in dem wer weiß was lauerte? Dem Dschungellöwen in den Rachen?

Die Soldaten waren seltsam stumm. Sie mussten wissen oder wenigstens erahnen, was uns bevorstand, doch es gab keine anzüglichen Scherze, nicht einmal untereinander. Sie schwiegen beharrlich, und als wir vor dem Tor anlangten – auch dieses Lager war von einem hohen Palisadenzaun umgeben –, schien der Anführer unserer Truppe sogar Schwierigkeiten zu haben, einen simplen Befehl zu brüllen.

Ein junger Soldat öffnete das Tor.

Die Eskorte blieb draußen, während wir über Wurzeln und Steine in die Sicherheit der Umzäunung stolperten.

Der Soldat befahl uns, stehen zu bleiben und zu warten, bis er jede von uns in das entsprechende Haus geführt hatte. Siliva weinte ununterbrochen. Ein zierliches Mädchen drückte mit klammen Fingern meine Hand.

Der Soldat … ich kannte seine Stimme. Das war unmöglich!

»Ruovan?«, krächzte ich. Ich wollte ihm um den Hals fallen, ich wollte daran glauben, dass nun doch alles gut werden könnte. Doch er schüttelte warnend den Kopf, sein Mund formte ein lautloses »Später«.

»Ich lese nun eure Namen und die Zuordnung vor.«

Ich hörte ihm nicht zu. Ruovan war hier! Er sah genau so aus, wie ich ihn in Erinnerung hatte, schneidig in seiner roten Uniform, das kurze Haar unter dem Helm verborgen, die rauen Wangen leicht zerkratzt, als hätte er sich beim Rasieren geschnitten. Mein Herz schlug schneller. Gleich waren wir allein. Gleich würde er mir alles erklären. Dies war ein Missverständnis. Wenn er hier im Bestienlager Dienst tat, dann hatte er nur dafür gesorgt, dass ich in seine Nähe versetzt wurde, und ich sollte bestimmt keiner Bestie zugeteilt werden!

Es war, als sei es gestern gewesen – seine süßen Küsse, das weiße und rote Licht der tanzenden Monde, eine geflüsterte Liebeserklärung, während das Rauschen des Flusses die Nacht erfüllte.

»Ich werde jede Rekrutin einzeln abholen und zu der entsprechenden Hütte bringen. Redet nicht laut, Soldaten, versucht, nicht die Aufmerksamkeit der Unaschkin auf euch zu ziehen.«

Damit führte er das erste Mädchen weg und wir anderen standen unbehaglich am Zaun. Ich bemerkte die unförmigen Gestalten, die sich völlig lautlos in der Dunkelheit bewegten. Es gab keine Lampen wie bei uns im Lager, keine Feuer, an denen Soldaten saßen und ins Licht starrten und ihre Waffen reinigten. Alles war unheimlich still. Nur hier und da ertönte ein merkwürdiges Scharren und Schnaufen.

Das Herz klopfte mir bis zum Zerspringen, während Ruovan eine junge Frau nach der anderen ihrem Schicksal zuführte. Hoffentlich würde ich nicht die Letzte sein. Nein, hoffentlich würde der Moment nie kommen, an dem auch ich meinem schlimmsten

Albtraum entgegensah. Das alles musste ein Irrtum, ein schrecklicher Irrtum sein!

Namen für Namen las er vor und brachte die jeweiligen Frauen dann fort, während wir anderen warten mussten. Siliva weinte und schluchzte, doch er nahm sie entschieden am Arm und führte sie zu den Blockhütten. Einige riesenhafte, unförmige Gestalten schlichen wie Schatten dort herum, doch Ruovan beachtete sie nicht. Er verschwand mit Siliva zwischen den Häusern und kehrte nach einer Weile wieder allein zurück, um die nächste Rekrutin zu holen. Ich wartete bis zum Schluss. Nervös knabberte ich an meiner Unterlippe, während ich auf seine Rückkehr wartete.

»Meriande«, sagte er leise, als er endlich von seinem vorletzten Weg zurückkehrte. Er stand vor mir und betrachtete mich. Die Laternen zauberten flackernde Schatten auf sein Gesicht. »Endlich bist du gekommen.«

Schließlich fand ich meine Stimme wieder. »Ihr seid in Banesch. Ihr könnt noch gar nicht zurück sein.«

»Ich war nicht in Banesch. Ich habe niemals zur Delegation gehört. Meine Briefe habe ich von Sandoria aus geschrieben.«

Das ergab doch keinen Sinn. »Warum? Ich verstehe nicht. Wenn ich gewusst hätte, dass Ihr hier seid …«

»Wärst du früher aufgebrochen? Ich glaube nicht. Du warst so voller Pflichtbewusstsein und Gehorsam, dass ich beinahe verzweifelt bin. Unsere letzte Nacht – ich wollte sie dir schenken, Meriande. Warum hattest du bloß so eine Angst? Wusstest du nicht, dass es richtig gewesen wäre? Dein erstes Mal hätte mit einem Menschen sein sollen. Das hätte es heute ein wenig leichter gemacht.«

Etwas in seiner Stimme ließ mich schaudern. »Heute?«

Und er las von seinem Zettel ab. »Soldat Meriande. Blockeinheit dreizehn. Ser-Chaj. Er ist ein Alpha, das entspricht unserem Rang als Feldwebel. Auch wenn jeder Alpha nur eine Mannschaft von etwas mehr als zehn Soldaten anführt, sind sie schlagkräftig wie bei uns eine Hundertschaft. Also wirst du ihn mit Herr und Ihr ansprechen, wie es ihm zusteht.«

Ich hatte keine Ahnung, was er da redete. Seine Augen waren so schön wie eh und je, aber er wirkte wie ein Fremder.

»Dann komm jetzt.«

»Nein.« Ich bohrte meine Füße in den schlammigen Boden. »Ruovan, Ihr müsst etwas tun! Ihr könnt doch nicht ... Ruovan!«

»Lass ihn nicht warten«, sagte er leise. »Komm.«

Ich wollte mit der Erde verwachsen wie ein Baum. Ich wollte kämpfen wie ein Hornpanther und genauso gefährlich sein. Ich wollte fliegen wie ein bunter Vogel.

Zu nichts davon war ich in der Lage. Als er mich am Ellbogen packte und mitzerrte, gehorchten meine Füße ohne mein Zutun, und schon waren wir zwischen den Blockhütten.

Irgendwo im Dunkel bewegte sich etwas. Da ging etwas ... jemand. Sie waren hier. Riesige Gestalten. Im Schein der Lampe erblickte ich Umhänge aus Fell und glänzenden Stacheln, Augen glitzerten, ein beunruhigender Geruch lag in der Luft.

Ängstlich stolperte ich neben Ruovan her.

»Wieso seid Ihr hier und nicht im großen Lager?«, flüsterte ich.

»Ich bin einer der Verbindungsleute zwischen den Bestiensoldaten und den Offizieren in Sandoria. Schon seit zwei Jahren.«

Er führte mich zwischen den Hütten hindurch. Hier war der Geruch stärker. Plötzlich ragte eine Gestalt vor uns auf. Im Licht der kleinen Laterne, die Ruovan in der Hand trug, wirkte sie riesig und dunkel, ein Berg aus Fell und fingerlangen Dornen. Irgendwo über mir – das Wesen war mindestens zwei Meter groß – funkelten die Augen wie Monde.

Ruovan stieß ein Ächzen aus. »Verzeihung. Verzeihung, diese Dame ist für Ser-Chaj bestimmt.« Der Name – wenn es denn überhaupt ein Name war – klang wie ein Fauchen.

Die Bestie fauchte zurück und trat zur Seite.

Mein Begleiter seufzte vor Erleichterung. Er zog mich ein paar Meter weiter. »Hier sind wir schon.«

Das Haus war aus groben Baumstämmen errichtet. Es roch nicht nur seltsam, sondern unangenehm, und der Eingang war ein schwarzes Loch.

»Wehr dich nicht«, flüsterte er. »Das ist das ganze Geheimnis. Mach einfach alles, was er sagt. Viel Glück.« Und damit wandte er sich hastig ab, und der Mann, mit dem ich mein ganzes Leben hatte verbringen wollen, ließ mich allein vor der Schwelle einer finsteren Hütte stehen.

Ich wollte nicht eintreten. Aber irgendwo hinter mir hörte ich ein Knurren und Schnaufen, und da schien es mir im Inneren des Hauses doch sicherer als draußen.

Sobald ich drin war, wurde der Gestank so stark, dass ich kaum atmen konnte. Wenigstens war es nicht stockfinster. An den Wänden hingen phosphoreszierende … Schnüre? Vielleicht waren es auch Ranken, die einen quadratischen, spärlich möblierten Raum beleuchteten. Die üblichen Öllampen gab es hier jedenfalls nicht. Ich erkannte ein paar Truhen, einen Haufen Felle und einen Tisch, auf dem sich Teller und Töpfe stapelten sowie grob geschnitzte Löffel.

Zögernd machte ich ein paar Schritte weiter. Das alles wies wenigstens auf Menschen hin, auf eine Art Menschen. Ich dachte an die großen Hände des Bestiensoldaten, dem ich die Splitter entfernt hatte, an die Klauen und die Schuppen. Aber eine Bestie, die Besteck benutzte, konnte nicht ganz primitiv sein, oder? Vielleicht sollte ich aufräumen und dann würde mich das Ungeheuer, das hier hauste, für die Art von Personal halten, die für das Inventar zuständig war.

In diesem Moment, während ich gerade versuchte, mich etwas zu entspannen, traf mich ein Stoß in den Rücken. Ich stolperte nach vorne, schaffte es gerade noch, mich an der Tischkante abzufangen, mehrere Töpfe gerieten aus dem Gleichgewicht und polterten auf den Boden.

Eine Hand packte mich am Kragen, riss mich zurück und schleuderte mich quer durch den Raum. Ich landete auf etwas Weichem.

Er ragte über mir auf. In dem schummrigen Licht sah ich nur Fell und Stacheln. Die Bestie war bestimmt so breit wie drei gewöhnliche Soldaten, sie stieß mit dem Kopf beinahe an die Decke. Hörner ragten zu beiden Seiten aus dem mit zottigem Fell bewachsenen Schädel, irgendwo in dem ganzen Wust glänzten kleine böse Augen.

Und ich schrie.

Ich schrie.

Das konnte nicht wirklich passieren. Es konnte nicht sein, dass das Monster sich auf mich stürzte, mir die Kleider vom Leib riss. Ich schlug nach ihm, ritzte meine Hände an den Stacheln auf, aber ich schlug weiter. Ich schrie weiter.

Seine Klauen berührten meine Haut, grapschten nach mir, versuchten mich festzuhalten. Das Entsetzen übermannte mich, ich wand mich in seinem Griff, strampelte, stieß ihn zurück. Die Bestie grunzte etwas, was halb wie »Halt endlich still, du Schlampe« klang, und zwängte ein pelziges Knie zwischen meine Beine.

Ich verlor buchstäblich den Verstand vor Schreck.

Meine Sinne verwirrten mich. Da war nur noch mein Geschrei, mein Entsetzen, seine Hände auf meinem Körper, seine Tatzen, die mich gierig betasteten. Er wälzte sich über mich, drückte mich mit seinem Gewicht in die Felle, ich wand mich, er biss. Alles war Schmerz und Wut, und ich bohrte ihm meinen Zeigefinger ins Auge.

Das hatte er wenigstens gespürt. Er holte aus und schlug mir ins Gesicht, und dann richtete er sich halb auf und nestelte an seinem Fellmantel herum.

Ich rollte mich auf den Bauch, kam auf die Knie, sprang auf, und als er mit einem ohrenbetäubenden Brüllen hochfuhr, war ich schon aus der Hütte.

Ich hetzte in die Dunkelheit, aber ich kam nicht weit. Für ein so massiges Wesen bewegte er sich mit überraschender Geschwindigkeit. Ich war kaum um das Blockhaus herum, da spürte ich schon seinen heißen Atem hinter mir. Seine Krallen bohrten sich in meine Schulter, er schleuderte mich gegen die Hauswand. Mit einem Ächzen sank ich herunter, mein Schädel brummte, und dann war er über mir.

»Nein!« Ich hatte keine Stimme mehr. »Nein, nein, bitte, nein!«

In seinen Augen funkelte Mord.

Seine Pranken legten sich um meinen Hals.

Ich wollte kreischen, meine Angst, mein Entsetzen, meinen Schmerz hinausschreien, aber ich brachte nur ein Wimmern zustande.

Am Ende des Weges stand eine Laterne, und darunter bewegte sich etwas. Ich streckte die Hand flehend aus, ich schaute dorthin, wo Ruovan stand und sich nicht von der Stelle rührte. Ich wandte den Blick nicht von ihm ab, während die Bestie sich über mir eine bequeme Stellung suchte und mit seinen scharfen Krallen grob zwischen meinen Beinen herumfingerte.

»Hilf mir«, flüsterte ich.

Doch er kam mir nicht zu Hilfe.

Ich wollte ohnmächtig werden, aber ich wurde nicht ohnmächtig. Oh gütige Pana, ich würde alles miterleben, jede einzelne schreckliche Sekunde.

»Ruovan!«, krächzte ich. »Ruovan!«

Aber er stand nur da, ein Schatten im gelblichen Schein der Lampe, und ein paar bunte Dschungelfalter flatterten um ihn her.

Dann war die Bestie plötzlich weg, mitsamt ihren brutalen Pranken, und in der Dunkelheit zwischen den Hütten hörte ich ein Knurren. Etwas prallte gegen die Holzwand, die dicht hinter mir erzitterte, und dann sah ich, dass es zwei Bestiensoldaten waren. Zwei, die gegeneinander kämpften, knurrend und schnaufend, brüllend und fauchend. Wieder flog einer gegen die Wand und stürzte zu Boden. Ich konnte nicht erkennen, wer wer war, aber ich würde diese Chance nicht ungenutzt verstreichen lassen. Taumelnd kam ich auf die Füße. Der Platz unter der Laterne war leer, Ruovan war fort. Sollte er, dieser Bastard, er hätte mir ja doch nicht geholfen. Blindlings rannte ich los, ließ das Kämpfen und Brüllen und Fauchen hinter mir, während die beiden Gestalten immer wieder krachend aufeinanderprallten.

Ich kannte mich nicht aus, es war dunkel, ich wusste nicht, wo ich hinsollte. Über den hohen Palisadenzaun würde ich niemals kommen, und am Tor wachte mein verräterischer Verlobter. Doch das war mir gleich. Mit letzter Kraft schleppte ich mich weiter und fand schließlich eine dunkle Ecke, wo zwei Blockhütten aneinanderstießen. Dort kauerte ich mich hinein und machte mich so klein wie möglich. Alles tat mir weh, mein ganzer Körper brannte, am schlimmsten aber die Stelle über meiner Brust, wo das Scheusal mich gebissen hatte. Ich hatte nicht geweint, als ich mein Elternhaus verlassen hatte, ich hatte nicht geweint, als mir klar geworden war, dass Wenizia mich töten wollte und Karel lieber sie wollte als mich. Doch jetzt spürte ich die Tränen, die über meine Wangen krochen. Ich schniefte und unterdrückte mein Schluchzen, so gut es ging. Dies war das Ende. Ich hockte splitternackt im Lager der Bestien, wo sie mich spätestens morgen früh entdecken würden, und dann? Ich hatte gegen meine Befehle verstoßen; statt das Monster eifrig willkommen zu heißen, hatte ich mich gewehrt. Zurück nach Sandoria konnte ich nicht mehr, man würde mich wegen Befehlsverweigerung hängen oder auf die Baustelle schicken. Letzteres war genauso schlimm wie ein Todesurteil. Und hierbleiben konnte ich auch nicht. Sercher oder wie er hieß würde sich morgen holen, was er heute nicht bekommen hatte. Vielleicht brachte er mich auch um.

Hoffentlich.

Meine Tränen flossen stärker, ich konnte sie nicht zurückhalten. Zum ersten Mal in meinem Leben wollte ich nichts als sterben. Alles war besser, als wieder in den Klauen dieser Bestie zu landen. Wie hielten die anderen Frauen das aus? Hatte ich mit meinem Geschrei das Kreischen der anderen Soldatinnen übertönt, oder hatten sie alle still die Beine breitgemacht, ohne sich zu zieren?

Ich schrak zusammen. Da war etwas! Er hatte mich gefunden! Ich hielt mir die Hand vor den Mund, um nicht loszuschreien. Vielleicht ging das Wesen vorbei, vielleicht hatte es mich nicht gesehen …

Ein Schatten, nur ein paar Meter entfernt. Reglos, eine Stelle in der Dunkelheit, die noch dunkler war. Ein Knurren.

Ein Fauchen, etwas weiter weg, antwortete. Sie waren zu zweit, nein, zu dritt? Gütige Pana.

Dann ein weiteres Knurren. Und schließlich schob sich eine der Gestalten in den Vordergrund und kam auf mich zu.

Beugte sich zu mir herunter.

»Keine Angst.« Eine tiefe Stimme mit starkem Akzent. »Komm. Hab keine Angst.«

Ich wimmerte und versuchte, in der Nische zu verschwinden. Nur dass es nicht weiter hineinging. Ich stieß bereits mit dem Rücken gegen die Wand.

Eine der anderen Bestien fauchte etwas, und der Kerl, der vor mir kniete, drehte den gehörnten Kopf und fauchte zurück.

Die anderen verschwanden lautlos in der Nacht, und dann war nur noch einer übrig. Er streckte mir die Pranke entgegen. »Komm«, sagte er noch mal. »Du kannst hier nicht bleiben.«

Ich erkannte seine Hände. Es war zu dunkel, um die kleinen Wunden zu sehen, die die Splitter hinterlassen hatten, aber ich erkannte die blauen Schuppen, die leicht schimmerten, und die Form der Krallen. Das war der Bestiensoldat, dem ich geholfen hatte.

Ich wollte mich bewegen, aber es ging nicht, ich konnte nicht einmal die Hand heben. Da hob er mich einfach aus der Nische heraus. Pelz fiel über mich, warm und weich, und während er zwischen den Hütten hindurchging, wurde mir bewusst, dass er seinen Umhang über mich gelegt hatte. Er hielt mich an seine Brust wie ein Kind. Vielleicht wäre ich eingeschlafen, wenn ich nicht solche Schmerzen gehabt hätte. Vor einer der Hütten bückte er sich und trat ein.

Es war heller als in Serchers Behausung. An den Wänden hingen nicht nur die schimmernden Ranken, sondern bizarr geformte Lampen, die ebenfalls leuchteten, nicht in dem trüben Gelb der Öllampen, sondern in warmen rötlichen Farben. Das Zimmer war ordentlich, auf dem Tisch lagen keine Töpfe, sondern Waffen. So große Säbel oder Messer hatte ich noch nie gesehen.

Er setzte mich auf dem Felllager ab, dann löste er seinen Umhang und reichte ihn mir. Rasch wickelte ich mich darin ein, wobei ich meinen Retter vorsichtshalber im Auge behielt. Ohne das mächtige Fell um seine Schultern war er gar nicht so massig, wie ich geglaubt hatte. Nun wirkte er viel schmaler und kleiner, beinahe menschlich, wenn der gehörnte Schädel nicht gewesen wäre. Nach dem er griff – und ihn abnahm.

Mir entschlüpfte ein kleines, leicht hysterisches Glucksen. Ich hatte recht gehabt, es war bloß ein Helm! Vor mir stand ein Mann, kein Monster. Er war immer noch sehr groß und kräftig, doch nicht halb so haarig und fürchterlich wie mit Mantel und Schädel. Der Kerl wirkte beinahe menschlich.

»Ich bin Charal-Jar. Bist du verletzt?«

Ich klammerte mich an den Pelzumhang, und in meiner Verwirrung stellte ich eine völlig dumme Frage: »Du kannst sprechen?«

»Wir dürfen nicht mit den Menschensoldaten reden, nicht außerhalb dieses Lagers. Aber ja, ich kann sprechen.«

Er kniete neben der Bettstatt nieder und ragte nun nicht mehr ganz so riesig über mir auf. Seltsam schillernde, geschuppte Haut bedeckte seinen Hals und zog sich bis zu seinen Ohren hinauf. Seine Haare waren schulterlang und von einem geradezu unnatürlich glänzenden Blauschwarz, und seine Augen waren am wenigsten menschlich – blauschwarz, die Pupille ein gezackter Schlitz. Goldene Tupfer schwammen in der Iris wie Fische in einem Teich. Was war das für ein Wesen?

Als er nach dem Saum des Pelzes griff, fuhr ich erschrocken zusammen.

»Ich tue dir nichts«, sagte er und zog seine Hand zurück. »Hat er dich gebissen? Bist du verletzt? Hast du Schmerzen?«

Mir war warm, aber meine Zähne klapperten.

Er starrte mich an, musterte mein Gesicht. Sterne tanzten in seinen Augen, mir wurde schwindlig von dem Anblick.

»Bist du schön«, flüsterte er, jedes Wort mehr Knurren als Sprechen. »Wunderschön.« Er sog prüfend die Luft ein, seine Nasenflügel weiteten sich, dann öffnete er den Mund und zog die Lippen hoch. Seine langen Eckzähne glänzten im Schein der glutroten Lampen. Fasziniert starrte ich darauf. Ich hatte keine Angst. Ich fühlte keine Schmerzen. Schwärze wanderte von irgendwoher über mein Blickfeld.

»Nicht!« Seine Hände lagen auf meinen Schultern. »Nicht ohnmächtig werden! Er hat dich gebissen, ich kann das Gift riechen. Wo?«

»Nein«, flüsterte ich, als er den Pelz öffnete und beiseiteschob. »Nein, will nicht.«

Das Mal über meiner Brust war rot und angeschwollen. Es fühlte sich heiß an.

»Verdammt«, fluchte Charal-Jar. »So weit wart ihr schon? Ich hätte nicht dazwischengehen dürfen. Du wirst sterben, wenn ich dich nicht zu Ser-Chaj zurückbringe.«

Das weckte mich aus meinem Dämmerzustand. »Was? Nein, ich will nicht zurück!«

»Er hat dich gebissen. Weißt du nicht, was das bedeutet?«

Mir wurde noch schwindliger, als ich den Kopf schüttelte.

»Es ist ein Teil unseres … Liebesspiels. Er vergiftet dich und er heilt dich. Das tun Liebende häufig, wenn sie sich paaren, es stärkt die Paarbindung. Je heftiger das Gift bereits wirkt, umso mehr von ihm brauchst du, um wieder gesund zu werden. Komm.« Er stand auf und sah besorgt auf mich herunter. »Gehen wir.«

»Nein!«, fauchte ich. Mit zittrigen Händen versuchte ich, den Pelz vor meine entblößten Brüste zu ziehen. Ich wollte knurren, glänzende Eckzähne zeigen und mich dann in eine Ecke verkriechen.

Fassungslos starrte er auf mich hinunter. »Du willst lieber sterben?«

»Er ist ein Tier«, flüsterte ich.

»Nicht mehr als ich«, sagte Charal-Jar. »Obwohl … du hast geschrien. Du hast Nein gesagt. Aus diesem Grund habe ich eingegriffen. Es wäre die Aufgabe der Alphas gewesen, aber sie waren zu sehr mit ihren eigenen Mädchen beschäftigt.« Er knurrte etwas. »Es gehört nicht zum guten Ton in unserer Gesellschaft, den Willen einer Frau nicht zu respektieren. Seine Partnerin darf man beißen, so viel man möchte, aber das hier … Normalerweise hätte sein Gift dich williger machen müssen. Das hat offenkundig nicht funktioniert, und ich fürchte, ich bin schuld daran, ich und die Splitter, die du mir aus der Haut gezogen hast. Du warst bereits vergiftet, und ich hätte mich darum kümmern müssen. Aber trotzdem – du kannst doch nicht im Ernst lieber sterben wollen.«

Ich begann zu zittern, wenn ich nur an diese Bestie dachte.

Wenn er mich zurückbrachte …

»Ich werde wieder schreien«, flüsterte ich. »Und wieder kämpfen.«

»Du bist viel zu schwach, um zu kämpfen.«

»Und du müsstest kommen, um mich zu retten.«

Er seufzte. »Das müsste ich wohl. Aber ich kann dich nicht sterben lassen.« Er setzte sich neben mich auf die Felle und betrachtete wieder mein Gesicht. »Jemanden wie dich kann ich nicht sterben lassen. Einen ganzen Mondtanz lang habe ich dich beobachtet und über dich gewacht. Ich wünschte …«

Ich kämpfte immer noch mit dem schweren, rutschigen Pelz und gab schließlich auf. Es machte mir nicht einmal etwas aus, dass sein Blick von meinem Gesicht nun zu meinen Brüsten wanderte.

»Einen halben Mondtanz. Wir waren einen halben Mondtanz lang unterwegs.« Unwichtige Einzelheiten sprangen in meinen Geist, während sich die wichtigen Dinge, über die ich eigentlich hätte nachdenken sollen, nicht greifen ließen.

»Nein, Shea-Win, einen ganzen. Du bist mir schon im Lager an der Straße aufgefallen. Du hast deine kleinen Pfeile verschossen und jedes Mal getroffen. In einer Geschwindigkeit, die ich noch bei keinem anderen Soldaten im Regiment gesehen habe. Ich habe einmal hingeschaut und zweimal und dann konnte ich die Augen nicht mehr abwenden. Obwohl dein winziger Bogen wie ein Spielzeug aussieht, hast du damit sogar Affen erlegt! Du bist die geborene Jägerin.« Er holte tief Luft. »Dein goldenes Haar hat in der Sonne geleuchtet. Es war wie … wie ein Wasserfall aus Licht. Ich musste immerzu hinsehen. Ich dachte, wenn ich es nur einmal berühren könnte … nur ein einziges Mal …«

Ich wusste nicht, was ich sagen sollte. Plötzlich fühlte ich mich ganz seltsam und ich wünschte mir, er würde mein Haar streicheln.

»Deinetwegen habe ich mich als Begleitschutz gemeldet. Ich wusste ja nicht, wozu ihr bestimmt wart, Chir-Jawat hat mir nichts verraten. Hast du meine Blicke nicht gespürt? Doch, das hast du. Du hast nach mir gesucht. Und als du zu mir gekommen bist, um mir zu helfen … ich dachte, ich sterbe.«

Ich wusste, wie es sich anfühlte zu sterben. »Deine Hände waren schön«, flüsterte ich.

»Würdest du …« Er leckte sich nervös über die Lippen. »Würdest du mich wollen?«

Die Schwere und die Hitze, die von der Wunde ausgingen, breiteten sich weiter aus. Ich fühlte mich benebelt und fiebrig. Furchtlos, schwerelos, während sich das Gift wie ein dicker Klumpen unter meiner Haut anfühlte.

»Die Paarung?«, setzte er nach. »Würdest du sie mit mir wollen?«

Hatte er das wirklich gefragt? »Ich sterbe gerade«, sagte ich, beinahe hätte ich gekichert. »Mir ist jetzt wirklich nicht danach, mich mit irgendjemandem zu paaren.«

»Ich kann versuchen, das Gift aus der Wunde zu saugen. Aber dadurch würde ich nur die eine Bestie durch die andere ersetzen. Dann würde ich dich mit meinem eigenen Gift markieren, ich würde …«

Er redete noch weiter, aber ich hörte ihm nicht mehr zu. Ein dumpfes Dröhnen in meinen Ohren machte mich beinahe taub.

»Mach einfach, Soldat«, unterbrach ich ihn.

»Wir haben keine Zeit, sonst würde ich dir erklären, worauf du dich einlässt. Aber ich müsste sofort beginnen, sonst ist es zu spät.«

»Tu es«, seufzte ich. »Ich vertraue dir.«

Und dann legte sich wohltuendes Dunkel um mich.

Ich war nicht völlig weggetreten. Mein Bewusstsein driftete immer wieder an die Oberfläche, überprüfte, ob alles in Ordnung war, und tauchte dann erneut ab. Ich spürte, dass ein kräftiger, muskulöser Arm mir als Kopfkissen diente. Dass etwas an der heißen, schmerzenden Stelle saugte, von der das Fieber ausging, und dass eine Hand sich sanft um meine Brust wölbte. Das andauernde Saugen entfachte einen ziehenden Schmerz in meinem Unterleib und ich kuschelte mich enger an den Körper, der so dicht an meinem lag. Selbst in meinem fiebrigen Zustand war mir klar, dass es nicht Ruovan war, sondern ein Fremder, der einen wilden, würzigen, harzigen Duft verströmte. Der heiße Klumpen schmolz zusammen. Ich hörte das Rascheln von Stoff, spürte weiches Fell in meinem Rücken. Dann eine Zunge, die über meine Haut wanderte, leckte, weiterwanderte. Das Kratzen und Piksen scharfer Zähne und plötzlich, ich zuckte zusammen und öffnete die Augen, ein Biss.

»Au! Verdammt, was …«

Vor mir ein Schopf blauschwarzer Haare. Augen tauchten auf, in denen Funken tanzten. Mich fröstelte angesichts der Fremdartigkeit dieser Augen.

»Ich habe dir gesagt, es wird schmerzhaft, wenn ich dich heile, ohne dass wir uns paaren.«

Hatte er das gesagt? Ich wusste von nichts.

»Mach die Augen wieder zu. Du hast überall Prellungen und blaue Flecken, das wird noch eine Weile dauern.«

Ich stöhnte leise und hätte nicht sagen können, ob vor Schmerz oder vor Genuss. Vielleicht war es auch beides. Die Bisse, die er überall verteilte, taten weh, doch das leichte Prickeln, das gleich darauf einsetzte, entschädigte mich sofort dafür.

Ich blinzelte benommen. »Du beißt mich also, weil …?«

»Weil ich dich heile«, knurrte er. Offensichtlich war er gerade beschäftigt. »Und weil ich alle seine Spuren beseitige.«

Was auch immer das bedeuten sollte. Seine Küsse wanderten tiefer. Das kam jetzt einer Paarung doch erschreckend nahe.

»Was tust du da?«

»Er hat dich gekratzt.« Ich konnte ihn immer schlechter verstehen, seine Sprache verwandelte sich in Knurren und Keuchen.

Mein Körper heilte. Wurde immer lebendiger, wacher, wurde zu einem fremden Tier, das ich nicht kannte.

»Ich glaube, ich sterbe doch nicht«, flüsterte ich.

Sein schiefes Lächeln ließ einen Eckzahn bedrohlich aufleuchten.

»Gibt es … mehr?« Ich wusste nicht, wie ich es sagen sollte, aber in mir war ein fremdartiger Hunger erwacht. Mir war selbst nicht ganz klar, wonach, aber es hatte damit zu tun, dass er etwas in meinem Körper weckte, das mir bis heute unbekannt gewesen war. Ich wollte ihn umarmen, ihn an mich ziehen, ich wollte ihm noch näher sein, noch viel näher.

»Du bist so wunderschön, Shea-Win«, sagte er leise. »Ich habe noch nie so etwas Schönes gesehen.«

Flammende Röte überzog meine Haut. Ich lag vor ihm, er kniete zwischen meinen Beinen, ich war nackt und er, wie mir erst jetzt bewusst wurde, er auch.

Glänzende rote Schuppen bedeckten seine kräftigen Oberschenkel. Und dazwischen … oh gütige Pana! Das Leben als Soldatin hatte mich zum Glück bereits etwas abgehärtet. Ich hatte schon den einen oder anderen Kameraden mit heruntergelassenen Hosen gesehen, aber das hier war … überraschend. Außerdem war das … das unaussprechliche Ding mit kleinen blauschwarzen Schuppen bedeckt. Meine Wangen wurden noch heißer. Eine Dame hatte schockiert zu sein, nicht fasziniert. Eine Dame durfte so etwas gar nicht erblicken, auch wenn ich mich im Moment ganz und gar nicht wie eine vornehme Erbin aus der Stadt fühlte.

Ich wollte von dem Bestiensoldaten abrücken, aber stattdessen ertappte ich mich dabei, dass ich seine Schultern streichelte und seine Muskeln erkundete.

»Mein Gift wirkt, wie es sollte«, sagte er, er klang zufrieden mit sich. »Aber du bist krank und verletzt, und ich bin noch nicht fertig mit deiner Heilung. Ich werde dein Vertrauen nicht missbrauchen.«

»Hab keine Schmerzen«, nuschelte ich und musterte ihn unter halb geschlossenen Lidern.

»Du machst mich wahnsinnig. Aber ich habe kein Interesse daran, mich mit einer halb toten Frau zu paaren.«

Dann nahm er sich meine Beine vor, um mich anschließend auf den Bauch zu drehen. Ich wimmerte ein bisschen und wand mich vielleicht etwas mehr als notwendig.

»Sei still«, knurrte er. »Reiz mich nicht.«

»Aber …«

Er sog heftig die Luft ein. »Dein Rücken … Und du sagst, du hast keine Schmerzen mehr? Du hast grüne und blaue Prellungen. Hat er dich gegen die Wand geworfen?«

»Weiß nicht«, murmelte ich. »Wer?«

»Hast du Ser-Chaj etwa schon vergessen? Das ist das Gift, Shea-Win. Du bist nicht daran gewöhnt, und sogar für eine Unaschkin-Frau wäre das eine heftige Dosis gewesen. Du hast alles vergessen – die Schmerzen, die Angst und wie sehr du uns Bestien verabscheust. Warte, bis die Wirkung nachlässt und du wieder bei klarem Verstand bist, und dann reden wir weiter.« Seine Fingerspitzen wanderten über meine Wirbelsäule. »Wir sind ein kriegerisches Volk, das inmitten unzähliger Gefahren lebt. Das Gift hilft uns, trotzdem Entspannung und Vergnügen zu erleben. Wir müssen nach einem Kampf nicht erst einmal alles verarbeiten, sondern können uns sofort auf die Paarung einlassen. Aber du bist ein Mensch, Shea-Win. Lass dir ein wenig Zeit.«

Seine Hände hatten die Beule an meinem Hinterkopf gefunden und wanderten wieder zurück.

»Es wird wehtun.«

»Das sagtest du bereits, Soldat. Oder Feldwebel?« Ich gluckste. »Major?«

»Unsere Ränge entsprechen euren nicht.«

Hatte ich ein Rangabzeichen übersehen? »Bist du weit oben? Muss ich dich Herr nennen?«

»Nein«, sagte er, »ich bin ziemlich tief unten. Und jetzt hör auf zu reden.«

Er biss mich in den Rücken und er hatte nicht gelogen – es tat weh. Wie kleine Feuer brannten die Bisswunden und verloschen sofort wieder, und als er fertig war, fühlte ich mich wie neugeboren.

Ich drehte mich um und kuschelte mich an ihn, und als er sich nicht wehrte, griff ich nach seiner Hand und legte sie über meine Brust.

»Noch nicht«, raunte er, aber er ließ seine Hand liegen. Es fühlte sich so an, als würde sie genau da hingehören.

»Wann denn?«

»Morgen Nacht, falls ich dann noch lebe.«

»Warum solltest du denn nicht leben?« Ich versuchte, in meinem umnebelten Gehirn einen Sinn in dem Ganzen zu finden. »Schadet dir das Gift, das du aus der Wunde gesaugt hast?« Ich blickte direkt in seine funkelnden Augen. »Sag nicht, dass du jetzt sterben musst!«

»Wäre das so schrecklich?« Sein Mundwinkel hob sich. »Dann wärst du uns beide los. Dann wärst du frei.«

»Nein! Nein, stirb nicht! Bitte stirb nicht!«

Er lachte leise. »Wie süß du bist. Wie ahnungslos. Wenn ich überlebe, gehörst du mir, mit Haut und Haaren. Hast du denn gar keine Angst?«

»Nein«, flüsterte ich.

»Das ist das Gift«, murmelte er. »Verdammt, ich sollte nicht ...« Und dann küsste er mich.

Er rollte sich auf mich, vergrub seine Hände in meinen Haaren und küsste mich, leckte mir über die Lippen und tauchte seine Zunge in meinen Mund. Seine scharfen Eckzähne ritzten meine Lippen auf, aber er küsste mich nur immer tiefer und intensiver und drängender. Obwohl ich flach lag, wurde mir schwindlig, alles begann sich in meinem Kopf zu drehen.

Gütige Pana, wie hatte ich bloß jemals glauben können, dass Ruovan ein Meister im Küssen war? Gegen die weichen, gepuderten Kaufmannssöhne war er mir herrlich rau und männlich vorgekommen, aber ich hatte ja keine Ahnung gehabt.

Ich schlang die Arme um Charal-Jar und küsste ihn, bis mir die Luft wegblieb.

Und war enttäuscht und glücklich, fiebrig und verschwitzt und völlig neben mir, als er sich aus meiner Umklammerung löste.

»Das muss genügen, Shea-Win«, raunte er, stand auf und griff nach seinem Umhang. »Schlaf gut. Wasch dich nicht und verlass nicht das Haus. Bis morgen Abend.«

Er setzte sich den Schädel mit den Hörnern auf und ging.

Nur sein harziger Geruch blieb zurück. Ich lag da und wusste nicht, ob ich das alles nicht nur geträumt hatte.

7.

Tageslicht fiel durch die mit einer Membran bespannten Fenster. Ich räkelte mich wohlig, irgendwie fühlte ich mich richtig gut. Meine Unterlage war unglaublich weich und bequem.

Ich blinzelte ins Licht. Wo war ich eigentlich? Was war passiert? Das war nicht die Rekrutenunterkunft, definitiv nicht. Langsam wurde ich nervös. Diese Blockhütte, die seltsamen Lampen. Das erinnerte mich geradezu unheimlich an diesen erstaunlichen Traum, den ich gehabt hatte.

»Hunger?«, fragte eine unfreundliche Stimme.

Ich drehte den Kopf und zog die dünne Felldecke, die über mir ausgebreitet war, bis zum Kinn.

Eine blonde Frau in Soldatenuniform stellte ein Tablett auf dem Tisch ab. Sie mochte um die dreißig sein, und sie war wohl schon länger im Lager, ihrer verspannten, griesgrämigen Miene nach zu urteilen.

»Guten Morgen, Soldat«, sagte ich höflich.

»Es ist weder Morgen noch gut«, erwiderte sie biestig. »Weder für dich, Soldat, noch für irgendjemand sonst. Kannst du mir verraten, wie du einen simplen Befehl dermaßen in sein Gegenteil verkehren konntest? Du und deine Mitstreiterinnen, ihr solltet für Ruhe im Bestienlager sorgen, und was hast du getan? Du hast

97

uns alle an den Rand eines Aufstands gebracht!« Sie schnaubte unwillig. »Das ist dein Werk! Hörst du das?«

Ich lauschte gehorsam. Von draußen kam ein gedämpftes Poltern. So etwas wie ein Fauchen und Bellen, und da … ein Heulen. »Und?«

»Und?« Sie schrie fast. »Die Bestiensoldaten sollten heute zu einem Einsatz von höchster Dringlichkeit aufbrechen und einer Zusammenrottung der Kleinen Krieger entgegenwirken, die unsere Arbeit an der Straße stören wollen. Doch stattdessen ist das gesamte Bataillon hiergeblieben, um den Kampf nicht zu verpassen! Einen Kampf, den es gar nicht geben dürfte!«

Ich tastete mit den bloßen Zehen nach dem Boden, achtete auf den perfekten Sitz der Decke und fand ein paar angenähte Bänder, mit denen ich mir das Fell zuknoten konnte. Wunderbar. Der Duft von geschmorten Wachtelbeinen und gedünsteten Zoba-Wurzeln lockte mich an den Tisch. Ich hätte essen können wie ein Hornpanther.

»Was für ein Kampf?«

Die Frau schnaubte ungeduldig. »Du begreifst auch gar nichts, wie?«

»Wenn du mich aufklären könntest, Soldat?«

»Obergefreite Scharit!«

Oh, das war schlecht. Eine Vorgesetzte auch noch.

»Ich bin seit anderthalb Jahren hier und kümmere mich um das Inventar und die Versorgung der Bestiensoldaten. Dieses Regiment ist das wichtigste und teuerste innerhalb des nordunischen Heers, unsere Hoffnung und unser größter Kummer! Sie zerstören, sie halten sich nicht an Befehle, sie verlieren Waffen, sie vertragen sich nicht mit den menschlichen Soldaten, es ist ein einziger Kampf, Tag für Tag! Und dann einigen wir uns endlich mit den Alphas auf diesen Versuch. Wir haben hart auf den gestrigen Tag hingearbeitet, an dem die Frauen kommen sollten. Zehn. Fünf für die fünf Alphas und fünf für die Männer, die in der Hierarchie direkt dahinterstehen, die Unter-Alphas. Es war überhaupt keine Frau für Charal-Jar vorgesehen! Er steht ganz außen, er spielt überhaupt keine Rolle! Ein simpler Soldat, der seine Pflicht zu tun hat. Er hat kein Recht dazu, Anspruch auf dich zu erheben, Soldat. Er hat kein Recht, einen Alpha zum Duell zu fordern! Nicht das geringste. Wo kämen wir denn hin, wenn die Alphas alle naselang herausgefordert würden? Die anderen Alphas hätten ihm eine Strafe auferlegen sollen für die Frechheit, dass er Ser-Chaj angegriffen hat, aber sie haben ihm den Kampf gestattet. Frag mich nicht warum, aber er wird heute Abend kämpfen, und Ser-Chaj wird ihm den Kopf abreißen.«

Sie funkelte mich wütend an.

Ich nagte gerade das Fleisch von einem Wachtelbeinchen und brauchte einen Moment, um mitzukommen.

»Er wird kämpfen? Wieso?«

Ich hätte mich am liebsten auf einen Stuhl sinken lassen, doch leider gab es hier keine Sitzmöbel. Charal-Jar wollte gegen das Ungeheuer, das mir beinahe Gewalt angetan hätte, antreten?

Die Ereignisse der Nacht waren in meiner Erinnerung ein wenig unscharf. Ich erinnerte mich daran, dass Feldwebel Juwal mich zu einem Leben als Bettgespielin eines Bestiensoldaten verurteilt hatte, an den Marsch zum Tor, an Ruovan. Dann der pelzige Koloss mit den Hörnern, das Entsetzen, als ich gegen das Monster gekämpft hatte. Und mich gleich darauf der nächsten Bestie an den Hals geworfen hatte. Dunkel entsann ich mich, dass er ein paar sehr fragwürdige Sachen getan hatte, gegen die ich mich nicht gewehrt hatte, und an fremdartige Gefühle, die mir im Nachhinein völlig absurd schienen. Vor Scham wäre ich am liebsten im Boden versunken.

»Kann ich mich hier irgendwo waschen?« Ich blickte mich nach einer Wasserschüssel um. Gab es im Lager einen Brunnen, eine Waschstelle? Ich hatte nur einen einzigen Becher Wasser, den ich durstig austrank.

»Hörst du mir überhaupt zu, Soldat? Du hast falsch gemacht, was man nur falsch machen kann. Deinetwegen sind die Unaschkin heute nicht zum Dienst aufgebrochen, sie sind völlig außer sich, sie prügeln sich und schließen neue Allianzen. Statt sich gleich dem Alpha zu unterwerfen, der dich angefordert hat, bist du dafür verantwortlich, dass ein guter Soldat heute stirbt. Er mag nur ein kleines Licht sein, aber wir haben nur so wenige Bestien zur Verfügung, dass wir jede davon brauchen! Wäre es so schlimm gewesen, einfach nur das zu tun, was du sowieso wirst tun müssen? Für dich ändert sich ja doch nichts, es schiebt deine Pflicht nur hinaus. Es sei denn …« Sie zögerte und senkte die Stimme. »Hat er sich bereits mit dir vereint? Dann wird Ser-Chaj dich nicht zurückwollen und dir im Anschluss an den Kampf den Hals umdrehen. Also, hat er?«

Wie konnte sie es wagen? Sie mochte meine Vorgesetzte sein, aber auf einmal war ich wieder Meriande Suliwan, Tochter des großen Akilander Suliwan, Mitglied des Magistrats, aus einer der obersten Familien von Nordun-Stadt. Niemals würde ich erlauben, dass irgendjemand so mit mir umsprang! Statt einer Antwort sandte ich ihr einen Blick voller kalter Verachtung, und die Botschaft kam an.

»Ich versuche nur zu helfen«, sagte sie gekränkt, doch sie war sichtlich enttäuscht, dass ich ihre Neugier nicht gestillt hatte. »Was jemand wie du im Heer will, ist mir ein Rätsel. Für Frechheit und Rebellion ist hier kein Platz und ebenso wenig für Standesdünkel. Doch das Schlimmste kommt erst noch. Du wirst schuld am Tod eines guten Soldaten sein.«

Ich ließ das Schenkelchen sinken und starrte sie an. Endlich ging mir auf, was sie mir die ganze Zeit zu sagen versuchte. »Ihr meint, er wird sterben? Meinetwegen?«

Ich konnte mich nicht einmal richtig an sein Gesicht erinnern. Nur an das Funkeln von Blau und Gold in seinen Augen. An blaue Schuppen an diversen Körperstellen. Sein Name dagegen hatte sich mir eingeprägt: Charal-Jar. Ein Name so exotisch wie ein bunter Schmetterling.

Scharit nickte und starrte mich hasserfüllt an. »Hältst du das alles für ein Spiel? Ein einfacher Soldat hat nicht die geringste Chance gegen einen ihrer obersten Krieger. Es ist mir unerklärlich, dass die anderen Alphas es ihm gestattet haben, sein Leben zu opfern. Noch dazu für eine Frau, die ihr hübsches Näschen in die Sonne hält und glaubt, die Welt liege ihr zu Füßen.«

Ich überging diese ungerechte Bemerkung. Gestern ... sie hatten doch schon einmal um mich gekämpft. Sercher und Charal-Jar. Charal-Jar hatte gewonnen, oder? Sonst hätte er mich wohl kaum in seine eigene Hütte getragen.

»Und wenn er stärker ist als Sercher?«

»Als wer?« Sie musterte mich finster. »Machst du dich über mich lustig, Soldat?«

»Nein, gewiss nicht«, beteuerte ich. »Ich meine nur, Charal-Jar scheint ein sehr kluger Mann zu sein.« Ich erinnerte mich an seine tiefe, raue Stimme. Der Akzent hatte nicht verbergen können, dass ihm die Feinheiten unserer Grammatik keinerlei Schwierigkeiten bereiteten. »Wenn er sich das nun genau überlegt hat? Wenn er stärker ist als ... ähm, Sercher?«

»Ser-Chaj. Der Name deines verdammten Alphas ist Ser-Chaj und nicht Sercher!«

»Die Hütte zum Beispiel«, führte ich weiter aus. »Charal-Jars Hütte ist für diese beschränkten Verhältnisse mitten im Dschungel exquisit eingerichtet. Seht Euch nur die hübschen Lampen an. Er stapelt keine Töpfe, alles ist ordentlich aufgeräumt, obwohl die Bestiensoldaten keine Sklaven haben. Sogar sein Fellstapel ist höher als Serchers Fellstapel. Vielleicht ist er einfach in allem ... besser?«

»Stammst du nicht aus Nordun-Stadt, der Stadt der Kaufleute?«, fragte die Obergefreite. »Sicherlich hast du ein wenig rechnen gelernt.«

»Ja, doch.« Ich zuckte bescheiden mit den Achseln.

»Dann solltest du wenigstens die Grundbegriffe des Rechnens beherrschen, Soldat. Rechne es dir aus: Die Unaschkin sind Kämpfer. Ihnen wird nichts geschenkt und sie legen ihre Rangfolge nach ihrer körperlichen Stärke fest. Ein Alpha wird zum Alpha, indem er sich hochkämpft. Indem er wichtige Duelle besteht, klettert er immer weiter in der Hierarchie hoch. Bis er das Recht erwirbt, einen älteren und geschwächten Alpha herauszufordern, vergehen Jahre. Es gehören viele Faktoren dazu – seine Blutlinie, sein Training, die Zahl der bestandenen Kämpfe, sein Jagderfolg. Die Kriegerfamilien beginnen ihre Kinder zu trainieren, sobald sie aus den Windeln herausgewachsen sind, sie geben ihnen die allerbesten Lehrer. Das kann kein noch so guter Soldat jemals aufholen! Bis jemand ein Alpha ist, hat er sich einen Ruf als nahezu unbesiegbarer Krieger erworben. Ein Rang, den er erst dann verteidigen muss, wenn seine Zeit sichtbar abläuft. Ist Ser-Chaj deiner Meinung nach ein Alpha, dessen Zeit abgelaufen ist?«

»Ich weiß nicht.« Ich hatte ihn gar nicht richtig gesehen. Nur den Umhang und den Hörnerhelm und seine gruseligen Augen. Vermutlich würde ich ihn nicht mal erkennen, wenn ich ihm auf der Straße begegnete.

»Geben wir ihm eine Punktzahl von, sagen wir, fünfhundert. So viele Duelle hat er nach realistischen Schätzungen bereits hinter sich. Und dann nehmen wir einen einfachen Soldaten. Duelle? Keine. Höchstens eins oder zwei. In der Armee zumindest sind Zweikämpfe, bei denen man sich ernsthaft verletzen kann, verboten. Prügeleien hat er bestimmt erlebt, mit unterschiedlichem Ausgang. Jagderfolge, meinetwegen, aber Zweikämpfe auf Leben und Tod? Seien wir mal ganz verwegen und gönnen diesem einfachen Soldaten drei solcher Kämpfe. Drei gegen fünfhundert. Und dabei haben wir weder Ser-Chajs Abstammung aus einem der Kriegerclans noch sein Training berücksichtigt. Die Abkömmlinge gewisser führender Clans sind von Geburt an stärker und zäher, aber die finden sich alle in den oberen Hierarchieebenen wieder. Ser-Chaj stammt aus einer der ranghöchsten Familien, die seit Jahrhunderten Alphas hervorbringt. Und? Wie schätzt du Charal-Jars Chancen nun ein?«

Ich schwieg.

»Was glaubst du denn, warum wir die Frauen fest verteilt haben, statt eine Schar Soldatinnen durchs Tor zu schicken und den Bestien zu überlassen? Um genau das zu vermeiden, was jetzt passiert – dass die Soldaten sich euretwegen die Köpfe einschlagen!« Sie griff nach dem Tablett; Teller und Becher hatte ich glücklicherweise schon geleert. »Und zu deiner Frage – draußen ist eine Pumpe. Geh dich waschen, und dann geh zu Ser-Chaj und bitte ihn auf Knien, dich zurückzunehmen. Vielleicht schaffst du es ja, dass er Charal-Jar verzeiht und sich mit einer Demütigung seines Gegners zufriedengibt. Doch ich warne dich. Um ihn dazu zu bringen, solltest du sehr, sehr eifrig und zuvorkommend sein.«

Sie drehte sich noch einmal um, bevor sie ging. »Ich wünschte, du würdest dich dazu überwinden. Es wäre schön, wenn Charal-Jar diesen Abend überlebt. Und Ser-Chaj ist im Moment wahrscheinlich gnädiger gestimmt, als wenn er heute Nacht nach dem Kampf über dich herfällt.«

Sie ließ mich allein.

Charal-Jar hatte mir gesagt, ich sollte nicht rausgehen. Er würde enttäuscht sein, wenn ich es tat. Aber sollte ich ihn nicht lieber enttäuschen, als ihn in einen aussichtslosen Kampf gehen zu lassen?

Doch um ihn davor zu bewahren, musste ich zu Sercher kriechen und ihn anflehen, mich in sein Bett zu nehmen. Nur bei dem Gedanken an diese Bestie schauderte es mich. Er hatte mich verletzt und erniedrigt, und das würde ich ihm niemals verzeihen. Ich konnte nicht zu ihm gehen, ich war nicht stark genug. Nicht einmal, wenn das Leben meines Retters davon abhing.

Mir war übel und ich fühlte mich schuldig. Ich musste Charal-Jar aufhalten und konnte es doch nicht.

Ich machte einen Schritt auf die Tür zu und zog den Fuß wieder zurück.

Die nächste Stunde verbrachte ich damit, hin und her zu wandern und mit meinem Gewissen zu kämpfen.

Charal-Jar hatte mir geholfen und sich für mich mit einem ranghöheren Bestienoffizier angelegt. Wenn ein Alpha ungefähr einem Feldwebel bei uns Nordunern entsprach, war das schon recht vermessen. Er hatte mich geheilt, wenn auch auf sehr unorthodoxe Weise, und er war, bis auf die Bisse, zuvorkommend, freundlich und höflich gewesen. Nun ja, vielleicht ein bisschen zu freundlich. Er hatte es verstanden, mich dahinschmelzen zu lassen. Und so ungeheuer peinlich es mir auch war, ein Teil von mir sehnte sich danach, ihn wieder ganz nah bei mir zu spüren.

Er war kein grunzendes Tier, sondern ein höflicher, durchaus eloquenter Mann mit Prinzipien. Charal-Jar wäre nicht so dumm gewesen, einen überragenden Krieger herauszufordern, wenn er sich nicht selbst wenigstens eine Chance auf den Sieg einräumte.

Eine weitere beunruhigende Frage war: Was würde Sercher mit mir machen, wenn er gewinnen sollte? Würde er dort weitermachen, wo wir gewesen waren? Als Letztes hatte er mich gegen die Wand geschleudert und mich gebissen. Ich hatte immer noch Angst vor ihm, wenn ich ehrlich war.

Der Vorhang an der Tür bewegte sich, und erwartungsvoll wandte ich mich dem Eingang zu. Doch nicht der Besitzer dieser bescheidenen Blockhütte trat ein, sondern jemand, mit dem ich ganz und gar nicht gerechnet hatte – Ruovan.

»Meriande! Ich muss dringend mit dir reden.«

Bevor ich protestieren konnte, fasste er mich bei den Schultern, führte mich zum Felllager und setzte sich, sodass ich zwangsläufig neben ihm Platz nehmen musste.

»Was wollt Ihr hier?«

»Ein Leben retten.«

Heute waren aber viele Leute unterwegs, um Charal-Jar zu retten.

»Ach? Und wessen?«

»Deins«, sagte er zu meiner Überraschung. »Bitte, Meriande, hör mir zu. Du weißt nicht, wie diese Alphas sind. Es ist anders, als wenn du einen menschlichen Mann abweist. Er betrachtet dich als sein Eigentum, und für das, was du dir geleistet hast, kann er dich nach den Regeln seines Volkes bestrafen.«

»Wie bitte? Feldwebel Juwal sagte, die Bestiensoldaten wollten nur Partnerinnen, die freiwillig bei ihnen sind.« Und mein Retter hatte etwas ganz Ähnliches behauptet.

Ruovan schnaubte unwillig. »Ja, aber du bist schließlich freiwillig zu ihm gekommen. Er ist wütend, weil du ihn dermaßen vorgeführt hast, und es gibt nur einen Weg. Du musst dich mit ihm versöhnen. Jetzt.«

»Versöhnen?« Ich konnte es nicht fassen. »Es ist ja nicht so, dass wir einen kleinen Streit unter Liebenden gehabt hätten. Er ist einfach über mich hergefallen!«

»Was nur beweist, wie wenig Ahnung du von den Bestiensoldaten hast. Sie machen es so. Sie fallen übereinander her, ohne sich vorher alberne kleine Liebesschwüre ins Ohr zu flüstern. Das ist normal, Meriande! Für einen Unaschkin hat Ser-Chaj sich angemessen und richtig verhalten. Ich habe heute stundenlang auf ihn eingeredet, um den Schaden zu begrenzen. Schließlich konnte ich ihn davon überzeugen, dass du nur überreagiert hast, weil du über die kulturellen Unterschiede unserer Völker nicht Bescheid weißt. Beim nächsten Mal wirst du dich nicht darüber beschweren, wenn er seine Leidenschaft so zeigt, wie er es gewöhnt ist.«

Ich kannte den strengen, üblen Geruch, der den Raum erfüllte. Wie war er hereingekommen, ohne dass ich ihn gehört hatte?

Ein Schauer lief mir über den Rücken und ich begann zu schwitzen.

Da stand er, mitten in der Hütte, ein Berg aus Fellen, Stacheln und Hörnern. Augen, die wild und böse glänzten. Ein zottiges Gesicht. Ein Tier. Er sah aus wie ein Tier, wie eine gruselige Bestie, die mich verschlingen wollte. Die mir wehtun würde.

Ich stieß ein erschrockenes Ächzen aus, in meinen Ohren rauschte mein Puls, mein Herz donnerte. Ich konnte kaum hören, wie Ruovan weiter auf mich einredete.

»Mach es wieder gut, Meriande. Ich habe einen Eimer Wasser mitgebracht, siehst du? Der andere Soldat hat dich mit seinem Geruch markiert, den musst du unbedingt abspülen und dich dann dem Mann, für den du ausgesucht wurdest, vertrauensvoll hingeben. Verdammt, er hat so lange auf dich gewartet!«

»Was? Wieso hat er auf mich gewartet?«, stammelte ich.

Schon in Nordun-Stadt hatten mich die Leute für ein hübsches Anhängsel gehalten, sie hatten mir nicht zugetraut, wie ein rechter Kaufmann kühl zu kalkulieren und die richtigen Schlüsse aus den vorliegenden Fakten zu ziehen. Heute musste ich ihnen recht geben. Während ich Ruovan anstarrte, wurde mir bewusst, wie dumm ich gewesen war. Ich hatte diesem Mann wirklich geglaubt, dass er es ernst meinte. Selbst gestern, als er keinen Finger gerührt hatte, um mir zu helfen, hatte ich nicht daraus geschlossen, dass er mich von Anfang an nur benutzt hatte. Diese Erkenntnis kam mir erst jetzt.

»Was soll das heißen, dass Sercher mich angefordert hat? Das hat auch die Obergefreite behauptet. Wieso will dieser Bestiensoldat ausgerechnet mich?«

Ruovan seufzte. »Ser-Chaj hat mich beauftragt, jemanden wie dich zu finden. Das schönste Mädchen von Nordun.«

Ich war vielleicht ein kleines bisschen eingebildet, aber so sehr nun auch wieder nicht, deshalb glaubte ich ihm kein Wort. »Ich bin nicht das schönste Mädchen von Nordun.« Charal-Jar hatte mich angesehen, als wäre ich es. Das hatte mich glücklich gemacht. Doch es genügte, die Schönste für einen einzigen Mann zu sein.

»Doch, das bist du.« Ruovan lächelte sein charmantes Lächeln, mit dem er mich vor Kurzem noch bezaubert hatte.

»Macht Euch nicht lächerlich. Sercher hat mich gestern kaum angesehen. Und wenn es nicht um mein Aussehen geht, dann vermutlich darum, wer ich bin. Ihr habt Euch an mich herangemacht, weil ich eine Suliwan bin. Was hattet Ihr vor? Wolltet Ihr meinen Vater erpressen?«

Ruovan schüttelte den Kopf. »Du bist eine Suliwan. Genau das ist im Moment wichtig. Also, siehst du endlich ein, dass Ser-Chaj niemals auf dich verzichten wird?«

Damit hatte er zugegeben, dass der schreckliche Bestiensoldat nicht vorhatte, mich umbringen, weil ich mich ihm verweigert hatte. Auch das war eine Lüge, so wie alles, was zwischen mir und Ruovan gewesen war. Unsere Küsse, die Treffen im Garten, die geflüsterten Worte, die Briefe. Alles hatte nur dem einen Zweck gedient: mich herzulocken und dieser Bestie auszuliefern.

»Deswegen wolltet Ihr mich damals nicht in den Dschungel mitnehmen – weil es nie um uns beide ging! Ich sollte nicht mit Euch durchbrennen, sondern Soldatin werden, damit Feldwebel Juwal mich für Euren Unaschkin-Freund einteilen konnte. Denn ich hätte mich nicht freiwillig auf Sercher eingelassen, und das wusstet Ihr. Wie genial Ihr das eingefädelt habt!«

Er verzog keine Miene. »Wenn du bereit bist, dich ihm jetzt zu unterwerfen, wird es kein Duell geben. Und Ser-Chaj muss dich später nicht töten.«

Die gehörnte Gestalt trat näher und stieß ein dumpfes Grollen aus.

Ruovans Hand legte sich um mein Handgelenk. »Du wirst es tun«, sagte er leise und drohend.

»Kann er nicht selbst sprechen?«, rief ich. Ich zerrte an meinem Arm, um aufzuspringen und mich in Sicherheit zu bringen, doch der Hund hielt mich eisern fest. »Kann das Vieh nicht sprechen?«

Ser-Chaj hob das Kinn und musterte mich feindselig. »Du gehörst mir«, knurrte er.

Ich versuchte mich mit einem Ruck loszureißen und scheiterte. »Wagt es nicht, mich anzufassen!«

»Du kannst ihm nicht entkommen«, sagte Ruovan in einem Tonfall, der wohl besänftigend sein sollte. »Rette dein Leben, Meriande. Akzeptier die Situation, wie sie ist. Es besteht kein Grund für den Kampf. Vereine dich mit ihm, und der arme Soldat, der heute sterben wird, bleibt verschont. Er wird nicht mehr kämpfen müssen, wenn er sieht, dass du dein Schicksal annimmst und dein Glück in dieser, äh, Paarbeziehung gefunden hast.«

Jetzt kamen wir der Sache schon näher. Schon wieder sorgten sich alle um Charal-Jar.

Der Fellberg machte noch einen Schritt auf mich zu.

»Denk doch einmal im Leben nicht nur an dich«, zischte Ruovan.

Ser-Chaj stank noch mehr als gestern. Aber er roch anders. Nicht nur nach ungewaschenen Fellen, nach wildem Tier und Dschungel, sondern … nach Angst?

Ich sah sie in seinen Augen.

Die Angst.

Noch nie hatte ich etwas so deutlich gespürt, gesehen, gerochen.

Es ging überhaupt nicht um Charal-Jars Leben, sondern um seins. Der grimmige Alpha hatte eine Todesangst vor dem unbedeutenden Soldaten, der ihn herausgefordert hatte.

»Na schön.« Ich verzog das Gesicht, als würde ich gleich anfangen zu weinen. »Ich habe es begriffen. Ich muss da durch. Ihr wollt doch nicht wirklich meine Hand halten, während ich mich dem für mich bestimmten Mann hingebe?«

Ruovan musterte mich und was er sah, schien ihn zu überzeugen, denn endlich löste er seinen Klammergriff, stand auf und verbeugte sich vor dem Alpha. »Sie gehört Euch, Herr.«

Die Bestie öffnete den Knoten ihres Umhangs und reichte ihn meinem ehemaligen Verehrer, der unter der Last des Pelzes schwankte. Dann nahm er den gehörnten Helm ab. Er hatte ein stolzes Gesicht mit einer breiten Nase und einem kühnen Kinn und die arroganten Augen eines Feldwebels.

Ich rollte mich über die Felle, hechtete zum Fenster und sprang kopfüber durch das feine Geflecht, das die Insekten draußen hielt.

8.

Der Boden war lehmig, aber hart. Ich rollte mich über meine Schulter ab und kam mit einem dumpfen Stöhnen auf. Womöglich hatte ich mir das Handgelenk verstaucht. Mit einem undamenhaften Fluch rappelte ich mich auf, taumelte vorwärts und stieß gegen eine Wand aus Pelz.

Oh Gütige, verdammt.

So schnell konnte nicht mal ein Alpha ums Haus herumlaufen. Und Sercher war zu massig, um mir durch das schmale Fenster nachzuspringen.

»Du bist also die Frau, von der man so viel spricht.«

Es war ein Fremder, Pana sei Dank. Ein Hüne in silbergrauem Mantel, ohne Hörner. Sein Kopfputz hatte Knochen zur Zierde, und eine Kette faustgroßer Schädel hing ihm um den Hals. Aus irgendeinem Grund kam mir seine Silhouette vage bekannt vor.

Hastig rückte ich meine Felldecke zurecht, unter der ich, wie mir durchaus bewusst war, gar nichts trug. Er würde sich doch nicht an mir vergreifen? Oder mich zu meinem aufdringlichen Bräutigam zurückschleppen?

Da lehnte Ruovan sich schon aus dem Fenster, doch als er den anderen Bestiensoldaten sah, zog er sich hastig wieder zurück.

Der Kerl runzelte die Stirn. »Was macht der Mensch in Charal-Jars Haus?« Aus irgendeinem Grund schien er auf der Seite meines Retters zu sein.

»Sercher ist auch da drin. Ich habe sie nicht hereingebeten, sie sind einfach reingekommen.«

»Das wird Charal-Jar nicht gefallen«, murmelte der Soldat. »Sie haben dich nicht angefasst?« Er schnupperte kurz. »Nein, offenbar nicht. Kein Wunder, der Geruch würde jeden vertreiben.«

»Ich weiß, dass ich stinke«, sagte ich beleidigt. »Aber ich soll mich nicht waschen, und ich müsste mal dringend für kleine Mädchen, und Charal-Jar ist einfach weggegangen, und …« Und weiter wusste ich nicht.

Lange Eckzähne blitzten auf, als der Mann grinste. »Du stinkst nicht, Mädchen, keine Sorge. Von deinem eigenen Geruch ist nichts mehr übrig. Du riechst bloß nach *meins.* Nach *meins, meins, meins.* Diese Botschaft ist mehr als deutlich. Ich kann dir zeigen, wo du dich erleichtern kannst, und dann bringe ich dich zurück.«

»Das heißt, ich bin sicher? Keiner von euch, äh, Soldaten würde sich an mir vergreifen? Sercher hat dieser Geruch aber auch nicht gestört.«

»Doch, das hat es«, widersprach der Soldat grinsend. »Es stört ihn dermaßen, dass er sich vor Angst beinahe in den Mantel macht.« Er führte mich zwischen den Blockhütten hindurch, wo es von fellbehängten Gestalten nur so wimmelte. Mir war bewusst, dass mir unzählige Blicke aus funkelnden Augen neugierig folgten. »Du riechst nach Alpha-Besitz.«

»Aber Charal-Jar ist kein Alpha. Das haben mir jedenfalls alle gesagt.«

»Nein, ist er nicht. Deswegen ist seine Duftnote für uns alle auch so eine Überraschung. Man kann dich von einem Ende des Lagers bis zum anderen riechen.«

»Haben die Alphas Charal-Jar aus diesem Grund zum Kampf zugelassen?«

Der Soldat zuckte mit den Achseln. »Hätten sie es nicht, würde ihnen jeder hier im Lager unterstellen, sie hätten Angst vor einem einfachen Krieger. Also mussten sie das Duell erlauben, wenn sie nicht um ihre eigenen Positionen fürchten wollen. Wir lassen unseren Anführern ja vieles durchgehen, aber nicht Feigheit. – So, hier sind wir.«

Er hatte bei einer Ansammlung von dicht belaubten Büschen angehalten. Im Gegensatz zu Sandoria, wo aus Angst vor Schlangen jeder Baum gefällt und jede bewachsene Fläche sorgsam gejätet war, beschatteten große Bäume die Hütten und üppig wuchernde Dschungelpflanzen wuchsen an jeder Ecke.

»Und keine Angst. Im Augenblick würde dich nicht mal der Erste Alpha mit dem Zeigefinger antippen.«

Er wartete zwischen einer hohen Pflanze mit fingerartigen Blättern, und als ich zurückkam und ihn dort wie einen Schatten stehen sah, wusste ich, woher ich ihn kannte.

»Du warst dabei, auf dem Weg von der Baustelle zum Außenposten! Du bist der zweite Bestiensoldat.«

Der Knochenmann grinste. »Du bist gut. Für die meisten Menschen sehen wir alle gleich aus.«

»Du hast den Dschungellöwen weggelockt«, stellte ich fest, »und überlebt.«

»Das wäre normalerweise Charal-Jars Aufgabe gewesen, doch er hat darauf bestanden, bei der Gruppe zu bleiben. Da habe ich bereits geahnt, dass etwas nicht stimmt. Er war sonst nie aufmüpfig.«

Während wir zurückgingen, wurden wir von allen Seiten beobachtet. Überall standen mit Fell und Stacheln behängte Kreaturen herum, unterhielten sich in ihrer knurrenden Sprache und starrten mich verstohlen an.

Von der Disziplin eines Soldatenlagers war rein gar nichts zu merken. Alle lungerten herum und warteten.

Die Luft knisterte vor Spannung.

»Sie können es wohl kaum erwarten?« Mir fiel noch etwas ein. »Die Rangordnung eurer Soldaten muss mit den Offizieren in Sandoria abgesprochen werden, oder? Werden sie eine Delegation schicken?«

Er fletschte die Zähne. »Falls ja, lassen wir sie nicht durchs Tor.«

»Ihr könnt eure Vorgesetzten einfach ausschließen?«

»Was nach dem Duell kommt, das Weha-Chaveran … das ist nichts für die Augen von Menschen.«

»Das was?«

»Er hat dir nichts gesagt?« Knochenmann warf mir einen prüfenden Blick zu.

»Was hat er mir nicht gesagt?«

»Der Sieger bekommt die Beute.«

Ich wälzte diesen Satz in meinem Hirn herum und versuchte, die darin verborgene Bedeutung zu erfassen.

»Oh«, sagte ich.

»Darauf freuen sie sich mindestens ebenso wie auf den Kampf«, erklärte Knochenmann fröhlich. »Ein wahrer Alpha beweist seine Manneskraft. Er beweist, dass ihm gehört, wofür er gekämpft hat.«

»Also kann ich ihn nicht … vertrösten?«

»Nein«, sagte Knochenmann, »kannst du nicht. Und du solltest es nicht. Es würde Charal-Jar in echte Schwierigkeiten bringen, wenn du dich weigerst.«

Wir waren bei der richtigen Hütte angelangt. Der Soldat überzeugte sich davon, dass sich keine ungebetenen Gäste darin aufhielten, und stellte sich als Wache neben die Tür.

Mir war ein wenig flau im Magen.

Charal-Jar und seine goldblauen Dschungelaugen. Seine Stimme, seine Hände, sein Eckzähne. Er würde gewinnen. Er musste gewinnen.

Dann fiel mir ein, dass diejenigen, die auf das Spektakel warteten, in jedem Fall auf ihre Kosten kommen würden, ganz egal, wer als Sieger aus dem Duell hervorging. Was für ein entsetzlicher Gedanke! Vor Scham wollte ich im Boden versinken. Dies war nicht meine Welt. Ich war Meriande Suliwan, geboren und aufgewachsen in einer Villa aus Sandstein. Im Gegensatz zu meiner Schwester hatte ich mich bei den Festen und Tänzen nie wohlgefühlt, hatte mich immer wie ein Fremdkörper gefühlt. Ich hatte von Abenteuern geträumt, vom Dschungel, von wilden Tieren und tapferen Taten. Doch jetzt fühlte ich mich wie das behütete reiche Mädchen, das ich trotz meiner Träume immer gewesen war. Ich hatte im Garten dem Tanz der Monde zugesehen und auf harmlose kleine Mondfalter geschossen, und ich hatte nicht das Geringste geahnt von den Grausamkeiten und dem wilden Leben der Bestien.

»Darf ich dich hereinbitten?« Vielleicht klang ich verzweifelt. Vielleicht war ich das auch. Mir mit einem Bestienmann die Zeit vertreiben, um nicht zu viel denken zu müssen – als könnte ich ihn einfach zum Tee einladen und in einem vornehmen Salon mit ihm plaudern! Das hätte ich gestern noch nicht mal im Traum in Erwägung gezogen.

Knochenmann zögerte.

Wenn mir gestern jemand erzählt hätte, dass ich keine Angst vor dieser gruseligen, mit Knochen und Schädeln behängten Gestalt haben würde, hätte ich ihn ausgelacht.

»Bitte versteh mich nicht falsch«, fügte ich hinzu. »Das ist kein … kein unmoralisches Angebot. Ich wünschte, ich wäre angemessen gekleidet, eine Sklavin würde uns Musik spielen und ich könnte dich fragen, ob du Schmetterlinge sammelst oder Windhunde züchtest. Vielleicht kennst du ein Würfelspiel?«

Er lachte plötzlich. Der Kerl war an die zwei Meter groß, nur wenig kleiner als Charal-Jar, und seinem Schmuck nach zu urteilen, ein überaus gefährlicher Krieger. Und ich schlug ihm ein Würfelspiel vor! Ja, da hätte ich vermutlich auch gelacht.

»Verzeih mir, Soldat.«

Ich wollte den Vorhang wieder schön vor der Tür drapieren, doch da schob er ihn schon zur Seite, beugte sich unter dem Türsturz durch und füllte den Raum mit seiner Gegenwart. Seine Pranke glitt in eine Tasche seines Gewands und er warf eine Handvoll kleiner Knöchelchen auf den Tisch.

»So etwas meinst du?«

Weiße, glänzende, polierte Knöchelchen.

»Kriegerspiel«, knurrte er. »Ich bring es dir bei.«

Kurz vor Sonnenuntergang kamen zwei Frauen in die Hütte, die nicht schlecht staunten, den riesigen, klappernden Chir-Jawat – er hatte geduldig mit mir geübt, bis ich es aussprechen konnte – anzutreffen. Wir standen uns gegenüber, nur den Tisch zwischen uns, und ich warf gerade die Knöchelchen auf einen Haufen, während er laut »Kranzta!« rief, was so etwas wie »daneben« hieß.

»Wir sollen dein Haar schmücken, Soldat«, sagte Siliva, als würde sie mich zum ersten Mal im Leben sehen.

Ich musterte sie verstohlen. Sie hielt sich kühl und aufrecht, ihre blasse Haut war so weiß wie immer, das rote Haar ordentlich geflochten. Ich konnte keine Misshandlungen an ihrem Gesicht oder ihren Armen erkennen und keine Tränen in ihren Augen. Gestern war sie ein fröhliches, rothaariges Mädchen gewesen, heute war sie eine kühle, verschlossene Frau. Ich wünschte, ich hätte sie umarmen und trösten können, bis sie mir erzählte, was in der letzten Nacht geschehen war, aber wir waren nicht allein.

»Herr.« Die zweite Frau, Obergefreite Scharit, legte die Hände zusammen und gönnte Chir-Jawat ein demütiges Kopfnicken.

Der Bestiensoldat sammelte die Knöchelchen ein, ließ sie in seiner Felltasche verschwinden und verließ ohne ein Wort den Raum.

»Was wollte der denn hier?«, murmelte Scharit. »Chir-Jawat ist ein Unter-Alpha, einer der fünf, die direkt nach den Alphas kommen.«

»Ist er ein Freund von Charal-Jar?«, fragte ich.

Sie funkelte mich böse an. »Das hättest du ihn vielleicht besser vorher fragen sollen, bevor du ihn hereingelassen hast. Nein, ist er nicht. Wie oft soll ich es noch sagen? Charal-Jar hat keine Freunde bei den ranghohen Bestien, er ist ein Außenseiter. Und Chir-Jawat steht den Alphas sehr nahe, er ist einer von denen, die jede Lücke und Schwäche ausnutzen würden, wenn es sich ergibt.«

»Ich fand ihn sehr höflich und zuvorkommend«, sagte ich.

»Er mag so einiges sein, aber zuvorkommend gehört sicherlich nicht dazu«, knurrte Scharit. »Doch wir sind nicht hier, um deine Unbelehrbarkeit zu besprechen. Der Erste Alpha hat angeordnet, dich einigermaßen vorzeigbar zu machen.« Sie griff in mein Haar und verzog das Gesicht. »Wir haben Seifenwasser mitgebracht und Schmuck.«

Siliva breitete stumm ein Tuch auf dem Tisch aus, in dem sich ein Sammelsurium von Knochen, Hornsplittern und Fellstücken befand.

»Das soll Schmuck sein?«

»Er hat es angeordnet.« Sie zuckte mit den Achseln.

Ich wühlte mit der Hand durch die ungewöhnlichen Stücke, die jeden Kaufmann in Nordun-Stadt entzückt hätten. »Habe ich richtig gehört? Du bist die Frau des Ersten Alphas?«

»Hast du etwas dagegen?«, fragte sie schroff.

Natürlich, sie war die Schönste von uns. Der ranghöchste Bestiensoldat hatte sich das Mädchen bringen lassen, das selbst auf den Bällen in Nordun-Stadt aufgefallen wäre. Es tat mir weh, meine Freundin so feindselig und abweisend zu erleben.

»Aber diese Geruchssache … Die Schmuckstückchen riechen doch bestimmt nach dem Ersten Alpha, wenn sie ihm gehören. Warum soll ich sie dann in den Haaren tragen?«

Die beiden Frauen wechselten Blicke. »Weil in diesem Lager getan wird, was der Erste Alpha anordnet«, sagte die Obergefreite.

»Aber ist das Charal-Jar recht? Gilt es als Ehre oder als Beleidigung, wenn der Erste Alpha Schmuck schickt?«

Siliva, die nun eine Tasche mit diversen Kämmen und Spangen leerte, schwieg dazu.

Scharit hingegen, die den Eimer mit dem Seifenwasser auf den Tisch stellte, fuhr mich ungeduldig an. »Wie könnte es eine Beleidigung sein?«

Ich wusste nicht, wem ich glauben sollte, wem ich trauen durfte. Die Sitten der Bestiensoldaten waren mir völlig fremd, und ich konnte nicht einmal vorgeben, ich würde sie verstehen. Jede Handlung, jedes Unterlassen konnte schwerwiegende Konsequenzen nach sich ziehen.

»Es ist mir lieber, keins dieser Schmuckstücke zu tragen. Ihr dürft mir gerne die Haare zurechtmachen, aber ich nehme keine Geschenke an, ohne Charal-Jar vorher zu fragen.«

Die Obergefreite schenkte mir einen bösen Blick, doch sie war offensichtlich nicht gekommen, um sich mit mir zu streiten. Die Frauen wuschen mir das Haar und ich ließ das Kämmen über mich ergehen.

Scharits Hände zitterten merklich.

»Geht es Euch gut?«, fragte ich.

Zu meiner Überraschung zischte sie mich an. »Zähmen! Ihr Frauen solltet die Bestien zähmen und beruhigen! Stattdessen werden sie immer wilder. Heute Abend wird der Dschungel in unseren Herzen und in unseren Leibern wohnen. Spürst du, wie die Luft sich bereits ändert, wie die Vögel in den Bäumen schweigen? Sie fürchten sich vor der Wildheit, die mit der Dunkelheit heranweht.«

»Warum verlasst Ihr nicht das Lager, wenn Ihr Euch vor den Dingen fürchtet, die geschehen werden?«

Scharit schüttelte mit einem verzweifelten Lachen den Kopf. »Das Tor ist zu. Niemand kommt herein und sie lassen keinen gehen. Heute gehören wir alle den Bestien.«

Ich saß zwischen den anderen Soldatinnen, zwischen Siliva und Briane, dem schwarzhaarigen Mädchen mit den großen, ängstliche Augen. Etwas weiter weg hatten die Alphas Platz genommen, ich erkannte sie an ihren Fellumhängen, die besonders üppig mit Stacheln bestückt waren, und an den ausladenden Hörnern auf ihrem Kopfschmuck. Wie wir saßen sie auf Felldecken. Gleich daneben waren die weiteren Würdenträger versammelt. Der Knochenmann stand an einen Baum gelehnt da, die Arme vor der Brust verschränkt, und ließ den Blick über die Zuschauer schweifen. Ich hatte erwartet, dass das Bestienbataillon größer war; ich schätzte, dass sich nur an die siebzig, achtzig Männer versammelt hatten. Von den menschlichen Soldaten, die im Lager Dienst taten, sah ich niemanden. Ob sie sich wohl versteckt hatten?

Siliva nestelte an ihrem Fellumhang und vermied es, zu den Alphas hinüberzublicken.

»War er wütend, weil ich das Geschenk abgelehnt habe?«, fragte ich leise. »Hat er dir etwas angetan?«

»Nein, er hat gelacht.«

»Warum?« Hatte ich einen Fehler gemacht, als ich die Gaben zurückgewiesen hatte?

»Ich weiß nicht. Er hat irgendetwas geknurrt.«

Die Bestien hielten es offenbar nicht für nötig, ihre menschlichen Frauen in ihre Angelegenheiten einzuweihen. Darüber würde ich mit Charal-Jar noch reden müssen.

Wenn er gewann. Er musste einfach gewinnen. Ich wusste nicht, was ich tun würde, wenn Sercher ihn umbrachte.

Ein ohrenbetäubendes Kreischen und Heulen brach aus, als die beiden Gegner den Platz betraten.

Ser-Chaj breitete die Arme aus und schien den Lärm wie eine Huldigung entgegenzunehmen.

Charal-Jars Auftritt brachte die Meute zum Schweigen. Er kam aus der Dunkelheit zwischen den Hütten, ein großer, breiter Schatten. In den Hörnern auf seinem Kopf fing sich das Licht der beiden Monde. Er war ein wenig größer als Ser-Chaj, wirkte jedoch schmächtiger, weil er nicht ganz so viele Pelze trug. Im Schein der Lagerfeuer konnte ich sein Gesicht nicht gut erkennen, aber bei seinem Anblick fühlte ich, wie mich ein heißer Schauer durchfuhr. Wärme rieselte in meinen Bauch.

Der Alpha drehte ihm verächtlich den Rücken zu und knurrte etwas.

Charal-Jar knurrte zurück und ein Raunen ging durch die Menge.

Ich wünschte mir, ich hätte ihre Sprache verstanden, denn so ging es eine Weile hin und her. Dann warf Charal-Jar seine Umhänge ab.

Er war splitternackt.

Das wohlerzogene Mädchen aus Nordun-Stadt war entsetzt, doch die Meriande, die gegen die giftigen Schmetterlinge gekämpft hatte, die vor ihrer mörderischen Schwester in die Armee geflohen war und eine dunkle Gestalt im Schatten nach ihrem Namen gefragt hatte – diese Fremde war fasziniert.

Er war schön. Erschreckend schön. Seine breiten Schultern, der gewaltige Brustkorb, die wohldefinierten Muskeln, der Bauch, die schmalen Hüften. Die schuppigen Stellen an seinem Hals und seinen Schultern und an seinen Schenkeln wirkten in diesem Licht fast schwarz. Seine Augen funkelten und er stieß ein herausforderndes Fauchen aus.

Ser-Chaj, der mit dem Rücken zu uns Frauen stand, antwortete mit einem verächtlichen Schnauben und löste seine Fellmäntel, die sich zu seinen Füßen bauschten.

Er war breiter und gedrungener als sein Herausforderer. Bänder aus Schuppen zogen sich über seine Schulterblätter. Er stieß einen wütenden Schrei aus, und plötzlich schossen Stacheln aus seiner Wirbelsäule, über die ganze Länge seines Rückens – fingerlange, nadelspitze Auswüchse. Ein weiterer Schrei, und aus seinen Händen sprossen Krallen und wuchsen, bis sie so lang waren wie seine Finger.

Deshalb also hatten die Krieger keine Waffen mitgebracht. Ungläubig starrte ich auf das Ungeheuer, das seine eigenen Waffen in seinem Körper verborgen trug.

Er drehte sich um sich selbst, um sich den Zuschauern zu präsentieren, und zischte. Überall an seinem Körper brach die Haut auf, kamen metallisch glänzende Schuppen zum Vorschein. Sie flossen ihm über den Rücken wie ein Schutzpanzer. Fast sein gesamter Rücken, sein Hintern und ein Teil seiner Oberschenkel waren nun mit den Schuppen bedeckt. Im Licht der Lagerfeuer und Fackeln schillerten sie rötlich-bronzefarben. Schimmernde Spuren davon zogen sich über seine Brust.

»Das können nur wahre Alphas«, flüsterte Briane neben mir. »Gütige Pana, er hat beinahe so viele Schuppen wie der Erste Alpha.«

Charal-Jar musterte ihn ungerührt. Seine Augen glühten golden. Er streckte die Hände vor, die menschlich blieben, und senkte angriffslustig das Kinn.

Ser-Chaj sprang auf ihn los.

Erschrocken schlug ich die Hand vor den Mund, denn angesichts der Krallen und Stacheln kam mir Charal-Jars menschliche Haut schrecklich verletzlich vor. Das Monster würde ihn beim ersten Aufprall durchbohren, und er hatte keine Waffen. Er hatte keine Waffen!

Charal-Jar rührte sich nicht, bis sein Feind ihn beinahe erreicht hatte, dann wich er schnell und geschickt aus und schlug Ser-Chaj, der vorüberstolperte, in den Rücken. Man konnte die rasche Bewegung seiner Hand kaum sehen, aber er musste ihn irgendwo dort erwischt haben, wo ihn keine Schuppen schützten, denn Ser-Chaj heulte auf und fuhr wutschnaubend herum. Blut tropfte auf den Boden.

Sie umkreisten einander wie lauernde Raubtiere. Dann hechtete der Alpha nach vorne, die langen Krallen ausgestreckt wie Messer, und zielte auf Charal-Jars Brust.

Die Klauen stießen auf knochenharte Schuppen. Mit einem Kreischen, das in den Ohren wehtat, taumelte Ser-Chaj zurück. Er hatte sich mehrere seiner langen Nägel abgebrochen. Ungläubig starrte er seinen Gegner an und brülle etwas in der Sprache der Bestien.

Ein Flackern wie von dunkler Farbe lief über Charal-Jars Rippen. Er konnte die Schuppen offenbar auftauchen und verschwinden lassen, wie es ihm beliebte.

Die Zuschauer schrien und heulten in ohrenbetäubender Lautstärke durcheinander. Füße trommelten auf den Boden. Einer der Alphas war aufgesprungen und stand mit geballten Fäusten da, als würde er gleich selbst angegriffen werden.

Ser-Chaj schüttelte den Kopf, als müsste er seine Gedanken befreien, dann griff er erneut an. Diesmal zielte er auf den Bauch.

Charal-Jar warf sich zur Seite und riss Ser-Chaj mit zu Boden. Kreischend und fauchend rollten sie über die Erde. Sogar ich konnte das Blut riechen, ich sah es auf den Lehm spritzen, auch wenn ich in dem Gerangel kaum erkennen konnte, wer die Oberhand hatte. Ich hätte mir am liebsten die Ohren zugehalten, denn das irre Kreischen der beiden Kämpfenden war unerträglich. Der letzte Bestiensoldat war aufgesprungen, ebenso atemlos wie ich versuchten die Zuschauer zu erkennen, was da vor sich ging.

Dann taumelte Ser-Chaj zur Seite. Er blutete aus zahlreichen Wunden, es rann ihm über den Bauch, die Beine, sogar aus dem Gesicht. Diesmal klang sein Heulen nicht wütend, sondern verzweifelt.

»Du bist ein Bastard!«, schrie er. »Ein Verfluchter!«

Er streckte seine Krallen aus. Bronzefarbene Messer, sichelförmig gebogen, tödlich scharf. Die geborstenen, abgesplitterten Enden sahen gefährlicher aus als die heilen.

Charal-Jar stand schwer atmend vor ihm. Auch er blutete, aber sein wildes Lächeln bewies, dass es ihm nichts ausmachte.

Ser-Chaj wich zurück. »Komm her, du elender Bastard«, zischte er. »Wagst du es wirklich?« Er klang halb wahnsinnig vor Zorn und Schmerz.

Dann drehte er sich plötzlich um und rannte auf mich zu.

Ungläubig starrte ich ihm entgegen, auf die wilde Bestie, die auf mich lossprang. Ich schnappte nach Luft, einen Moment lang sah ich meinen Tod auf mich zukommen, ich konnte nichts denken, nichts fühlen, nicht einmal schreien.

Charal-Jar war hinter ihm, bevor der Alpha die Felldecke, auf der wir Frauen saßen, erreicht hatte. Er packte den älteren Mann an der Schulter, um ihn zurückzureißen. Doch darauf hatte Ser-Chaj offenbar nur gewartet. Mitsamt den spitzen Rückenstacheln warf er sich nach hinten, gegen Charal-Jar, um ihn auf seinen Stacheln aufzuspießen.

Ein Schrei ging durch die Menge.

Die beiden Kämpfer waren uns nun so nah, dass ich jedes Detail wahrnahm. Charal-Jar, der auf dem Rücken lag, seinen Feind über sich, als würde er ihn in den Armen halten. Charal-Jar, der den Kopf wandte, dessen goldener Blick mich traf. Er zog halb die Lippen hoch und entblößte einen spitzen Eckzahn.

Dann rollte er sich herum, stieß Ser-Chaj von sich und sprang auf.

Alle Augen hingen an ihm, an seinem Bauch, in Erwartung tiefer, tödlicher Wunden, aus denen Blut floss.

Doch da war nichts. Sein Bauch, seine Rippen, seine ganze Vorderseite war mit schwarzen Schuppen bedeckt. Sie wanderten weiter, erfassten seine Arme, seine Beine, zogen sich über sein Gesicht. Dornen sprangen aus seiner Stirn, wuchsen aus seinem

Nasenrücken. Sein ganzer Körper war in einen blauschwarzen Schuppenpanzer gehüllt, der nur an den Stellen, die auch sonst geschuppt waren, heller und mit einem rötlichen Schein schimmerte. Seine Wirbelsäule brach auf. Wo bei Ser-Chaj Stacheln waren, wuchsen bei ihm Dornen. Sie hatten die Form von Rosendornen, gebogen wie Messerklingen. Seine Haare sträubten sich und verwandelten sich in einen Wust aus Hörnern und Stacheln.

Eine lange, gespaltene Zunge schnellte aus dem Mund und leckte sich zischend über die Lippen.

Die Bestiensoldaten starrten ihn an. Auch Ser-Chaj glotzte mit weit aufgerissenen Augen. Ein paar seiner Stacheln waren bei dem Zusammenprall mit dem Schuppenpanzer zersplittert. Er keuchte vor Schmerz. Dann stolperte er ein paar Meter rückwärts von seinem Feind fort, drehte sich um und rannte in die Dunkelheit davon.

Wenig später sahen wir ihn über den Zaun klettern, flink wie eine Eidechse, und auf der anderen Seite herunterspringen. Im nächsten Moment war er schon im Dschungel verschwunden.

Die blauschwarze Bestie stand eine Weile reglos da, bevor sie sich zurückverwandelte. Die Dornen tauchten wieder ins Rückgrat ein, der Panzer lief wie dunkles Wasser über die Haut und verschwand. Als Letztes wurde das Gesicht wieder menschlich. Er blickte in die Runde, als wartete er auf den nächsten Widersacher.

Da begann das Geheul. Bestimmt war es noch kilometerweit im Dschungel und im Außenposten zu hören, ein Geheul, bei dem einem das Blut in den Adern gefror und erwachsene Männer sich schaudernd verkrochen.

Doch ich war hier, am Ort des Geschehens. Und ich konnte den Blick nicht von Charal-Jar abwenden, der auf die Gruppe der Alphas zuschritt. Während er mit ihnen sprach, wandte er uns Frauen den Rücken zu. Seine Haut war wieder makellos und glatt, keine Spur von Dornen und Schuppen.

Als er sich umdrehte und zu mir kam, klopfte mein Herz zum Zerspringen. Er war schön – nicht auf die klassische, menschliche Art wie Ruovan. Anders. Wilder. Und er war erregt, wie man nicht übersehen konnte. In der letzten Nacht, aufgewühlt, berauscht vom Gift, hätte ich mich ihm ohne zu zögern hingegeben, jetzt zitterte ich. Ich wollte so mutig sein wie er und wusste doch, dass Charal-Jar die Angst in meinen Augen sah. Ich wollte stark genug sein, für was auch immer geschehen würde, und hörte mich selbst flüstern: »Bitte nicht.«

Schmerz zog über sein Gesicht wie eine Wolke. »Willst du mich nicht, Shea-Win?«

Ich hatte ihn kämpfen sehen und mir war nicht entgangen, wie viel Aufmerksamkeit die anderen Frauen ihm schenkten. Sein Körper war vollkommen. Dennoch schaute ich ihm nur in die Augen. Ich wollte nichts anderes sehen als seinen freundlichen Blick.

Doch was ich sah, war sein Hunger.

»Willst du mich nicht, Shea-Win?«, fragte er zum zweiten Mal mit leiser Stimme. »Dann werde ich gehen.«

Er wollte sich abwenden, aber ich fasste nach seinem Handgelenk. »Nein. Nein, geh nicht. Es ist nur …« Ich atmete tief durch. »Man hat mir gesagt, dass der Sieger sich beweisen muss. Dass er die Beute bekommt. Und ich bin keine Beute.«

Sanft strich er mit der anderen Hand über mein Haar. »Du bist wunderschön, Shea-Win, und stolz wie eine Unaschkin. Und doch fürchtest du dich davor, dass jemand zusehen könnte, wie wir einander wohltun?«

»Ja«, flüsterte ich. »Ich möchte mit dir allein sein.«

Ich hatte mich schon entsetzlich geschämt, wenn Siliva oder die anderen Soldatinnen sich eine Decke mit einem jungen Rekruten teilten, nur wenige Meter von mir entfernt. Er konnte nicht verlangen, dass ich an die hundert Augenpaare einfach hinnahm.

Ein Band aus Schuppen stieg aus seiner Haut auf und verschwand wieder, während er heftig atmete. Wir waren einander so nah, dass ich das Herz in seiner Brust hämmern hörte. Dann beugte er sich zu mir herunter und lehnte seine Stirn an meine.

»Vertraust du mir?«, fragte er leise.

»Ja«, antwortete ich, denn dieses Vertrauen war das Einzige, was mich daran hinderte, schreiend wegzulaufen. Es gab mir die Kraft, mitten im Bestienlager zu stehen und dem Sieger die Beute zu verweigern. Er war nicht wie Sercher. Er würde nie wie Sercher sein. Und dieses Vertrauen war der Grund, warum ich mich danach sehnte, seine Haut zu berühren und mit den Fingern die Wege der Schuppen nachzuzeichnen. Dieses Vertrauen war der Grund, warum ich ihn kennenlernen wollte, warum die Angst von mir abfiel wie ein Fellmantel.

Trotzdem schrie ich vor Schreck, als er mich ohne Vorwarnung packte und einfach mit mir losrannte – durch die Menge der Bestiensoldaten, die erschrocken zur Seite auswichen, auf die Palisade zu.

»Halt dich an meinem Hals fest!«

Er kletterte schnell wie ein Affe die Balken hoch, während hinter uns ein ohrenbetäubendes Johlen und Heulen begann, und sprang aus der Höhe von etwa vier Metern wieder hinunter.

Der Dschungel empfing uns schweigend. Es war dunkel hier draußen, die Monde kämpften vergeblich gegen das dichte Blätterdach, und darunter konnte man kaum die Hand vor Augen sehen. Doch Charal-Jar tastete sich nicht wie ein Blinder hindurch, sondern rannte wie ein angreifender Hornpanther durchs Unterholz. Obwohl er keine Machete bei sich trug, stieß er nirgends an. Leichtfüßig sprang er zwischen den Bäumen hindurch, über Wurzeln und gestürzte Stämme hinweg. Hinter uns schwoll das Gebrüll der Bestiensoldaten an und dann waren nur noch einzelne hohe Schreie zu hören.

Charal-Jar rannte noch ein Stück und blieb schließlich stehen. Sein Herz hämmerte, aber er keuchte nicht einmal. Stumm stellte er mich auf die Füße.

Wir waren auf einer Lichtung. Über uns führten die Monde ihren ewigen Tanz auf, weiß und rot und rot und weiß, und ihr kaltes Licht ergoss sich über den mit glänzenden Blättern bedeckten Boden. Phosphoreszierende Blumen entfalteten sich überall um uns herum. Es roch süß wie Honig und wie Bittermandel, und riesige Schmetterlinge schaukelten vorüber, ohne anzugreifen.

»Gefällt dir dieser Ort besser?«, fragte er.

»Es ist gegen eure Sitten. Wirst du nicht Schwierigkeiten bekommen?«

»Oh ja«, murmelte er. »Das werde ich. Du bringst mir nichts als Ärger ein, Shea-Win.«

Seine Lippen waren kühl, aber sein Mund war warm. Meine Hände wanderten über seine Schultern, über die feinen Schuppen an seinem Hals und seinen Wangen, und mit einem Knurren zog er mich enger an sich heran und sein Kuss wurde fordernder.

Mein Mantel fiel mir von den Schultern. Charal-Jar breitete ihn auf den Kriechpflanzen aus und zog mich auf die Felldecke hinunter, bis wir beide knieten, einander zugewandt. Er hörte nicht auf, mich zu küssen, und ich spürte seine Hände auf meinem Rücken und erschauerte. Im Dschungel war es nie kalt, und doch fror ich in diesem Moment. Charal-Jars Berührung jagte einen Schauer nach dem anderen durch mich hindurch, und im Dunkel des Waldes schienen plötzlich Ungeheuer zu lauern. Schlangen wisperten im Unterholz, leise Pfoten schlichen über Wurzeln und kletterten auf dicken Ästen am Rand der Lichtung, Krallen schabten über Rinde. Mir war, als würden unzählige Augen in der Finsternis glühen, und ich barg meinen Kopf an Charal-Jars breiter Brust.

»Was ist, Shea-Win?«, fragte er.

»Der Dschungel wird uns fressen«, sagte ich und kam mir klein und töricht vor, doch er lachte mich nicht aus.

»Ja«, sagte er, »ja, das wird er, denn das ist seine Natur. Aber nicht heute Nacht, Shea-Win. Nicht heute Nacht.«

»Aber … da!«

Es war ein Hornpanther. Reglos stand er am Rand der Lichtung, eine geschmeidige große Katze mit dunkelrotem Fell, das um die Schultern herum länger war und sich leicht lockte. Auf seinem Kopf wuchsen vier Hörner; zwei große und zwei kleine, und seine gelben Augen glühten wie brennende Sonnen.

Ich wagte nicht zu atmen.

»Ich kämpfe gerne mit dir, roter Krieger, aber nicht jetzt.« Charal-Jar ließ ein leises, verärgertes Knurren hören und fixierte den Panther mit seinen blauen Augen, in denen die Tupfer aufleuchteten.

Das Fell der Raubkatze sträubte sich, sodass sie beinahe doppelt so groß aussah wie vorher. Dann verschwand sie lautlos im Wald.

»Siehst du?«, flüsterte er. »Heute ist unsere Nacht.«

Er legte sich mit mir auf die warme, weiche Felldecke und streichelte mich, bis sich meine Furcht vor der Dunkelheit und den glühenden Augen verlor, bis ich aufhörte zu denken und nur noch Empfinden war. Mein Gefühl wurde immer größer und intensiver, immer süßer und erschreckender, und es kam mir nicht einmal mehr seltsam vor, Charal-Jar überall zu berühren, ihn überall zu küssen, seine Haut zu erkunden und seinen Mund und seinen Körper.

Nur einmal schreckte ich noch hoch, nur einmal erwachte die vornehme Dame aus Nordun-Stadt, als ich erriet, dass das, was mich unerträglich köstlich zwischen meinen Beinen berührte, seine Zunge war. Gütige Pana! Davon hatte mir nie irgendjemand etwas erzählt. Mein Kopf sackte zurück und alles in mir erschlaffte. Ich wusste nicht, ob ich wach war oder träumte, ob ich fieberte und eigentlich zu Hause in meinem Bett in der Suliwan-Villa lag … Nein, ich war hier. Meine Hände berührten Haare, weich wie das Fell, auf denen ich lag. Ich versuchte ihn von mir wegzuschieben, aber es ging nicht. Mein Hintern passte genau in seine Hände. Und seine Zunge erforschte alles, was es zu erforschen gab, was nie irgendjemand erforscht hatte, außer meinen eigenen Fingern. Ich hatte mir nicht einmal vorgestellt, so etwas mit Ruovan zu tun. Ich fühlte mich zugleich aufgewühlt und wie gelähmt, es war, als hätte ich Fieber und als würde ich mich gleich auflösen. Mehr als das hier konnte es nicht geben.

Meine Gefühle flatterten davon, lösten sich auf, lösten mich auf.

Ich umarmte ihn, so fest ich konnte, als Charal-Jar sich mit seinem ganzen Gewicht über mich legte. Er schob sich zwischen meine Beine und tauchte in mich ein. Der Schmerz war nicht so heftig, wie ich gedacht hatte. Und dann hörte ich auf zu denken. Das Wispern des Waldes blendete ich aus. Es gab nur noch uns beide. Sein Gewicht, seine Hitze, seine glatte Haut unter meinen Händen, während ich ihn umschlang.

Dann sah ich einen Schmetterling direkt über uns schweben. Er war noch größer als die Exemplare, die Karel mir geschenkt hatte. Der rote Mond verstärkte seine blutrote Farbe, er war wie eine leuchtende fliegende Blume.

»Da ist ein giftiger Dunkelfalter«, flüsterte ich in Charal-Jars Ohr.

»Lass ihn«, ächzte er. »Ein Geschenk der Götter.«

Ich war mir nicht sicher, ob er mir richtig zuhörte. Außerdem flog ein zweiter Falter heran, silberweiß wie ein Stern. Während der erste sich auf Charal-Jars Rücken niederließ, spürte ich die Flügel des zweiten wie einen Windhauch an meiner Hand.

»Nein, sie beißen!« Ich versuchte mich unter ihm hervorzuwinden, aber er hielt mich fest umschlungen und bewegte sich weiter.

»Das ist gut. Lass sie beißen, wehr sie nicht ab. Vertrau mir.« Und er verschloss meinen Mund mit seinem Kuss.

Ich spürte den scharfen Schmerz in meinem Handrücken. Die Wärme, als sich das Gift ausbreitete. Der Kuss hinderte mich daran, ihm alles zu erklären – dass wir so schnell wie möglich zum Außenposten mussten, um uns das Gegengift verabreichen zu lassen. Dass die Zeit ablief, und wenn wir nichts unternahmen, würden wir sterben … Doch Charal-Jar war überall, auf mir, in mir, und nun war er auch in meinen Gedanken, er sagte: Vertrau mir.

Wie schwer er war. Wie tief in mir. Wie süß sein Kuss. Auf einmal war mir, als würde ich alles doppelt so intensiv spüren wie vorher. Das Gift breitete sich in mir aus, aber ich fühlte mich nicht müde und schwerfällig, sondern wild und lebendig und hungrig, und mit neuer Leidenschaft erwiderte ich Charal-Jars Kuss. Ich hörte Stimmen flüstern und kleine Schreie. Ich hörte den Flügelschlag der Schmetterlinge, als sie weiterflogen, und das knisternde Brennen des Mondlichts auf den zarten Honigblüten.

Ich war stark. Stark genug, um mich herumzuwälzen, sodass ich auf Charal-Jar zu sitzen kam, und ihn weiterzuküssen, seinen Bauch und seine Brust mit Küssen zu bedecken und ihn zu streicheln und seinen Geschmack dreimal so intensiv wahrzunehmen wie vorher. Seine blaugoldenen Augen waren wie Teiche, Gold schwamm darin, ich sah einen Nachthimmel voller Sterne. Schuppen wanderten über seinen Körper. Kleine Höcker wuchsen auf seiner Stirn, auf seinem Nasenrücken, auf seinen Schultern.

»Shea-Win«, sagte er und hielt mich fest an den Hüften gepackt und schrie.

Vielleicht schrie ich auch, ich wusste es nicht. Wusste gar nichts mehr, nur dass die Welt in diesem Moment ganz und rund war und vollkommen.

Und dann verging diese innere Welt, die nur uns gehörte, und ich wurde mir wieder des Dschungels bewusst und erinnerte mich an die Schmetterlinge.

»Das Gegengift«, flüsterte ich. »Müssen wir sonst nicht sterben?«

»Ich bin das Gegengift«, sagte er. »Ich habe dich geküsst, also bist du sicher. Die nordunischen Ärzte gewinnen es aus unserem Speichel.«

Ich ließ mich neben ihn fallen, und gemeinsam blickten wir in den Himmel hinauf. Falter flatterten vorüber. Ein Schatten wie von einem riesigen Vogel verdunkelte die Monde. Sehr, sehr weit entfernt brüllte ein Dschungellöwe, und in den Schatten knisterte es und knackte. Als ich mich auf die Seite rollte, sah ich Augen und helle Haut aufblitzen.

»Da ist jemand«, zischte ich.

Er legte den Arm um mich. »Die Unaschkin sind mit uns hergekommen.«

»Sie waren hier? Sie haben uns beobachtet?« Ich wollte mich aus seinem Griff winden, aber er hielt mich fest und küsste mich auf den Hals. »Ich habe dir vertraut!«

»Sie sind mit ihrem eigenen Vergnügen beschäftigt«, sagte er träge. »Du bist nicht die einzige Frau in diesem Wald.«

»Aber die anderen sind im Dickicht geblieben. Und wir liegen hier im Mondlicht!« Ich war mehr als entsetzt. Ich war außer mir.

»Beruhige dich, Shea-Win.« Seine Zähne zwickten mich zärtlich. »Man sieht uns kaum. Wohin hätte ich dich bringen können, ohne dass sie uns gefolgt wären? Sie hätten eher die Wände meines Hauses eingerissen, als uns dort allein zu lassen. Es ist ihr Recht und sie nehmen es sich. Sie sind Unaschkin. Aber jetzt können wir nach Hause gehen.«

Er half mir hoch und legte mir die Decke um die Schultern, band die kleinen Kordeln zusammen, die wieder einen Mantel daraus machten, und küsste mich auf die Stirn.

»Komm mit mir nach Hause, Shea-Win.«

Ich sah sie. Flirrende Bilder wie in einem Kaleidoskop. Die menschlichen Frauen, deren Haut weiß leuchtete, und wenn ich auch lieber nicht genau hinsah, sah ich genug. Sie waren alle hier. Ich sah Chir-Jawat, an einen Baum gelehnt, mit der jungen Briane. Ich sah die Obergefreite Scharit in den Armen eines Kriegers nackt zu einer unhörbaren Melodie tanzen. Und ich sah Ruovan.

Da hatten wir das Lager schon erreicht und umrundeten den Zaun, um zum Tor zu gelangen. Ruovan stand an der Palisade, die Hände in die rauen Balken gekrallt, und der Bestiensoldat hinter ihm hatte seinen Fellmantel geöffnet.

Mehr sah ich nicht, mehr wollte ich nicht sehen.

Jetzt wusste ich, warum die Norduner nicht rausgelassen worden waren. Und warum die Alphas keine Delegierten vom Außenposten zur Feier gebeten hatten. Im Bestienlager herrschten andere Regeln. Und garantiert würde keiner der menschlichen Soldaten jemals preisgeben, was hier vorgefallen war.

Charal-Jar führte mich in die verlassene kleine Ansammlung von Blockhütten.

»Du musst die Menschen nicht bemitleiden«, sagte er. »Wenn sie von den Unaschkin gebissen werden, wird ihre Lust geweckt. Sie spüren keine Schmerzen.«

»Warum hast du mich dann gerettet«, fragte ich, »wenn man Menschen nicht bemitleiden muss?«

»Einen Mondtanz lang«, sagte er, »habe ich über dich gewacht. Ich musste dich retten, ganz gleich, was es mich kosten würde.«

Ich hatte gedacht, er wäre gut, ein guter Mensch. Aber er war kein Mensch. Und er hatte mich gerettet, weil – ja, warum? Weil er mich für sich selbst haben wollte? Was wusste ich schon von Charal-Jar, dem Unaschkin?

Er reichte mir einen Becher Wasser. Durstig tranken wir beide.

Dann zog er mich auf den unendlich weichen Fellstapel, der ihm als Bett diente, und ich hörte auf, über meine Mitsoldaten nachzudenken und konzentrierte mich auf das Gefühl seiner Hände auf meiner Haut.

9.

Durch die zerrissene Fenstermembran kroch eine leuchtend blaue Eidechse. Sie flitzte über die Balken und verhielt eine Weile reglos. Ich rührte mich nicht von meinem Felllager, während ich sie beobachtete. Das Licht strömte grün und golden in den Raum, Dschungellicht. Von draußen klangen die Rufe der Vögel, die sich zu Mittag in ihre Schlafbäume verkrochen, die Hornaffen schnatterten und heisere Schreie verkündeten nichts Gutes. Es gab Ungeheuer da draußen, von denen ich nicht mal den Namen kannte, von denen mir nur die Kaufleute im Palast meiner Eltern mit verschwörerischer Miene erzählt hatten – Geschichten von Wesen mit Mäulern voller Zähne und giftigem Atem, von geflügelten Echsen und blauen, gehörnten Raubkatzen. Damals hatte ich die Hälfte davon nicht geglaubt, mittlerweile rechnete ich mit allem. Auf dem Weg von Nordun-Stadt in den Dschungel hatten uns die Soldaten erschreckend wenig erzählt. Im Heer sprach man über nichts, was einen das Leben kosten konnte.

Der Rücken, an den ich geschmiegt lag, war breit und glatt und von harten Muskelsträngen durchzogen. Das flirrende Licht malte Muster auf die Haut. Es war, als würden handgroße Flächen dunkler Schuppen aufschimmern und wieder verschwinden, doch vielleicht war es auch nur der Schatten.

133

Charal-Jar schlief noch. Er lag auf dem Bauch, das Gesicht mir zugewandt. Ich ließ meine Fingerspitzen über seine Wirbelsäule wandern. Es waren keine Öffnungen sichtbar, durch die die Dornen wachsen konnten. Abwechselnd betrachtete ich ihn und die Eidechse. Seine Schuppen waren nachtblau, wie mit feinem Goldstaub überpudert. Es war, als hätte er einem verrückten Maler Modell gestanden, der anschließend seinen Farbpinsel auf der weichen Haut abgestreift hatte. Ich wollte entscheiden, ob ich sein Gesicht schön fand, und konnte es nicht – wenn er die Augen geschlossen hatte, wirkten seine Züge etwas zu grob und klobig, war die Nase zu groß, die Züge zu fremdartig, und er kam mir fremder vor als je zuvor, als hätten wir uns nicht die ganze Nacht geliebt.

Aber auch ich selbst war mir ganz fremd geworden. Ich fühlte mich sehr verrucht, was zugleich aufregend und abstoßend war. Ich war keine verheiratete Frau. Das alles hätte ich mit Karel tun sollen, der es stattdessen mit Wenizia tat. Es schmerzte immer noch, an meine Schwester zu denken, die ich geliebt hatte. Und die mir stets vorgeworfen hatte, ich sei zu kalt, um zu lieben. Ich war nicht zu Ruovan in den Garten gegangen und hatte den weißen Mond untergehen lassen. Ich hatte mich nie, so wie Siliva, nur um der Lust willen mit irgendwelchen Männern eingelassen, ganz gleich, ob ich sie gut aussehend fand. Die anderen Soldaten waren nicht einmal eine Versuchung für mich gewesen.

Und nun hatte ich mit einem Bestiensoldaten unaussprechliche Dinge getan und wusste nicht, was ich davon halten sollte. Ich wusste nicht mehr, was ich über mich denken sollte.

Charal-Jar gähnte und rekelte sich. »Shea-Win«, murmelte er verschlafen.

Die Eidechse am Fenster huschte davon.

»Was bedeutet dieses Wort?«, fragte ich.

Er biss mich behutsam in die Schulter. »Das ist mein Geheimnis.«

»Du hast viele Geheimnisse. Ich weiß nicht, wer du bist. Was du bist.« Mit meinen Fingerspitzen erkundete ich die seidige Weichheit seiner Haut.

Er grunzte etwas und räkelte sich. »Hm?«

»Was bedeutet es, dass du ein Unaschkin bist? Was sind das für Wesen, die wir Bestien nennen? So etwas wie gestern beim Kampf … Ich habe so etwas noch nie im Leben gesehen.«

Ganz langsam ließ er die Dornen aus seiner Wirbelsäule herauswachsen, sodass ich meine Hand rechtzeitig zurückziehen konnte. Sie waren fest wie Hornplatten, aber so dünn und schneidend scharf, dass er damit mühelos einen Feind aufspießen konnte.

»Aus diesem Grund nehmen wir nur freiwillige Weibchen.« Er lachte und rollte sich herum. »Kein Mann würde es riskieren, dass ihre Hörner oder Stacheln ihm den Bauch aufschlitzen. Oder ihre Krallen. Nicht jeder von uns ist gleichermaßen bewehrt. Wir sind die Unaschkin, die kleinen Brüder des Dschungellöwen.«

In seinem trägen Blick schwammen goldene Funken.

»Dieses Bataillon könnte unser ganzes Heer einstampfen, wenn alle so sind wie du.«

Er lächelte schief. »Aber es sind nicht alle wie ich.«

»Und wie soll es jetzt weitergehen?«

»Wir sind Soldaten«, sagte er. »Es liegt nicht an uns, zu entscheiden, wie es weitergeht.« Er ließ seinen verhangenen Blick über mich wandern und strich sanft über meine Haut. »Heute Abend brechen wir zu einem Einsatz auf. Wir müssen die Kleinen Krieger vertreiben. Sie sind dreist geworden und benehmen sich, als gehörte der Dschungel ihnen. Das hätten wir schon gestern tun sollen.« Er knabberte an meinem Ohrläppchen.

»Ich bin auch Soldatin.«

»Ihr wurdet in Windeseile hergeschleift, sobald ihr euch gemeldet hattet. Keine von euch hat eine Ausbildung erhalten. Ihr könnt nicht mitkommen. Außerdem kämpfen wir nie mit den nordunischen Soldaten zusammen. Wir gehen, wohin sie uns schicken, und erledigen unsere Arbeit.«

Ich wusste nicht, ob ich enttäuscht oder erleichtert sein sollte. Was den Dschungel betraf, machte ich mir nichts vor. Ich war darin wohl eher eine Last als eine Hilfe. Dennoch wäre ich gerne dabei gewesen. Ich wollte die Bestiensoldaten kämpfen sehen, und außerdem behagte mir der Gedanke nicht, nur mit den anderen Soldaten hierzubleiben. Mit Ruovan.

»Und was soll ich hier tun? Deine Felle ordentlich stapeln?«

»Übe dich im Kampf«, sagte Charal-Jar. »Fledermäuse und Falter im Flug abzuschießen, ist für dich längst keine Herausforderung mehr. Versuch es mit Eidechsen. An der Stelle der Norduner hätte ich dich nicht zu den Alphas geschickt, sondern den Jägern zugeteilt. Was für eine Verschwendung an Talent.« Er wickelte eine meiner Haarsträhnen um seinen Finger.

Mein Leben lang waren mir meine langen blonden Locken eher lästig gewesen. In Nordun-Stadt kam es gesellschaftlichem Selbstmord gleich, sich der Mode zu entziehen, also war ich gezwungen gewesen, sie stets aufwendig zu flechten und hochzustecken. Im Dschungel war es noch schlimmer, ich schwitzte darunter und sie kräuselten sich so stark, dass ich sie kaum zu einem Zopf bändigen konnte. Trotzdem war ich froh, dass man uns Rekrutinnen die langen Haare gelassen hatte. Charal-Jars Begeisterung machte alles wett.

»Sind wir anders als eure Frauen?«

Er schnupperte an der Strähne. »Sehr sogar. Menschliche Frauen sind für uns eine Offenbarung. Alles weich und keine bösen Überraschungen.« Er grinste. »Du hast keine Ahnung, an welchen Stellen Unaschkin-Frauen Stacheln und Dornen ausfahren können, wenn ihnen etwas nicht passt.«

»Hast du eine Frau? Eine Unaschkin-Frau? In Banesch?«

»Ich bin nicht aus Banesch. Und nein, ich habe keine Frau.«

»Warum nicht? Du bist ein schöner, stolzer Krieger. Du hast keine Familie zu Hause, wo immer das ist?«

»Den Verfluchten ist keine Familie erlaubt.« Ein Schatten löschte sein Lächeln aus.

Sercher hatte ihn einen Verfluchten genannt, aber ich hatte das für eine Beschimpfung im Eifer des Kampfes gehalten.

»Was bedeutet das?«

Er küsste mich auf die Stirn. »Nicht jetzt, Shea-Win, bitte. Ich werde es dir irgendwann erklären. Jetzt sollten wir die Waschstelle aufsuchen. Es gibt nur eine für Männer und Frauen, und da du ein wenig ...« Er suchte nach einem passenden Wort. »Ein wenig scheu bist, ist es dir bestimmt lieber, wenn wir uns waschen, solange die anderen noch schlafen.«

Ich nickte dankbar. Ja, ich war scheu, immer noch, und die ungezwungene Körperlichkeit der Bestiensoldaten ging weit über das hinaus, was ich ertragen konnte.

Im Lager war es still. Keine mit Pelz behängten Gestalten, die zwischen den Blockhütten herumschlichen, kein Geschrei, keine der unzähligen unterschiedlichen Geräusche eines Soldatenlagers in der Frühe. Dabei war es, dem Sonnenstand zu urteilen, schon beinahe Mittag.

Die Wasserpumpe befand sich am nördlichen Rand des Lagers. Davor war ein Becken ausgehoben, das mit Steinen verkleidet war. Selbst der scharfe Wasserstrahl, der aus dem gebogenen Rohr herausschoss, verwandelte die Grube nicht in ein Schlammbad.

Ich sollte zuerst pumpen, eine anstrengende Tätigkeit, die mich sofort zum Schwitzen brachte. Das Wasser verteilte sich auf Charal-Jars Körper, und ich nutzte die Gelegenheit, um ihn bei Tageslicht ungestört zu betrachten. Immer noch konnte ich es kaum fassen, dass ich diesem Wesen erlaubt hatte, mich anzusehen, mich zu berühren, sich mit mir zu vereinen. Allein die Erinnerung daran löste in mir ein verwirrendes Verlangen aus.

»Hast du genug gesehen, Shea-Win?«

Sein Lächeln war stolz, und ich konnte spüren, wie zufrieden er mit sich und seinem Körper war. Nicht auf eine arrogante Weise, sondern so selbstverständlich, wie es einem Menschen vielleicht nicht einmal möglich war. Er war mit sich im Reinen, wie es eine Katze war oder ein Windhund, und genauso fremd war den Unaschkin die Vorstellung, sich zu schämen.

»Warum tragt ihr überhaupt diese langen Mäntel und Umhänge?«

Er sah mich erfreut an. »Wäre es dir lieber, wir würden es nicht tun?«

»Nein, denn dann müsste man immerzu gucken.«

Charal-Jar lachte. »Darin ist die Temperatur immer angenehm gleich und der Regen kann uns nichts anhaben. Wir mögen keinen Regen. Deswegen ölen wir die Pelze ein und der Geruch vertreibt zusätzlich die Insekten. Wir mögen es nämlich auch nicht besonders, gestochen zu werden. Doch wenn das alles nicht wäre, würden wir gehen, wie wir sind. Leicht und frei und beweglich.«

Doch ich war keine Unaschkin und ich schlang den Fellmantel unwillkürlich enger um mich, als Charal-Jar aus dem Becken kletterte.

»Mit dem Mantel kannst du dich nicht waschen.« Wieder sog er prüfend die Luft ein. »Nicht dass mir das etwas ausmachen würde.«

»Du magst es, wenn ich stinke?«

»Du riechst nach mir, das ist ein gutes Gefühl.« Er schnupperte wieder an meinen Haaren. »Ich hätte kaum zu hoffen gewagt, dass der Erste Alpha das zulässt. Eigentlich hätte er versuchen müssen, meinen Duft mit seinem zu überdecken.«

»Siliva war bei mir, das ist sein Mädchen. Sie wollte mir Schmuck für die Haare geben, aber das habe ich abgelehnt.«

Überrascht sah er mir ins Gesicht. »Also doch! Und du hast es gewagt, eine Gabe des Ersten Alphas abzulehnen?«

»Es kam mir seltsam vor.«

»Oh ihr Götter, Shea-Win! Das wird ihm nicht gefallen haben. Gestern Nacht hat er sich zurückgehalten, aber wer weiß, was noch kommt. Ich hoffe sehr, dass er darauf verzichtet, sein Recht geltend zu machen.«

»Und das bedeutet was?«, fragte ich, während mir ein Schauer über die Haut rann.

»Er setzt seine eigenen Markierungen, um die Oberhand zu behalten. Mach dir keine Sorgen, Shea-Win, ich werde nicht zulassen, dass dir etwas geschieht. Und nun steig in das Becken.«

Er erklärte mir nicht, wie der Erste Alpha seine Duftmarken setzte, aber es konnte nichts Gutes sein. Meine Unbeschwertheit war verflogen und ich zitterte, als ich den Fellmantel über einen Balken hängte und in die Waschgrube stieg.

Das Wasser war erfrischend kalt, ich spülte mir die Nacht von der Haut und wurde immer wacher. Charal-Jars anerkennende Blicke wärmten mich, und für eine Weile vergaß ich meine Hemmungen und drehte mich unter dem Wasserstrahl, hob die Arme und fühlte mich frei. Ich versuchte sogar, Wasser nach ihm zu spritzen, indem ich einen Teil des Strahls mit den Händen zur Seite lenkte. Der Tag war herrlich, heute kam es mir nicht zu heiß vor, die Bäume hielten die glühende Sonne fern und die leisen Rufe der Hornaffen jenseits der Palisaden klangen beinahe melodisch. Als ich schließlich erfrischt herausstieg, sah er mich verwundert an. Etwas in seinen dunkelblauen Augen leuchtete, es war, als würden die goldenen Punkte tanzen und glühen.

»Was ist?«, fragte ich.

»Du hast gelacht, Shea-Win«, sagte er. »Ich habe noch nie gehört, dass du gelacht hast.«

»Ist das verkehrt?«

Vielleicht durften die Unaschkin beim Waschen nicht lachen. Vielleicht lachten sie überhaupt niemals.

»Es ist, als würde sich eine Krallenhand um mein Herz legen«, sagte er leise. »Ich fühle mich, als hättest du mich vergiftet. In meiner Brust ist es schwer und leicht, heiß und kalt zugleich. Ich will sterben, und ich will nicht sterben. Ich will dich immerzu ansehen. Und ich wünschte, ich könnte dir versprechen, dass du niemals weinen musst.«

Ich musste schlucken.

Und mir fiel nichts ein, was ich dazu sagen könnte.

Stumm kehrten wir zu unserer Hütte zurück.

Anders als bei den menschlichen Soldaten, gab es bei den Bestiensoldaten keine gemeinsamen Mahlzeiten. Ich wusste nicht, ob sie selbst jagten oder ob Sandoria ihnen Lebensmittel lieferte, und langsam bekam ich Hunger. Am Nachmittag brachte Obergefreite Scharit uns endlich etwas zu essen. Sie grüßte Charal-Jar mit einer leichten Verbeugung.

»Eure Mahlzeit. Bitte verzeiht die Verspätung, Herr.«

Dann stellte sie die Schüsseln auf den Tisch und wandte sich wieder zum Gehen, ohne mich auch nur anzusehen.

»Sie hat dich Herr genannt?«, fragte ich verwundert.

»Ein Alpha ist kein einfacher Soldat. Er führt eine Mannschaft an.«

»Du bist jetzt ein Alpha?«

»Ich habe Ser-Chaj von seinem Platz verdrängt. Nun gehören sein Rang und alle seine Privilegien mir, einschließlich der Frau, die ihm zugeteilt wurde. Es gab keinen anderen Weg, um dich aus seinen Fängen zu befreien.«

»Das ist gut, oder?«, fragte ich, denn sein Gesicht hatte wieder diesen düsteren Ausdruck angenommen, der mich aufschreckte.

»Das kommt darauf an, ob der Erste Alpha es gut sein lässt«, murmelte er, als ich schon dachte, er hätte meine Frage vergessen.

Wir aßen schweigend. Wieder gab es Wurzelbrei und gebratenes Geflügel. Von den herrlichen Früchten, mit denen Ruovan mich in Nordun-Stadt verwöhnt hatte, hatte ich hier im Dschungel noch nichts zu sehen bekommen.

»Du isst nicht viel«, sagte ich, weil das Schweigen immer dichter wurde, immer schwerer wog. Ich wusste so wenig über die Unaschkin und ihre Art zu leben, und ich hätte mir gewünscht, dass wir die wenigen Stunden, bevor er abmarschieren musste, damit verbracht hätten, mich mit dem notwendigen Wissen zu versorgen.

»Wir schlagen unterwegs Beute«, sagte er, den Blick auf die Tür gerichtet, als erwartete er Besuch. »Während des Kriegseinsatzes essen wir nicht, erst wieder danach. Wir können lange ohne Nahrung auskommen.«

Er schien nicht bei der Sache, obwohl er meine Frage beantwortete.

»Worauf wartest du?«

Im nächsten Augenblick schob jemand den Vorhang zur Seite. Zu meiner Überraschung war es Siliva.

Ihr Fellmantel war aus hellem, fast silbrigem Pelz, über den ihr rotes Haar wie eine Feuersbrunst gebreitet war, und sie war barfuß. Um ihre Knöchel klapperten kleine Fußkettchen aus Knochen, Steinen und Federn.

»Siliva!« Ich sprang auf, um sie zu begrüßen, doch sie schüttelte den Kopf.

»Ich bin nicht zu dir gekommen, Meriande.« Sie trat vor Char-al-Jar und sank in einen tiefen Knicks, das eine Knie vorgestellt, sodass ihr Mantel aufklaffte und ihn sehen ließ, was immer darunter war. Und wie ich mittlerweile sehr gut wusste, trug niemand etwas darunter.

»Herr, der Erste Alpha schickt mich zu Euch, damit ich Euch Gesellschaft leiste, während Eure Bettgefährtin bei ihm ist.«

»Wie bitte?«, rief ich. »Was meinst du damit? Was soll das bedeuten?«

»Es bedeutet, dass nun genau das eingetroffen ist, was ich befürchtet habe«, sagte Charal-Jar leise. Seine Augen kamen mir dunkler vor als je zuvor.

Siliva wartete schweigend, sie kniete immer noch vor ihm.

»Ich soll … ich soll zu ihm gehen?«, stammelte ich entsetzt.

Der Erste Alpha. Ich hatte nur ein gesichtsloses Wesen mit einem mächtigen Schädelschmuck und besonders üppigem Pelzbehang vor Augen. In meiner Gegenwart hatte er seinen Helm nicht abgenommen, und obwohl ich meinte, ihn letzte Nacht im Dschungel mit Siliva gesehen zu haben, war es doch zu dunkel gewesen, um irgendetwas zu erkennen. In meiner Vorstellung war er ein Monster, so wie Sercher. Doch selbst wenn er der schönste Jüngling von Groß-Nordun gewesen wäre, hätte ich dasselbe Entsetzen empfunden.

Charal-Jars Miene war undurchdringlich. »Ich verspüre keinerlei Bedürfnis, Hiar-Waral die Herrschaft streitig zu machen. Sag ihm das. Ich bin keine Bedrohung für ihn, ich kenne meinen Platz als Verfluchter. Steh auf, Mädchen, ich lehne sowohl seine Gabe als auch seine Forderung ab.«

Siliva schüttelte verzweifelt den Kopf. »Das kann ich ihm nicht sagen, Herr, bitte. Er hat mir befohlen, mir Mühe zu geben. Ich darf Euch nicht enttäuschen, Herr.«

»Du enttäuschst mich nicht. Es ist nicht deine Schuld.«

»Aber, Herr …«

»Bei den Göttern!«, fluchte Charal-Jar. »Du bist ein Mensch! Kein Unaschkin sollte so etwas von dir verlangen, auch nicht Hiar-Waral. Wir sind nicht in unserem Land. In vielerlei Hinsicht beugen wir uns den Gesetzen der Menschen, warum nicht auch in dieser? Für die Hierarchie-Kämpfe der Alphas ist in diesem Lager kein Platz. Sag ihm auch das.«

Siliva erhob sich und huschte zum Ausgang. Sie wirkte alles andere als glücklich. Schon mit der Hand am Vorhang, drehte sie sich noch einmal um, warf Charal-Jar einen leidenden Blick zu und verließ uns dann.

Er stützte das Kinn in die Hände und musterte mich nachdenklich.

»Was wird jetzt geschehen?«, fragte ich, und eine unnennbare Angst stieg in mir auf. »Wird der Erste Alpha sie bestrafen?«

»Vielleicht«, sagte Charal-Jar düster. »Ja, das ist gut möglich. Willst du ihr das ersparen? Willst du zu Hiar-Waral gehen und dich auf seine Felle legen? Wir haben noch ein paar Stunden bis zum Aufbruch. Ich bin sicher, er würde jede dieser Stunden auskosten.«

»Nein«, sagte ich. »Nein, bitte nicht! Ich will ihn nicht!«

»Was willst du dann, Shea-Win?« Er streckte seine Hand nach mir aus, und mir war, als würde ich ihn dabei zittern sehen. Vorsichtig, als wäre ich zerbrechlich, legte er sie auf mein Haar. »Was möchtest du?«

»Dich«, flüsterte ich. »Ich will nur dich, Charal-Jar.«

Er lächelte plötzlich. »Zum ersten Mal nennst du mich beim Namen. Heute ist ein guter Tag, an dem du lachst und mich so ansiehst.«

»Aber der Erste Alpha …«

Charal-Jar lehnte sich vor und küsste mich, nur die hauchzarte Berührung seiner Lippen auf meinen. »Das lass meine Sorge sein.«

»Nein. Du sagst mir nie, was passieren wird. Erzähl es mir. Du sollst mich nicht schonen. Ich weiß lieber, was kommt, als solche unliebsamen Überraschungen zu erleben wie gerade eben, als Siliva sich dir plötzlich angeboten hat.«

»Nun gut.« Sein Mund streifte meine Wangen, meine Augenlider. »Der Erste Alpha hat das Recht dazu, sich jede Frau zu nehmen. Er mischt seinen Duft unter die anderen Alphas, das stärkt den Zusammenhalt und zementiert die Hierarchie. Er wird auch die Frauen der anderen Alphas beschlafen. Das ist üblich, es ist nach unserem Empfinden sogar notwendig. Er wird es so oft tun, wie er will, es ist keine einmalige Sache. Allerdings hatte ich gehofft, dass hier, fern unserer Heimat, nicht so stark an diesen Bräuchen festgehalten wird. Denn eigentlich dürfte keiner von uns eine Frau haben. Dass ich mich widersetzt habe, kann er mit Berufung auf diese veränderte Situation ignorieren, ohne das Gesicht zu verlieren. Doch wenn der Erste Alpha große Angst hat, wird er mich zum Kampf herausfordern. Falls ich verliere, bin ich tot und du gehst als sein Besitz auf ihn über. Gewinne ich, bin ich der Erste Alpha, was keiner der übrigen Alphas dulden wird, weil ich ein Verfluchter bin. Also müsste ich auch gegen sie kämpfen.«

»Aber …« Ich wand mich aus seiner Umarmung. »Alle werden versuchen, dich zu töten? Das kann doch nicht sein! Du wirst gegen jeden von ihnen kämpfen müssen, gegen die Stärksten von euch? Und weil sie dich nicht als Anführer wollen, würde es ewig so weitergehen, bis du irgendwann verlierst?«

»Oder«, er ließ sich nicht davon abbringen, mich weiterzuküssen, »oder Hiar-Waral kommt zu dem Schluss, dass ich keine weiteren Schwierigkeiten machen werde, wenn ich nur dich für mich behalten darf, und sieht von seinem Ansinnen ab. Das würde ihm viel Ärger ersparen. Auch der Erste Alpha legt es nicht gerne auf einen Kampf an, noch dazu vor einer Schlacht im Dschungel.«

»Was ist ein Verfluchter?« Diesmal würde ich ihn nicht so einfach davonkommen lassen.

»Ich habe dir gesagt, dass der Erste Alpha sich die Frauen seiner Getreuen nimmt. Das ist in unserem Reich uralte Tradition. Jeder Erste Alpha verteilt seinen Duft und seinen Samen und bekommt Kinder von Frauen, die einem anderen Partner gehören. Kinder, die zu starken und gefährlichen Bestien heranwachsen und die niemand haben will.« Er streckte die Hand aus und strich mir das Haar aus der Stirn. »Ich bin einer dieser Bastarde, Shea-Win. Man nennt uns die Verfluchten, weil es nirgends einen Platz für uns gibt. Kein Erster Alpha will diese Kinder in seiner Nähe haben, damit wir nicht das Erbe seiner legitimen Sprösslinge bedrohen, und die Familien, in die wir hineingeboren werden, erkennen uns nicht an, weil wir uns sehr von ihnen unterscheiden. Die Dornen auf meinem Rücken und in meinem Gesicht sind Merkmale, die mir mein Vater vererbt hat. Es gibt sonst keinen Clan, der diese Art von Panzerung trägt, also hat die Familie meiner Mutter und ihres Ehemannes mich als Bastard erkannt.«

Ich berührte sein Gesicht. Er ließ die kleinen Hörner auftauchen, die ihn fremdartig und exotisch wirken ließen wie ein wildes Tier, und seine Pupillen verengten sich zu Schlitzen.

»Wir werden verkauft. Man bildet uns zu Söldnern aus und verschachert uns an den Meistbietenden. Wir sind zum Dienen geboren, nicht zum Herrschen. Deshalb wollte ich kein Alpha sein«, sagte er leise. »Ich habe immer versucht, mich im Hintergrund zu halten. Die Verfluchten sind nicht beliebt bei den Unaschkin, und besonders mein Vater schätzt es gar nicht, wenn wir uns irgendwie hervortun. Er fühlt sich sehr schnell bedroht.«

»Das tut mir leid.«

»Ich trage diese Last mein ganzes Leben, ich bin sie gewöhnt.«

Sein Mund fand meinen. Unser Kuss war salzig, tränenreich, süß. Ich fühlte kein Begehren, nur Nähe. Und Wärme. Es genügte mir, bei ihm zu sein. Haut an Haut, zärtliche Küsse, sein beruhigendes Flüstern im Ohr.

»Schreckt dich das nicht ab?«, fragte er leise. »Ich wollte gerne vermeiden, dir zu sagen, was ich wirklich bin. Ich habe mich davor gefürchtet, du könntest mich verachten.«

»Weil deine Familie dich nicht wollte?« Ich dachte an meine Schwester, die versucht hatte, mich zu ermorden. Obwohl ich versuchte, so wenig wie möglich daran zu denken, war mein Kummer darüber erschreckend nah unter der Oberfläche. »Das kenne ich«, flüsterte ich, »besser, als du vielleicht glaubst.«

Die Dunkelheit in seinen Augen nahm zu. »Verstehst du nicht, was ich dir erzählt habe? Ich wurde verkauft. Ich bin ein Sklave.«

»Deshalb wollen die anderen Unaschkin dich nicht als Alpha akzeptieren?«

Er stieß ein seltsames, raues Lachen aus. »Die anderen sind nicht viel besser dran als ich. Die nordunischen Soldaten werden mich von nun an Herr nennen und mich ehrerbietig anreden, aber nur, weil sie nicht wissen, was wir in Wahrheit sind. Das ist unser großes Geheimnis, Shea-Win. Aus diesem Grund dürfen wir mit niemandem sprechen. Unser Herr hat es uns verboten. Nicht einmal eure Generäle wissen davon.«

Ich verstand nicht, wovon er sprach. »Sie wissen was nicht?«

»Wir sind eine Truppe von Sträflingen. Wir alle sind Sklaven, Shea-Win, das ganze sogenannte Bestienbataillon. Unser eigenes Volk hat uns ausgestoßen und an den König von Banesch verkauft, und Banesch hat uns seinen Handelspartnern von Nordun ausgeliehen, damit wir den Bau der Handelsstraße beschützen. Keiner von uns ist freiwillig hier. Wir sind Sklaven, die darüber schweigen müssen, dass sie Sklaven sind.«

Sein Lächeln war fremd und verloren. Vielleicht hatte ich ihn noch nie schöner gefunden als jetzt, während das grünliche Licht den Raum in Gold und Schatten tauchte und flirrende Schuppen über seine Haut wanderten. Sein blauschwarzes Haar fiel ihm weich ins Gesicht.

»Du bist kein Sklave«, protestierte ich.

Sklaven waren nur wie die Schatten von Menschen. Sie taten, was kein Mensch tun wollte, schweigend, gehorsam, nahezu unsichtbar. Sie bauten die Straße und starben wie die Fliegen, sie waren Verbrecher oder Verarmte, die jedes Recht auf eine menschenwürdige Behandlung verloren hatten. Sie wurden den Hornpanthern geopfert, um die Soldaten zu schützen. Sie waren schwach und feige und hilflos. Und sie durften keine Waffen tragen.

»Aber du bist ein Soldat.« Unwillkürlich senkte ich die Stimme, denn plötzlich begriff ich, was dieses Geheimnis bedeutete. »Kein Sklave kann Soldat sein!«

»Unser Herr, der König von Banesch, kennt euer Gesetz und hat uns Stillschweigen befohlen. Aber er will die Straße mindestens so dringend wie eure Kaufleute aus Nordun-Stadt. Keiner von uns dürfte für euch kämpfen, und der Dschungel würde euch verschlingen und in eure Städte zurückjagen. Deshalb müssen wir kämpfen und schweigen, und niemand darf wissen, wer wir in Wahrheit sind.«

Dieses Geheimnis entschied über den Erfolg unserer Streitkräfte im Dschungel. Über Sieg und Niederlage. Ohne die Unaschkin waren wir verloren.

Charal-Jar war ein Bestiensoldat, ein Bastard, ein Verfluchter und ein Sklave.

Ich hätte entsetzt sein müssen, abgestoßen und angeekelt, doch es war mir völlig gleich. Wenn ich ihn ansah, sah ich die Sterne in einem Teich funkeln und die lautlose Eleganz der Eidechsen, ich sah den Himmel und den Dschungel.

Ich sah Hände, die mich aus einer dunklen Nische herausgehoben hatten.

10.

Sie waren weg, und es war still. Erst nach und nach traten die Geräusche des Dschungels wieder in mein Bewusstsein, die Schreie der Tagvögel, die sich lärmend in den Wipfeln niederließen, das Blöken der Stierfrösche, das nervenzerrüttende Fauchen und Kreischen der Affen und die tiefe, drohende Antwort der Hornpanther.

Im Lager war es ruhig, die Bestiensoldaten waren fort und nur wir Menschen waren zurückgeblieben. Neun Frauen standen am Tor, wo wir unsere Unaschkin verabschiedet hatten, und ein halbes Dutzend menschlicher Soldaten. Leutnant Ruovan hielt sich abseits, sein Gesicht wirkte seltsam leer. Er sah niemanden an und sprach mit niemandem, doch nachdem er eine Weile gewartet hatte, schloss er das Tor.

»Können wir nicht zurück zum Außenposten, solange sie weg sind?«, fragte ein zierliches braunhaariges Mädchen, das im Dschungellager zu uns gestoßen war. Ihr Name war Amila. Keine von uns war hässlich, doch Amila hatte etwas besonders Zartes, Zerbrechliches an sich, und ich hätte sie gerne gefragt, welchem Bestiensoldaten sie zugeordnet worden war und wie der Kerl sie behandelt hatte. Sie rieb sich die Arme, als wäre ihr kalt.

»Nein«, sagte Ruovan schroff. »Wir leben hier.«

»Aber …«

»Gibt es Zweifel an deinen Befehlen, Soldat?«

Amila senkte den Kopf. »Nein, Herr.«

Er marschierte davon und wir standen da und fühlten uns verloren. Ich schob mich neben Siliva. »Wie geht es dir?«

»Das musst du gerade fragen«, zischte sie. »Wäre es so schwer gewesen, einfach nur zu tun, was wir tun müssen? So wie jede andere hier? Du bist nichts Besonderes, Meriande. Vielleicht warst du das in Nordun-Stadt, aber hier bist du bloß eine von uns.« Damit ließ sie mich stehen.

Keine der anderen Frauen sprach mit mir. Sie gingen in einem weiten Bogen um mich herum, und als ich ihnen langsam folgte, sah ich, dass sie alle zusammen in die größte Blockhütte der Siedlung gingen, was, wie ich schloss, die Behausung des Ersten Alphas sein musste. Hier war ich wohl kaum willkommen. Entmutigt wollte ich schon gehen, da hörte ich Silivas gehässige Stimme durchs Fenster.

»Habt ihr das süße Abschiedsküsschen unserer Turteltauben gesehen? Unser vornehmes Dämchen scheint wirklich zu glauben, dass er sie von ganzem Herzen liebt.«

Ein anderes Mädchen lachte bitter. »Vielleicht ist sie einfach bloß klüger als wir. Er frisst ihr aus der Hand, das kann nur von Vorteil sein.«

»Die Bestien wollen keine zärtlichen Küsse«, sagte eine Dritte. »Dafür sind wir ganz gewiss nicht hier. Meiner jedenfalls war auf härtere Spielchen aus.«

»Wie ein Kuschelknabe sieht der neue Alpha nicht aus.«

»Bei dem wäre ich gewissen Spielchen jedenfalls nicht abgeneigt.«

Ich blieb neben dem Fenster stehen, während sie redeten, bis meine Beine schwer wurden, und setzte mich schließlich auf die Erde.

Ich hörte die Bitterkeit, die Verzweiflung, und obwohl mir der Hass und die Eifersucht wehtaten, mit denen sie mich bedachten, war mir doch klar, dass sich die Kluft zwischen mir und den anderen Soldatinnen nur deshalb aufgetan hatte, weil sie viel mehr litten als ich. Sie hatten in den vergangenen beiden Nächten ihre Pflicht tun müssen, während ich gerettet, getröstet und überaus kunstvoll verführt worden war. Sie hatten heute ihre Peiniger davonziehen sehen, während ich dem Mann, den ich schmerzlich vermissen würde, einen innigen Kuss gegeben hatte. Für die Unaschkin mochte das vor Zuschauern normal sein, doch für meine Kameradinnen war es das nicht. Selbst beim Heer mit seinen lockeren Sitten fanden die Zusammenkünfte von Pärchen nur unter der Decke oder in dunklen Winkeln statt.

Solange ich nicht mit ihnen litt, würde keine dieser Frauen meine Freundin sein. Ich hatte heute die Chance gehabt, unter dem Ersten Alpha zu leiden und dafür meinen unvergleichlichen Charal-Jar auszuborgen, und hatte sie ausgeschlagen.

Und bei Pana, es tat mir nicht leid.

Zwei Tage lang übte ich Bogenschießen. Ich schoss die Schmetterlinge ab, die über den Palisadenzaun flatterten, erwischte einen Hornaffen, der versuchte, Vorräte zu stehlen – wütend kreischend floh er vor mir –, und zielte vergebens auf die flinken blauen Eidechsen. Sie waren einfach zu schnell.

»Kranzta!«, schimpfte ich.

»Meriande?« Das Mädchen, das sich schüchtern neben mich setzte, während ich meine Beute mit Pfeil und Bogen belauerte, hatte schwarze Haare und große, runde Augen. Knochenmann Chir-Jawats Bettgefährtin. Briane.

»Was ist?«, fragte ich vielleicht ein wenig zu schroff. Nachdem man mich zwei Tage lang ignoriert hatte, waren meine Nerven bis aufs Äußerste gereizt.

Sie rang die Hände. »Ich habe da etwas mitbekommen … ich dürfte es dir gar nicht sagen.«

Ich ließ den Pfeil fliegen. Er prallte gegen die heiße Bretterwand, doch die Eidechse war längst verschwunden.

»Sie wollen ihn umbringen. Deinen … deinen Mann.«

»Was?« Nun hatte sie meine volle Aufmerksamkeit. »Was redest du da?«

»Siliva hat darüber gesprochen, ich glaube, sie hat nicht gemerkt, dass ich es gehört habe. Doch das habe ich. Der Erste Alpha war außer sich vor Wut über dich und den neuen Alpha. Aber er wagt es nicht, ihn zum Kampf zu fordern. Sie alle scheinen seinen Vater zu kennen, und er muss ein unbesiegbarer Krieger sein, jedenfalls ist keiner der Alphas bereit, ehrlich gegen Charal-Jar zu kämpfen. Doch sie können nicht zulassen, dass er nun zu ihnen gehört, weil er ein Verfluchter ist.«

Ich nickte, so weit konnte ich ihr folgen.

»Die anderen Alphas werden ihm im Dschungel in den Rücken fallen. Sobald er seine neue Schar einmal verlässt und allein ist, werden sie ihn alle gemeinsam angreifen. Und wenn sie zurückkommen, werden sie die traurige Nachricht verkünden, als hätten sie nichts damit zu tun. Sie werden seinen Tod auf den Angriff der Kleinen Krieger oder auf ein Rudel Hornpanther schieben und einen der Unter-Alphas auf den freien Platz berufen.«

Ihre runden Augen ließen sie sehr kindlich und unschuldig aussehen. Aber ihre Unterlippe zitterte verräterisch.

»Warum erzählst du mir das?«, fragte ich. »Ich kann nichts ausrichten, ich kann ihn nicht warnen. Willst du, dass ich einen oder zwei Mondtänze lang um ihn bange und weine, und am Ende war es vielleicht doch nur eine Lüge?«

Briane schüttelte wild den Kopf, dass ihre schwarzen Haare flogen. »Nein, es ist wahr! Ich lüge nicht. Ich weiß nicht, wie du ihn warnen könntest, aber vielleicht fällt dir etwas ein. Du kennst den ranghöchsten Offizier in diesem Lager, Ruovan. Kann er dir nicht helfen?«

»Nehmen wir an, du erzählst mir die Wahrheit. Trotzdem frage ich mich, warum du damit zu mir kommst. Chir-Jawat ist ein Unter-Alpha. Wenn ein Platz frei wird, könnte er ohne einen Kampf auf Leben und Tod zum Alpha aufsteigen. Dadurch, dass du mich warnst, ruinierst du möglicherweise seinen Plan, weiterzukommen.«

»Chir-Jawat steckt nicht dahinter«, sagte Briane. »Er ist der Einzige, der auf Charal-Jars Seite steht. Weißt du das denn nicht? Ich dachte, du hast dich mit ihm angefreundet.«

»Ich habe mit ihm ein Knochenspiel gespielt. Ob er mein Freund ist, weiß ich nicht.«

»Aber er ist es, auch wenn ich nicht verstehe warum. Ich bin zu dir gekommen, um dich zu warnen, weil Chir-Jawat es mir befohlen hat. Vor seiner Abreise hat er mich angewiesen, ein Auge auf dich zu haben, und wenn irgendetwas Böses bevorstehen sollte, soll ich dir Bescheid geben.«

Hatte Chir-Jawat etwa geahnt, dass seine Alphas einen Anschlag planten? Doch warum hatte er dafür gesorgt, dass ich gewarnt wurde? Konnte er Charal-Jar nicht viel besser helfen als ich? Allerdings wusste ich nicht, ob er überhaupt in Reichweite sein würde. Jeder Alpha führte seine eigene Schar von zwölf Männern, und soviel ich gesehen hatte, gehörte Chir-Jawat nicht zu der Gruppe des neuen Alpha.

»Ich muss ihn warnen«, murmelte ich vor mich hin. Es gab nun nichts Dringenderes als das. Ruovan musste mich aus dem Tor lassen, und dann? Was konnte ich in Sandoria vorbringen, damit man mir ein paar Soldaten mitgab? »Oh Pana, wie warne ich ihn nur?«

»An deiner Stelle würde ich mir lieber Gedanken über mich selbst machen. Wenn die Unaschkin es schaffen, Charal-Jar umzubringen«, sagte Briane hastig, »wirst du vermutlich dem Alpha zufallen, der seinen Platz bekommt. Aber vielleicht könntest du auch freikommen, wenn du Feldwebel Juwal davon überzeugst, dass du deine Schuldigkeit getan hast und dass kein Bestiensoldat gleich zwei Mädchen haben sollte. Außerdem warst du Ser-Chaj zugeteilt, und der ist inzwischen wohl längst tot oder jedenfalls kein Alpha mehr. Seinen Anspruch auf eine Frau hat er verspielt. Sag ihnen, dass du deine Befehle befolgt hast und sie dich aus deinem Vertrag entlassen müssen!«

»Das geht nicht! Was, wenn Charal-Jar zurückkommt und ich nicht mehr da bin?«

Sie starrte mich ungläubig an. »Was schert es dich? Du musst mit Feldwebel Juwal um dein Leben feilschen, solange die Bestien fort sind. Was wird aus dir, wenn es ihnen gelingt, deinen Mann zu töten?«

Ich dachte noch eine Weile über alles nach, auch als Briane mich längst allein gelassen hatte. Wollten die Soldatinnen mich einfach aus dem Lager heraushaben und versuchten deshalb, mich dazu zu überreden, nach Sandoria zu fliehen? Hätte ich nicht um die Angst der Frauen vor den Bestiensoldaten gewusst, wäre mir das sogar logisch vorgekommen. Doch Briane würde es nicht wagen, mich zu betrügen, wenn Chir-Jawat ihr das Gegenteil befohlen hatte. Blieb nur die Frage – hatte er das? Oder war es sein letzter Befehl gewesen, mich wegzulocken, um Charal-Jar das wegzunehmen, wofür er gekämpft hatte? Ich durfte nicht vergessen, dass dieses ganze Bataillon aus Sträflingen bestand, aus gemeinen Verbrechern – durfte ich da überhaupt irgendjemandem Glauben schenken?

Alles hing an der Frage, ob ich einem Mann, mit dem ich nur einen Nachmittag lang ein Knochenspiel gespielt hatte, vertraute. War er auf Charal-Jars Seite, würde Briane es auch sein.

Aber so unsicher ich auch war, die Hände einfach in den Schoß zu legen, kam nicht infrage. Vielleicht war diese Botschaft eine Falle, aber wenn sie echt war, musste ich sofort handeln. Ich hatte gar keine Wahl – ich musste das Risiko eingehen und einen Weg finden, um Charal-Jar zu warnen.

Um nach Sandoria zu gelangen, brauchte ich meine Uniform. Ich scheute davor zurück, Serchers Hütte zu betreten, aber daran führte kein Weg vorbei. Es kostete mich Überwindung, den leeren Raum zu betreten, und unwillkürlich spitzte ich die Ohren, als könnte er jeden Moment hinter mir auftauchen und mich packen. Ein unförmiges Kleiderbündel lag neben dem Fellstapel auf dem Boden, dazu meine Stiefel. Die Uniform war zerrissen, aber Nadel und Faden gehörten zur Standardausrüstung, um ein ordentliches Auftreten der Soldaten zu gewährleisten. Ich brachte meine Sachen in Charal-Jars Blockhaus – beinahe fühlte es sich schon wie ein Zuhause an – und nähte die abgerissenen Knöpfe an, die geplatzte Naht am Kragen und die schadhaften Stellen an der Hose. Auch meine Unterwäsche hatte einiges abbekommen. Ich besserte sie aus, zufrieden mit meiner Arbeit, obwohl Nähen nie meine Stärke gewesen war, und zog mich um.

Dann packte ich alles zusammen, was mir nützlich schien – eins der Messer, die in der Hütte auf dem Tisch lagen, den Fellmantel und meinen Bogen –, und ging anschließend auf die Suche nach dem Vorratslager, wo Obergefreite Scharit Dienst tat.

Als sie mein Ansinnen vernahm, hob sie skeptisch die Brauen. »Du brauchst keinen Proviant, wenn du in den Außenposten gehst.«

»Ich muss in den Dschungel. Die Alphas wollen Charal-Jar umbringen. Ich fürchte, sein Unter-Alpha wird ihm in den Rücken fallen.«

Sie seufzte tief. Scharit war eine unscheinbare Frau mit kurzem, lockigem Haar, und ich war mir nicht sicher, ob sie die Unaschkin hasste oder verehrte. Doch ohne ein weiteres Wort packte sie mir den Rucksack voll.

»Sein Unter-Alpha heißt Merr-Kjain. Der ist nicht stark genug«, sagte sie, als sie fertig war. »Und ich glaube kaum, dass er den Mut aufbringt, seinen direkten Vorgesetzten anzugreifen. Ser-Chaj hat ihn schäbig behandelt, und er hat es einfach geduldet. Von Merr-Kjain sollte keine Gefahr drohen. Es sind die anderen Alphas, würde ich wetten.«

Ich nickte. Ein Grund mehr, mich zu beeilen.

»Ich habe dich mit dem Bogen gesehen, Soldat. Benutz ihn, so oft du kannst. Es gibt dort draußen nichts Harmloses.«

»Ja, ich weiß.«

»Nein, du weißt gar nichts. Wenn du in den Außenposten willst, brauchst du einen Begleiter. Es wäre Selbstmord, über das Tor zu klettern. Falls du daran dachtest, Leutnant Ruovan zu bitten, ein Auge zuzudrücken, vergiss es. Überrede ihn dazu, dich hinzubringen.«

»Ich bin nicht gut auf den Leutnant zu sprechen«, sagte ich. »Wir waren mehr oder weniger verlobt.«

»Ach ja?« Sie zog die Brauen noch höher, bis ich dachte, sie würden gleich an ihren Haaransatz stoßen. »Das wundert mich. Ruovan hat Ser-Chaj gehört.«

»Wie soll ich das verstehen?«

»In jeder Hinsicht, in der man das verstehen kann. So ist das hier nun mal. Die Unaschkin machen keine großen Unterschiede zwischen Männern und Frauen, solange es nicht um Familiengründung geht. Zwei Jahre lang ist Ruovan Ser-Chajs Getreuer gewesen und ihm in allen Belangen zu Diensten.«

Ich blinzelte und versuchte, meine Gedanken zu ordnen.

»Das war schlau von Ruovan. Nicht jedem von uns gelingt es, sich einem starken Unaschkin anzuschließen, der uns vor den anderen beschützt. Und unsere Kameraden in Sandoria wollen gar nicht wissen, was hier vor sich geht.«

»Aber könnt Ihr Euch nicht beschweren?«

»Frag dich lieber, was Ruovan sich einfallen lassen könnte, um sich dafür zu rächen, dass sein Beschützer ihn verlassen musste. Du brauchst ihn, um sicher nach Sandoria zu gelangen, aber du darfst ihm nicht trauen.«

Sie wünschte mir kein Glück und sie lächelte nicht. Aber dass sie mir den vollen Rucksack überreichte, bewies mir, dass ich doch nicht so allein war, wie ich gedacht hatte.

Ruovan blickte mir mit düsterer Miene entgegen. »Was willst du? Ich lasse niemanden durchs Tor.«

»Ich muss rüber nach Sandoria«, sagte ich. »Ser-Chaj ist fort, damit ist meine Verpflichtung erfüllt.«

Er runzelte missmutig die Stirn. »Deine Verpflichtung ist auf den neuen Alpha übergegangen.«

»Das möchte ich mit Feldwebel Juwal besprechen. Ich sehe es nicht so.« Da er die Arme vor der Brust verschränkte, musste ich deutlicher werden. »Ich habe das Recht, mit meinen Vorgesetzten über eine neue Einteilung oder mein Dienstende zu sprechen. Daran dürft Ihr mich nicht hindern, Ruovan.«

»Leutnant Ruovan«, korrigierte er mich.

Ich betrachtete sein schönes, ebenmäßiges Gesicht. Hatte ich mich wirklich von diesem Mann küssen lassen? Hatte ich jeden seiner Briefe herbeigesehnt wie das Erscheinen des dritten Mondes?

»Ihr seid mir etwas schuldig, Leutnant.«

»Was?« In seinen Augen blitzte Wut auf. »Ich dir? Du bist es doch, die alles verdorben hat! Du solltest einfach nur herkommen und Ser-Chajs Frau werden. Er hatte vor, dich rechtmäßig zu heiraten. Wir waren so nah dran! Ein ganzes Jahr lang haben wir alles vorbereitet und geplant, und dann kommst du und verdirbst alles in einer einzigen Nacht!«

»Warum ich?«, schrie ich. »Was wolltet ihr von mir? Es gibt genug andere Kaufleute in Nordun-Stadt, die ihr hättet erpressen können!« Und dann fiel es mir wie Schuppen von den Augen. Wenn sie mich nicht als Geisel wollten, die mein Vater freikaufen sollte, sondern als Ehefrau, konnte es nur um eins gehen. »Das Monopol? Das Suliwan-Monopol?«

Sein Lächeln war kalt und zornig. »Was siehst du hier im Lager, Meriande? Siehst du irgendwo gewebten Stoff? Die Unaschkin erlegen die gefährlichsten Tiere des Dschungels und behalten ihre Häute. Sie schlafen auf Fellen, sie hüllen sich in Pelze, sie könnten ihre Wände damit behängen, wenn sie wollten! Der Unaschkin, der das Monopol hat, um mit Nordun Handel zu treiben, wird einer der reichsten Männer der Welt sein. Ihm wird die Straße zwischen Siragant und Banesch gehören!«

»Aber … aber Ser-Chaj ist doch bloß ein Soldat.«

»Er ist Jäger und Schmuggler und Fallensteller. Er ist alles, was nötig ist, um diesen Handel aufzuziehen. Ich hätte ihm als Vermittler zwischen dem Dschungel und Nordun-Stadt gedient. Meine Zuneigung zu dir war nicht gespielt. Wir hätten zusammen sein können, mit seiner Erlaubnis! Alles war vorbereitet. Wir konntest du das nur tun? Du hast Ser-Chaj vernichtet. Du hast mein Leben zerstört!«

Die Ungeheuerlichkeit dieses Plans machte mich sprachlos. Abgesehen davon, dass sie vorgehabt hatten, sich meine Hand zu erschleichen, ohne meinen Vater oder mich zu fragen – Ser-Chaj, obwohl Alpha, war ein Sklave! Kein Sklave durfte heiraten oder Handel treiben. Aber Ruovan wusste das offenbar nicht. Oder er verließ sich darauf, dass dieses Geheimnis gewahrt bleiben würde. Niemand in ganz Nordun durfte jemals davon erfahren, was das Bestienbataillon wirklich war.

»Vielleicht hättest du mich ja einweihen sollen!«, fauchte ich. »Und deinem Sercher hättest du erklären müssen, wie man mit einer Frau umgeht. Gib nicht mir die Schuld! Und außerdem stehe ich jetzt genauso dumm da wie du.«

Auf keinen Fall durfte er glauben, dass Charal-Jar mir etwas bedeutete; er würde mich bestimmt daran hindern, ihn zu retten. Schließlich hatte Charal-Jar seine Hoffnungen zerstört.

»Bringt mich zum Außenposten, Leutnant. Mein Dienst ist beendet, ich will nach Hause.«

»Du kannst nicht weg. Du hast dich für fünf Jahre verpflichtet.«

»Leutnant Ruovan.« Ich versuchte etwas in seinen Augen zu finden, das über seine Wut hinausging. Ein Gefühl, ein bisschen Zärtlichkeit, ein Funke Hoffnung. »Wenn ich Feldwebel Juwal davon überzeugen kann, dass Charal-Jar kein Anrecht auf mich hat, bin ich frei. Ich möchte mich zur Jägerin ausbilden lassen. Und was hält Euch hier? Ihr könntet darum bitten, ebenfalls nach Sandoria versetzt zu werden. Wir haben es in der Hand, unsere Träume wahr werden zu lassen. Eure wunderbaren Briefe … war denn alles gelogen? Das Monopol gehört immer noch mir, falls mich mein Vater nicht enterbt hat, und wir können gemeinsam einen anderen Handelspartner finden.«

Sein Gesicht hellte sich ein wenig auf, doch dann zogen wieder dunkle Schatten darüber. Dabei hatte ich gehofft, dass ihn die Aussicht auf den erhofften Reichtum umstimmte und sein Denken vernebelte.

»Gut«, sagte er, als ich schon dachte, er würde mich hohnlachend fortschicken, »ich begleite dich zum Außenposten.«

Das war fast zu schön, um wahr zu sein, und als er einen anderen nordunischen Soldaten holte, damit dieser ihn am Tor ablöste, wartete ich immer noch darauf, dass er es sich anders überlegt hatte. Doch Ruovan schloss auf und führte mich in den Dschungel hinaus. Keine der Frauen war da, um mich zu verabschieden, und doch war mir, als würden unzählige Augen mich beobachten, als ich mit dem Mann, der mich verraten hatte, den Schutz des Lagers verließ.

11.

Die Sonne verschwand bereits hinter den Wipfeln, und Schwärme von Vögeln landeten in den Bäumen. Die Hornaffen kämpften um ihre Schlafplätze, Äste und Zapfen prasselten auf den Weg. Ich hielt mich dicht hinter Ruovan, den Bogen gespannt, auch wenn er mir nicht gegen einen Hornpanther oder ein anderes großes Tier helfen würde.

Die kurze Strecke nach Sandoria kam mir endlos weit vor, und meine Ohren fingen zahlreiche Geräusche auf, die mir Angst machten. Es knackte und knisterte im Gehölz, urplötzlich bellte ein Flughund über unseren Köpfen los und die leuchtenden Schmetterlinge stiegen von ihren Verstecken auf. Irgendwo vor uns ertönte ein gellender Schrei.

Ruovan blieb stehen.

»Das war kein Hornpanther, oder?«, flüsterte ich.

»Ich fürchte doch. Wir müssen einen anderen Weg nehmen.« Er machte einen Schritt von dem ausgetretenen Pfad weg, ins Dickicht. »Nun komm endlich. Hat dir schon mal jemand gesagt, dass du für alles sehr lange brauchst?«

Ich rührte mich nicht vom Fleck. Mit Ruovan durch den Dschungel zum Außenposten zu gehen, war das eine. Aber *in* den Dschungel?

»Wenn wir dem Panther begegnen, kämpfen wir«, sagte ich leise. »Aber ich bleibe auf dem Weg.«

Dafür hatte ich ihn doch mitgenommen, damit er mit mir gegen was auch immer kämpfte. Außerdem durfte kein Soldat allein in den Wald.

»Du närrisches Weibsstück!«, schimpfte er. »Jetzt komm, oder ich hole dich.«

Und wenn Ser-Chaj dort im Wald lauerte? Wenn Ruovan mich zu ihm bringen wollte? Das nordunische Lager war höchstens eine halbe Stunde von hier entfernt. Wir durften den Weg nicht verlassen, nicht ohne einen Spurenleser von den Unaschkin oder einen ausgebildeten menschlichen Jäger, und ich traute diesem Mann nicht.

Ich traute ihm nicht.

Stur ging ich einfach weiter.

Vielleicht war das Ganze sogar abgesprochen. Bestimmt konnten die Bestiensoldaten Tierstimmen nachahmen, und möglicherweise hatte kein echter Panther, sondern Ser-Chaj geschrien, um uns in den Wald zu scheuchen, und dann würden die beiden mich schnappen. Nein danke, ohne mich.

»Warte!«, zischte Ruovan. »Nun warte doch!«

Er eilte mir nach und streckte die Hand aus, um mich zurückzureißen. Bevor er mich erreichen konnte, fuhr ich herum, den Pfeil auf ihn gerichtet.

»Wag es nicht, mich anzufassen!«

Ungläubig starrte er auf den kleinen Damenbogen und lachte heiser. »Damit bedrohst du mich? Mit dem Kinderspielzeug? Damit kannst du höchstens Faltern und Spinnen Angst einjagen.«

»Komm nicht näher.« Ich zielte auf sein Gesicht.

Schieß auf alles, hatte Scharit mir geraten. Nichts ist harmlos.

»Meriande, das ist doch lächerlich.« Er machte einen Satz, um mich zu packen, und ich ließ die straff gespannte Sehne los.

Der Pfeil blieb in seiner Wange stecken. Mit einem Fluch riss er ihn ab. »Verdammt, du Miststück!«

Ich wich ihm rückwärts aus, achtete dabei darauf, auf dem Weg zu bleiben, und empfand unverhofft Bedauern, als er mir nachlaufen wollte, stolperte und auf die Knie sank.

»Was?«, krächzte er. »Was hast du getan?«

Vielleicht würde ich jetzt endlich mit Wenizia Frieden schließen können. Denn ich hatte die Pfeilspitzen in Schmetterlingsgift getaucht, von dem ich im Bestienlager reichlich gesammelt hatte.

Stumm sah ich auf ihn hinunter, und er begriff.

»Nein! Meriande, das würdest du nicht wagen! Nein, nein!«

Es wirkte schnell, aber vielleicht würde er es schaffen, wenn er rechtzeitig nach Sandoria gelangte und man ihm das Gegenmittel verabreichte. Doch ich würde ihm nicht dabei helfen. Ich hatte keine Zeit für seine Not, ich musste Charal-Jar retten.

»Es tut mir leid«, sagte ich, dann drehte ich mich um und rannte.

Die überraschten Wachen ließen mich ein. Wie erwartet, wurde ich sofort vor eine äußerst aufgebrachte Juwal zitiert, die gerade beim Essen gewesen war, nicht erfreut über die Unterbrechung und dementsprechend schlecht gelaunt.

»Was tust du hier, Soldat? Bist du nicht eine Soldatin aus dem Bestienlager? War es nicht deutlich, wo dein Platz ist?«

»Ja, Herr, und ich …«

»Du kommst allein durch den Dschungel hierher? Das ist gegen die Regeln. Allein für diese sträfliche Dummheit könnte ich dich in den Karzer sperren lassen.«

Wenn herauskam, dass ich auf Ruovan geschossen hatte, war ich tot. »Es ist kaum noch jemand da im Lager der Unaschkin«, sagte ich. »Da war nur noch ein Wächter, Leutnant Ruovan ist krank, und …«

»Dschungelfieber?«, unterbrach sie mich. »Ist das Fieber im Lager ausgebrochen?«

»Nein, aber …«

»Aber hier. Wir haben ein Dutzend neue Fälle. Die Situation ist sehr ernst. Hast du in der kurzen Zeit bei den Bestien etwas darüber herausgefunden, wie sie sich davor schützen, ob sie gar ein Heilmittel haben?«

»Nein, doch wegen der Soldaten bin ich hier. Sie sind in den Einsatz gezogen, aber zwischen den Alphas herrscht Uneinigkeit, und ich muss dringend …«

Sie schaute mich nahezu freundlich an. »Ja, Soldat, was musst du?«

Konnte ich ihr sagen, dass ich Charal-Jars Leben retten wollte? Jeder einzelne Bestiensoldat war kostbar für das nordunische Heer. Und doch war ich mir plötzlich nicht sicher, ob die Heeresleitung in Sandoria sich nicht auf die Seite des Ersten Alpha stellen würde, statt auf die eines Unruhestifters, der alle Regeln brach und Zwietracht zu den Unaschkin gebracht hatte. Vielleicht war es ihnen sogar recht, Charal-Jar so schnell wie möglich wieder loszuwerden.

»Es geht um das Dschungelfieber«, sagte ich. »Ich habe eine Idee, warum die Unaschkin es nicht bekommen, aber ich muss noch weiterforschen. Sie haben keine von uns Frauen mitgenommen, doch wenn ich ihnen folgen könnte … Einer von ihnen zeigte erste Symptome, und ich habe ein paar Dinge gesehen, die er getan hat – wie er eine Tinktur auf seine Haut aufgetragen hat, und da war eine Flasche, aus der er getrunken und die er mitgenommen hat. Ich muss wissen, ob er überlebt. Ich muss an diese Flasche und an die Tinktur. Wenn die Unaschkin in zwei, drei Mondtänzen zurückkehren, ist es zu spät, dann ist er längst gesund und ich muss auf den nächsten Fall warten.«

Endlich verlor Juwal ihren lauernden Blick und nahm mich ernst. »Das ist ein sehr wichtiges Anliegen. Aber du kannst den Bestiensoldaten nicht ins Kriegsgebiet folgen. Wenn sie gegen die Kleinen Krieger kämpfen, wollen nicht einmal unsere härtesten Norduner dabei sein.«

»Es muss doch einen Weg geben. Wenn ich ein paar Jäger zur Seite hätte …«

Juwal legte die Fingerspitzen aneinander und schien nachzudenken. »Wir brauchen die Antwort so schnell wie möglich. Es häufen sich die Anzeichen, dass hier bald eine Epidemie ausbricht. Fünf neue Fälle in zwei Tagen, heute waren es sogar acht. Die Unaschkin verraten uns ihr Geheimnis nicht, auch wenn wir versucht haben, sie dazu zu überreden oder zu zwingen. Bist du sicher, dass du auf dem richtigen Weg bist? Fragen nützt nichts. Wenn sie merken, dass du sie beobachtest, könnten sie dir schneller den Hals umdrehen, als du glaubst.«

»Habt Ihr von den Geschehnissen im Bestienlager gehört, Herr?«, fragte ich möglichst unverbindlich.

»Dass du den für dich ausgesuchten Alpha durch einen jüngeren Krieger ausgetauscht hast, der dir besser gefiel? Oh ja, das wurde uns berichtet.« Nun war sie wieder ganz die strenge Vorgesetzte.

»So war es nicht«, beteuerte ich. »Ich war bereit, meine Pflicht zu erfüllen, doch dieser jüngere Krieger hat sich in mich verliebt und um mich gekämpft. Wenn ich ihm folge, wird er keinen Verdacht schöpfen, sondern glauben, dass ich ihn vermisst habe. Er wird sich freuen und nicht darauf achten, seine Geheimnisse vor mir zu verbergen.«

»Ist er derjenige, der erste Krankheitssymptome zeigt?«, fragte Juwal nachdenklich. »Das würde passen, denn gesteigerte Aggressivität gehört zu den anfänglichen Warnzeichen, bevor die Kranken vollends den Verstand verlieren. Du musst sehr vorsichtig sein, Soldat. Bisher dachte ich, dass die Bestiensoldaten überhaupt nicht erkranken, aber wenn sie sich anstecken und ihre Krankheit im Keim ersticken können, wäre das für unsere eigenen Kranken besonders hilfreich. Du musst sofort aufbrechen. Ich gebe dir eine Schar Jäger mit.«

Sie stand auf, zum Zeichen, dass die Unterredung beendet war, und ich tat dasselbe.

»Und noch etwas, Soldat. Wenn es dir gelingt, das Geheimnis ihrer Heilung mitzubringen, bist du frei. Dann endet nicht nur deine Dienstzeit bei den Bestien, sondern wir rechnen dir diese Mission als besonderen Verdienst fürs Vaterland an und erlassen dir den Rest deiner fünf Jahre bei vollem Sold.«

»Danke«, stammelte ich.

Hoffentlich ließ sie es sich nicht einfallen, den Kranken im Hospital eine Heilung in Aussicht zu stellen. Meine Gedanken waren weder beim Dschungelfieber noch bei den Gefahren des Weges. Sie waren allein bei Charal-Jar.

Drei Monde standen am Himmel. Der weiße und der rote tanzten miteinander wie ein Mann und eine Frau, sie schauten einander in die Augen, versunken, als gäbe es sonst nichts auf der Welt. Das Mädchen trug ein weites weißes Kleid aus Seide und Spitze, die Schleppe wirbelte die Sterne auf. Der Mann war in die dunkelrote Uniform der Dschungelbrigade gekleidet, er hielt sich stolz und aufrecht, und sein Blick, mit dem er die Frau gefesselt hielt, war ganz Glut und Verheißung.

Der dritte Mond war dunkelblau, mit goldenen Flecken gesprenkelt. Man konnte ihn nicht sehen, weil er mit dem Sternenhimmel verschmolz wie ein Stück der Nacht. Er war ein Mond und ein Mann, der einen Umhang aus blauen Schuppen trug, und als er aus der Deckung trat, auf die Tanzfläche, verschmolz die Tierhaut mit seiner menschlichen Haut und er war eine Bestie, ganz Blau und Gold, Stacheln und Dornen. Sie wuchsen überall aus seinem Körper, und als er die Frau aus der Umarmung des Soldaten riss, bohrten sich die Dornen in ihren Körper. Sie wollte fallen, aber sie konnte nicht, sie hing an seiner Brust, in seinen Krallen, und während er sie mit dem kalten Blick der Bestie anblickte, verblutete sie. Er war der Dschungel und das Tier, das gekommen war, um sie zu verschlingen. Er kannte keine Gnade und keine Liebe, und während sie starb, weinte sie nicht um ihr verlorenes Leben, sondern weil sie nun niemals die Bedeutung des dritten Mondes erfahren würde. Nur wer reinen Herzens war, konnte ihn verstehen.

»Du kennst keine Liebe«, sagte Wenizia. »Du brennst nicht so wie ich. Ich musste dich töten.«

Ich schrak aus dem Traum hoch, mit hämmerndem Herzen, die feuchte Dschungelluft hatte meine Haut mit einem feinen Schweißfilm überzogen, und in der Finsternis des Waldes stieß ein unbekanntes Tier klagende Laute aus, bis man nichts anderes wollte, als es aufzustöbern und ihm einen Pfeil in die Kehle zu jagen, damit es endlich verstummte.

Das Blätterdach war zu dicht, um zu sehen, ob die Monde heute Nacht schienen.

Neben mir schnarchte leise einer der fünf Jäger, die Juwal mir mitgegeben hatte. Zwei von ihnen hielten Wache und ich hörte ihre Atemzüge wie ein weiteres Instrument im Orchester des Waldes, im Gleichklang mit dem Tropfen und Flüstern der Bäume und dem leisen Schaben winziger Beinchen auf dickfleischigen Blättern, und ich dachte darüber nach, dass ich verrückt geworden war.

Für einen Mann, den ich vor ein paar Tagen nicht einmal gekannt hatte, war ich Hals über Kopf in den Dschungel gestürmt. Ich hatte Juwal eine unglaubliche Lügengeschichte aufgetischt, damit sie mir diese Männer mitgab, für die Verheißung einer Sicherheit, die es nicht gab. Der Dschungel quoll über vor Leben, das uns fressen wollte. Jeden Tag erschossen die Jäger Affen oder Hornschweine oder bunte Katzen mit glühenden Augen, sie erschlugen Schlangen und Spinnen und Schmetterlinge. Nachts standen wir vor der Wahl, ob wir im Dunkeln schlafen sollten, um keine Tiere und Feinde anzulocken – denn wir befanden uns mittlerweile im Gebiet der Kleinen Krieger –, oder ob wir eine Lampe entzünden sollten, um besser sehen zu können, was wir anlockten. Es kam nie vor, dass wir nicht bemerkt wurden – allein die Tatsache, dass wir atmeten und schwitzten und nach Mensch rochen, war Verführung genug für Tausende hungriger Lebewesen.

Für Charal-Jar, den ich gar nicht kannte, war ich hier. Für einen tödlichen Krieger, der bestimmt auf sich selbst aufpassen konnte, der meine Hilfe nicht nötig hatte.

Was hatte ich mir nur dabei gedacht? Er würde mich auslachen und zurück ins Lager schicken. Und wenn einer der Jäger verletzt oder gar getötet wurde, war ich ganz allein schuld.

Mein Mund wurde trocken, als ich mich erinnerte. Für Charal-Jar hatte ich Ruovan vergiftet.

Ich wollte nicht daran denken, aber wie jede Nacht, seit ich mit den Jägern unterwegs war, kam im Dunkeln Ruovans Gesicht zu mir.

Ob auch meine Schwester so an mich dachte? Stellte sie sich Nacht für Nacht vor, wie ich schrie, während das Gift durch meine Adern kroch, wie ich weinte, wie ich kämpfte und um mein Leben flehte? Oder hatte Wenizia die Erinnerung an mich einfach abgestreift und genoss Karels Küsse und seine weichen, schlaffen Hände?

All dies für Charal-Jar. Ruovans schreckerfüllte Miene wich aus meinem Geist und machte einem anderen Bild Platz. Augen, blau wie der Nachthimmel, goldene Sterne, ein Lächeln. Worte, in denen das Knurren und Fauchen seiner eigenen Sprache mitschwang.

Als du zu mir gekommen bist, Shea-Win, ich dachte, ich sterbe …

Es machte mir Angst, wie stark seine Gefühle waren. Ich hatte zu Feldwebel Juwal gesagt, dass der Unaschkin sich in mich verliebt hätte, und es war keine Lüge gewesen. Er hatte es nicht ausgesprochen, aber er hatte mir einen kleinen Einblick in sein Herz gegeben, in sein Hoffen und Sehnen, und dieselbe Sprache hatten seine zärtlichen Hände gesprochen. Und sein Mut – seine Bereitschaft, sein zurückgezogenes, unauffälliges Leben für mich zu opfern und sich meinetwegen mit den Alphas anzulegen. Ich wusste nicht, warum er sich ausgerechnet mich ausgesucht hatte, aber aus irgendeinem Grund hatte Charal-Jar etwas bei meinem Anblick empfunden. Schon auf der Wanderung nach Sandoria hatte er mich aus seinem dunklen Versteck im Dschungel heraus beobachtet, und davon geträumt, dass er mir nah sein könnte.

Aber ich wusste nicht, was Liebe war. Ich wusste nur, dass ich am Fenster zum Garten gestanden hatte, während der Schein des weißen Mondes in die Nacht fiel, und mit mir gekämpft hatte, ob ich zu Ruovan gehen sollte oder nicht. Doch dass ich, wenn es Charal-Jar gewesen wäre, keinen Augenblick gezögert hätte. Ich sehnte mich so sehr nach ihm, dass es wehtat. So sehr, dass ich nicht schlafen konnte und meine Träume wirr waren und voller Dornen.

Doch so, wie ich mich nach ihm sehnte, sehnte ich mich gleichzeitig nach der Klarheit eines klugen Handels. Wenn zwei Monopole vereint wurden, war das ein gutes Geschäft, das beiden Seiten Vorteile brachte. Jede Ehe war ein möglichst gewinnbringender Vertrag. Ich hatte mich der Armee angeschlossen, um den Namen meiner Familie nicht durch eine Gerichtsverhandlung zu beschädigen, um mein eigenes Geld zu verdienen und meine eigenen Entscheidungen zu treffen – auch das war ein Handel gewesen. Die jungen Soldatinnen waren zu den Alphas geschickt worden, damit diese sich besser von den menschlichen Offizieren lenken ließen, und dafür würden sie ihre Dienstzeit früher beenden können – auch dies ein Handel. Doch worin bestand der Handel zwischen Charal-Jar und mir? Ich konnte meinen Vorteil in dieser Sache nirgends erkennen, und das beunruhigte mich zutiefst.

In diesem Moment gab es ein leises, dumpfes Geräusch, dann ein zweites, es klang wie der Aufprall eines schweren Körpers. Vor Schreck erstarrte ich. Was war das gewesen? Angespannt lauschte ich, doch nichts hatte sich verändert.

Der Soldat neben mir schnarchte nicht mehr.

Von den wachhabenden Jägern vernahm ich keinen Laut – kein Atmen, kein leises Tuscheln. Es war, als wären sie von der Dunkelheit verschluckt worden.

Mein erster Gedanke war: ein Dschungellöwe!

Mein zweiter: Hatte jemand auf sie geschossen? Vielleicht konnten die Kleinen Krieger im Dunkeln sehen. Dann würden sie uns einen nach dem anderen abschießen, ohne dass wir wussten, wie uns geschah.

Ich streckte die Hand nach dem Mann aus, der neben mir lag, und rüttelte ihn an der Schulter, um ihn zu wecken. Doch er rührte sich nicht. Nicht mehr ganz so zaghaft kniff ich ihn kräftig in den Oberarm. Keine Reaktion.

Jedes Rascheln meiner Kleidung kam mir überlaut vor, als ich mich auf die Knie rollte und nach meinem Begleiter tastete. Er lag da wie ein Toter.

Ein Schrei steckte in meiner Kehle fest. Ich ächzte, unterdrückte ihn krampfhaft, ein Wimmern quoll an meiner Selbstbeherrschung vorbei nach draußen und dann gewann die Panik. Ich sprang auf und rannte fort, stürzte blindlings ins Gebüsch, stieß gegen Bäume, stolperte über Wurzeln und Schlingpflanzen, rannte wie ein tollwütiges Hornschwein, bis meine Füße in Wasser traten. Feuchtigkeit drang in meine Stiefel, kroch meine Hosenbeine hoch. Schon stand ich bis zu den Knien in einem Tümpel oder Bach. Meine Panik wuchs, während ich versuchte zurückzugehen, aus dem Wasser herauszukommen, und erkannte, dass ich in sumpfigem Untergrund feststeckte. Ich keuchte und kämpfte, es war wie in einem Albtraum. Wenn jetzt ein Hornpanther käme! Oder eine Schlange, bestimmt wimmelte es in diesem Morast vor Schlangen!

Nach einer Weile nahmen meine Augen die phosphoreszierenden Blüten wahr, die vor mir in der Dunkelheit in bunten Farben glommen, bis die winzigen Leuchtpunkte sich in der Ferne verloren. Es war ein Sumpf ungeheuren Ausmaßes. Da ich mich nicht umdrehen konnte, versuchte ich über meine Schulter zu blicken, doch dabei verlor ich fast das Gleichgewicht. Schlecht, Meriande, ganz schlecht. Wenn ich stürzte, würde ich am Ende kopfüber in der warmen Brühe versinken.

Meine Muskeln begannen unkontrolliert zu zucken, während ich nach etwas suchte, woran ich mich festhalten könnte, um meine Beine aus dem Schlamm zu ziehen. Bizarre Zweige wuchsen aus dem Wasser, an denen sich die leuchtenden Ranken emporzogen, doch keiner davon war so nah, dass ich ihn packen konnte. Dicke Urwaldriesen lagen umgestürzt im Sumpf oder breiteten ihre mächtigen Wurzeln aus, sodass darunter geräumige, wenn auch feuchte Höhlen entstanden. Aber ich war hier gefangen. Etwas gurgelte nicht weit von mir im Wasser – eine Schlange? Ein giftiger Frosch? Das Tier tauchte unter eins der großen, ausladenden Blätter, die auf der Oberfläche ruhten, ohne dass ich es gesehen hätte.

Ein Vogel rief den Morgen, der grau aus den Tiefen sickerte.

Der große, dunkle Schatten mitten im Wasser entpuppte sich als ein Büffel. Ein Berg von einem Büffel, mit schwarzem, zottigem Fell und einem mächtigen Schädel, mit einem Doppelpaar gebogener Hörner, ausladend wie weit ausgebreitete Arme. Hörner, wie die Bestiensoldaten sie trugen.

Wenn dieses Ungeheuer mich angriff, war ich verloren. Es konnte mich einfach umrennen, in Grund und Boden stampfen, und musste mich nicht einmal auf seinen spitzen Hörnern aufspießen. Ich beobachtete den gewaltigen Büffel, der träge durch das morastige Wasser stapfte, hin und wieder den Kopf senkte und dann weiterzog. Starr vor Angst rührte ich mich nicht von der Stelle, nicht einmal, als er kaum zwei, drei Meter von mir entfernt Blätter fraß und das Maul, an dem lange Ranken und schleimige Algen hingen, tropfend hob. Seine kleinen Augen irrten hin und her, aber mich nahm er gar nicht wahr, obwohl ich ihm so nah war, dass ich den zersplitterten

Rest eines Speers sehen konnte, der sich in seinem wirren Fell verfangen hatte.

Dann zockelte er gemächlich vorüber.

Ich schämte mich nicht einmal, als ich merkte, dass ich weinte.

Das Messer befand sich in meinem Rucksack, den ich bei meiner wilden Flucht zurückgelassen hatte. In meinem Rücken spürte ich den Bogen, mit dem ich schlafen gegangen war, und ich wusste um die Pfeile in meiner Tasche. Ich konnte sterben. Das war das Einzige, was ich überhaupt noch tun konnte. Vielleicht, welch bittere Ironie, war das die Strafe dafür, was ich Ruovan angetan hatte. Vielleicht musste ich nun denselben Weg gehen wie er, als ausgleichende Gerechtigkeit.

»Lass mich am Leben, gütige Pana«, betete ich. »Bitte, hilf mir.«

Ich hatte die Göttin des Mondes immer nur darum gebeten, mich den dritten Mond sehen zu lassen. Ich hatte sie nie um Hilfe gebeten, doch jetzt suchte ich in meinen Gedanken verzweifelt nach irgendetwas, das ich ihr anbieten konnte. Ein Handel. Ich musste der Göttin einen Handel vorschlagen.

»Bitte … wenn du mir hilfst, dann …«

Ich verstummte. Die Erkenntnis war bitter – ich hatte nichts zu geben. Was wollte die Göttin mit einem Handelsmonopol, von dem ich nicht einmal wusste, ob ich es überhaupt noch besaß? Ich hatte kein Erbe anzubieten, ich konnte ihr nicht einmal versprechen, dass ich ihre Priesterin werden würde, denn wenn ich überleben sollte, war ich an meinen Dienstvertrag beim Heer gebunden.

»Ich habe nichts.«

Und dann weinte ich erst recht.

Etwas zischte. Ich wandte den Kopf in Erwartung einer Schlange, die sich womöglich von einem der Bäume herabgelassen hatte, doch neben mir stand ein Mensch.

Im ersten Moment dachte ich jedenfalls, es sei ein Mensch. Er reichte mir kaum bis zur Brust und im spärlichen Licht schien seine Haut die falsche Farbe zu haben. Ich konnte nicht richtig erkennen, ob er Kleidung trug oder nackt war. Seine Haare waren ein dicker Schopf geflochtener Zöpfe, und als er wieder zischte, leuchteten weiße Zähne auf. Seine Augen waren von einem drohenden Gelb, die Augen eines Hornpanthers.

Ich schrie erschrocken, und er fauchte.

Dann besann ich mich. Wenn das Wesen mich hätte töten wollen, hätte es das bereits tun können. Ich hatte nicht gemerkt, wie es sich angeschlichen hatte. Es stand sicher auf einem der großen Blätter, die wie Teller auf der Wasseroberfläche ruhten, und obwohl ich die Raubtieraugen erschreckend fand, war dies offenbar die Antwort auf mein Gebet.

Ein Dschungelmensch? Ich wusste nicht, was er oder sie war. Aber ich lächelte freundlich.

»Bitte«, sagte ich möglichst ruhig. »Würdest du mir helfen?«

Und ich zeigte meine Hände vor, zum Zeichen, dass ich unbewaffnet war.

Der Gelbäugige reichte mir etwas – eine Schlange, wie ich im ersten Moment dachte. Nein, es war ein Seil. Er beugte sich vor, als wollte er mich umarmen, und legte es um meine Taille, wobei er fortwährend zischte. Instinktiv wollte ich mich wehren, doch ich zwang mich dazu, ruhig zu bleiben und ihn machen zu lassen, auch als er einen komplizierten Knoten knüpfte und dann nach meinen Händen griff. Seine Finger fühlten sich warm und pelzig an. Er zeigte mir, wie ich das straff gespannte Seil festhalten sollte.

Warum war es gespannt? Ich konnte nirgends jemanden sehen, der es hielt. Doch dann gab es einen kräftigen Ruck, ich stolperte nach vorne und lag bäuchlings im Wasser. Kurz tauchte ich mit dem Gesicht ein, ich schnappte nach Luft und der Zug um meinen Bauch wurde unerträglich. Ich kämpfte gegen den Sumpf, der mich festhalten wollte, und klammerte mich an das Seil. Endlich gab der Schlamm meine Beine mit einem lauten Schmatzen frei, ich schoss nach vorne und tauchte erneut vollständig ins Wasser. Prustend kam ich hoch und begriff – ich war wirklich frei!

Wenn vorher Schreie und Tränen in meiner Brust genistet hatten, war es jetzt ein lautes Lachen, und ich ließ es mitsamt einem Jubelschrei hinaus. Dann folgte ich dem sanften Zug des Seils, rannte platschend durchs Wasser und kletterte durch einen breiten Gürtel aus blühenden Pflanzen ans Ufer.

Drei Fremde erwarteten mich.

Es war nun etwas heller, und ich sah, dass sie keine Kleider trugen. Ihr Körper war an den Schultern und Oberarmen mit langem, rötlichem Fell bedeckt, ein Streifen Fell wuchs den nackten Bauch hinunter und um ihren Unterleib und die Schenkel waren sie ebenfalls so haarig, dass nichts Anstößiges sichtbar war. Es waren zwei Männer und eine Frau, deren kleine Brüste Luft und Blicken ausgesetzt waren.

Der Vierte kam ebenfalls ans Ufer, und alle zeigten auf mich und lachten ebenfalls laut. Kein Wunder, ich musste fürchterlich aussehen, durchnässt, mit Schlamm und Blättern behangen.

»Du bist sehr dumm«, sagte die Frau. »Warum bist du in den Sumpf gegangen?«

Ich verschluckte mich fast, weil sie mich in meiner Sprache anredete. Die Worte waren von einem fremdartigen Akzent gefärbt, jedoch ganz unähnlich dem der Unaschkin.

»Es war dunkel, ich habe nichts gesehen.« Ja, es war dumm, durch den Dschungel zu laufen, das musste ich zugeben, und als sie mich erneut auslachten, lachte ich mit.

»Du musst deine Kleider ausziehen«, teilte sie mir mit. »Schlangen und Egel kriechen gerne in Kleidung und unter Kleidung.«

Die drei Männer machten erwartungsvolle Mienen, doch zu meiner Erleichterung schickte die Frau sie mit einem barschen Befehl fort.

Es war gar nicht so einfach, die feuchten Sachen von meiner Haut zu schälen. Einen meiner Stiefel hatte ich verloren und aus dem anderen kroch etwas davon, das ich mir lieber nicht näher ansah.

»Fürchte dich nicht. Ich überprüfe, ob du keine Blutegel hast.« Die kleine Frau musterte mich und betastete meinen Rücken. Ein kurzer Schmerz verriet mir, dass sie tatsächlich etwas gefunden hatte. Anschließend spülte ich mein langes Unterhemd sowie die knielange Miederhose am Rand des Sumpfes aus und zog beides wieder an. Im Gegensatz zu meinen Rettern hatte ich kein Fell und dafür ein ausgeprägtes Schamgefühl.

»Ich bin Meriande«, sagte ich, nachdem ich noch ein paar Stängel aus meinen Haaren gezupft hatte.

Sie starrte mich beinahe fassungslos an. »Du sagst mir deinen Namen?«

»Ja, warum nicht?«

»Aber wir sind Feinde. Ihr verjagt uns, ihr stampft unsere Dörfer in den Sumpf, ihr mordet unsere Kinder. Ihr sagt uns nie eure Namen.«

Nun war es an mir, sie anzustarren. »Du bist … ihr seid … die Kleinen Krieger?«

Ihre gelben Raubkatzenaugen blitzten auf. »Das sind wir.«

»Aber … aber warum habt ihr mich dann aus dem Sumpf geholt? Ihr habt mir das Leben gerettet!«

Sie zögerte, schien unentschlossen, ob sie mir die Wahrheit anvertrauen sollte. Dann schien sie einen Entschluss zu fassen. »Wir sind neugierig. Der Unaschkin ist hinter dir her. Wir haben gesehen, dass er dir auflauert. Ihr seid Freunde, ihr roten Soldaten und die Unaschkin, doch du bist ihr Feind. Warum? Das wollten wir gerne wissen. Wir helfen den Feinden unserer größten Feinde.«

»Der Unaschkin ist hinter mir her? Was für ein Unaschkin?«

»Er und ein roter Soldat. Sie folgen euch seit Tagen.«

»Sercher! Oh Pana, er verfolgt mich?«

Der Soldat musste Ruovan sein. Also hatte er das Gift überlebt. Und ich hatte recht gehabt – Ser-Chaj war in der Nähe gewesen und Ruovan hatte mich zu ihm bringen wollen. Aus diesem Grund hatte der Bestienkrieger ihn auch retten können.

Wenn du mich küsst, hörte ich Charal-Jars Stimme in meinem Ohr, *kann dir das Gift nichts anhaben.*

Hatte Ser-Chaj Ruovan geküsst, um ihm das Leben zu retten? Dafür durfte ich ihm nicht dankbar sein, denn nun waren zwei Feinde hinter mir her. Und doch … es war, als würde ein schweres Gewicht von meiner Seele genommen.

Ich hatte Ruovan nicht umgebracht.

»Warum?«, forderte die Kleine Kriegerin zu wissen.

»Was ist mit den Jägern, mit denen ich unterwegs war? Hat er sie getötet?«

»Die Jäger leben«, sagte sie verächtlich. »Euer Schlafplatz im Bett der Weih-Blumen war schlecht gewählt. Man schläft und schläft und wacht nicht wieder auf, wenn man zu lange schläft. Heute Morgen bekamen sie Besuch von einer Horde Affen, die sie fortgezerrt haben, das hat sie geweckt, auch wenn ihr Schreck darüber, dass ihre närrischen Väter mit ihnen gespielt haben, sehr groß war.«

Ich fühlte mich zugleich erleichtert und verwirrt. Wenn wir uns den Dämpfen giftiger Blumen ausgesetzt hatten, warum war ich dann nicht betäubt gewesen?

»Närrische Väter?«

»Seid ihr nicht die Kinder der Hornaffen, so wie wir die Kinder des Hornpanthers sind und die Unaschkin die kleinen Brüder des Dschungellöwen? Sicherlich kannst du Hörner aus deiner Stirn wachsen lassen.«

»Nein«, sagte ich, verwirrter als je zuvor, »nein, das kann ich nicht.«

»Oh, ich dachte«, sagte sie äußerst erstaunt. »Dann verstehe ich noch weniger, was ihr in unserem Dschungel wollt.«

Ich hatte ihre Frage nicht beantwortet, warum Ser-Chaj hinter mir her war, aber sie fragte nicht noch einmal.

»Ich bin Kiniki«, erklärte sie plötzlich. »Die Hornaffen sind unsere Beute und die Beute unseres Dschungelvaters. Doch wenn ihr keine Nachkommen der verrückten Hornaffen seid, was seid ihr dann? Vielleicht finde ich das heraus. Lass uns gehen.«

»Wohin willst du denn gehen, Kiniki?«, fragte ich. »Ich habe ein Ziel. Ich muss dorthin, wo die Unaschkin kämpfen.«

Ihr rotes Fell sträubte sich und ihre Haut verfärbte sich dunkel. »Die Unaschkin«, zischte sie. »Ich hasse die Unaschkin! Was willst du von ihnen? Lässt du dich von ihnen verfolgen und fliehst zu ihnen – was macht das für einen Sinn?«

Sie hielt mich für dumm, was ich ihr nicht verdenken konnte.

»Der Unaschkin, der mich verfolgt, ist ein böser Unaschkin.«

Kiniki schnaubte nur. »Alle Unaschkin sind böse. Sie fressen unsere Kinder, sie zerstören unsere Häuser.«

»Sie sind nicht böse! Das nordunische Heer befiehlt es ihnen, sie müssen ihre Befehle befolgen.« Und dass sie Kinder fraßen, glaubte ich keinen Augenblick.

»Sie fressen unsere Kinder«, beharrte Kiniki, ihre gelben Augen blitzten wütend. »Schon seit Anbeginn der Zeiten. Wir sind Feinde gewesen, bevor die Söhne der Hornaffen gekommen sind. Ihr seid Beute, aber sie ...« Sie zischte etwas in ihrer eigenen Sprache, das eine üble Beschimpfung sein musste. Dann besann sie sich und konzentrierte sich wieder auf mich. »Keine Hörner, bist du sicher? Darf ich fühlen?«

Ich kniete mich vor sie hin, damit sie meine Stirn und meine Schläfen betasten konnte.

»Sehr merkwürdig«, stellte sie fest.

»Die Menschen in Banesch sollen Hörner haben. Ich dachte, das sei ein Gerücht, aber vermutlich sind sie die Kinder der Hornaffen, die du meinst. Wir Menschen von Nordun werden ohne die Merkmale irgendwelcher Bestien geboren.«

»Wer weiß«, sagte Kiniki.

Ich hatte nichts von der uralten Feindschaft zwischen den Unaschkin und den Kleinen Kriegern gewusst; es erklärte jedoch, warum die Bestiensoldaten so bereitwillig für uns Norduner kämpften. Dafür hatte ich nun das Problem, wie ich Kiniki dazu bringen sollte, mir zu helfen, ins Kriegsgebiet zu gelangen – oder wie ich sie wenigstens davon überzeugen konnte, mich mit den Jägern gehen zu lassen. Dass Ser-Chaj im Dschungel unterwegs war, machte meine Reise noch gefährlicher. Wie ich ihm entkommen sollte, war mir schleierhaft. Aber nach wie vor musste ich Charal-Jar warnen.

Vielleicht kam ich zu spät. Wenn ich zu lange brauchte, kam ich auf jeden Fall zu spät.

»Kannst du mir zeigen, wo ich die Jäger finde? Ich muss meinen Weg fortsetzen.«

»Die Jäger?« Sie grinste breit. Überhaupt schienen die Kleinen Krieger viel und gerne zu lachen. »Nachdem sie von den närrischen Vätern entkleidet, beraubt und gebissen wurden, haben sie ihre Sachen zusammengesucht, ihre Waffen aufgesammelt und sind zurück in die Richtung eures Lagers gelaufen. Sie haben nicht nach dir gesucht, Meriri.«

Das war übel. Das war sogar sehr übel.

»Meine Brüder und ich, wir nehmen dich mit, wenn wir zu unseren Dörfern gehen«, sagte sie, bevor ich sie darum bitten konnte. »Dort wirst du auf die Unaschkin stoßen, die du suchst. Wir haben dich einmal gerettet, nun können wir dich nicht den Schlangen überlassen. Komm.«

12.

Ich hatte mich noch nie so sicher im Dschungel gefühlt – abgesehen von jener Nacht, als ich mit Charal-Jar auf der Lichtung gewesen war, wo wir uns geliebt hatten. Die Jäger hatten mir das Gefühl fortwährender Bedrohung vermittelt, doch die Kleinen Krieger waren ein Teil des Waldes und bewegten sich mit untrüglicher Sicherheit und Gewandtheit. So wie auch die Unaschkin machten sie kaum je ein Geräusch, und wenn sie nicht so viel gelacht und gestritten hätten, man hätte sie für Tiere halten können, wie sie gebeugt daherschlichen, manchmal beinahe auf allen vieren, wie sie die Luft prüften und den Boden nach Spuren absuchten.

Nur Kiniki sprach meine Sprache, was sie, wie ich zu meiner Überraschung erfuhr, von den ersten nordunischen Händlern gelernt hatte, die etliche der Kleinen Krieger zu ihren Botschaftern gemacht hatten. Damals hatte noch die Hoffnung bestanden, dass es Frieden zwischen unseren Völkern geben könnte und die Straße sowohl den Nordunern als auch den Kleinen Kriegern nützlich sein würde.

»Aber warum habt ihr euch dann plötzlich gegen die Norduner gewandt?«

»Sie haben sich mit den Unaschkin verbrüdert. Die Freunde der Unaschkin sind unsere Feinde.«

177

Ich konnte ihr nicht erzählen, dass das Bestienbataillon aus Sklaven bestand, die keine Wahl hatten, als uns beizustehen. Das Geheimnis, das Charal-Jar mir anvertraut hatte, musste ich um jeden Preis hüten.

»Aber wenn ihr zu Beginn des Straßenbaus keine feindlichen Absichten hattet, wozu brauchten wir dann die Unaschkin?«

»Um uns auszurotten natürlich.« Daran hatte Kiniki keinerlei Zweifel.

»Vielleicht wegen der Tiere? Der Hornpanther und Dschungellöwen?«

Sie verzog ihren breiten Mund zu einem verächtlichen Lächeln. »Als ob die Unaschkin gegen die Dschungellöwen kämpfen würden. Es sind ihre Brüder. Würden wir denn je einem Hornpanther etwas zuleide tun? Oder ihr einem Hornaffen?«

Ich dachte an die unzähligen Affen, die ich tot vom Baum hatte fallen sehen. Auch ich selbst hatte schon auf sie geschossen. Daher schwieg ich, und ich machte mir auch nicht die Mühe, die Kleine Kriegerin daran zu erinnern, dass diese Tiere nicht unsere närrischen Väter waren.

»Sie waren hier«, sagte sie mit brechender Stimme.

Ich hatte nicht gemerkt, dass wir in einem Dorf angekommen waren. Aus Schilf geflochtene Hütten hingen in den Bäumen, doch sie waren zum Teil zerrissen, andere waren ganz aus dem Astwerk gebrochen worden und lagen zerfetzt am Boden.

Weinend knieten sich die Krieger hin.

»Glaubst du immer noch, dass die Unaschkin nicht böse sind?«, fragte Kiniki leise.

Alle waren tot. Die Leichen waren nicht sofort zu sehen, denn so wie auch die Baumhütten, verborgen von Blattwerk und Ästen, kaum erkennbar waren, lagen auch die toten Körper zwischen Blumen und Wurzeln und Blättern. Manche hielten noch Speere mit Stachelspitzen in den Händen, andere krampften die Finger um gefährlich gebogene Hörner, ähnlich denen, die die Unaschkin als Schädelschmuck trugen. Allen Toten war gemeinsam, dass sie übel zugerichtet waren, zerfleischt von Krallen oder Messern, aufgeschlitzt von Zähnen.

»Das waren nicht die Unaschkin«, sagte ich. »Niemals. Das waren wilde Tiere.«

Kiniki griff nach meiner Hand und führte mich ins Dorf hinein. »Und das?«

Vor mir lag ein toter Bestiensoldat. Seine Krallen hatten sich in den schlammigen Boden gegraben, seine langen, spitzen Fangzähne ließen ihn seltsam wissend lächeln. Ein Dutzend Speere ragte aus seiner Brust – er hatte lange gebraucht, um zu sterben. Ich bückte mich und zog den Büffelschädel zur Seite. Nein, das Gesicht war mir nicht bekannt. Im Lager hatte ich kaum einen der Unaschkin ohne seinen Kopfschmuck gesehen, daher wusste ich auch nicht, wer dieser Mann war. Ob er zu Charal-Jars Kampftruppe gehörte, die er als Alpha anführte, oder nicht. Hoffentlich nicht. Ich wollte nicht glauben, dass Charal-Jar zu so etwas fähig war.

»Oh gütige Pana«, flüsterte ich.

»Ist das der Unaschkin, den du suchst?«

»Nein.« In meinem Magen rumorte es.

»Sie sind böse«, zischte Kiniki. »Sie sind die Geißel des Dschungels, sie sind die Zähne in unserem Fleisch. Willst du noch mehr sehen?«

Stumm schüttelte ich den Kopf. Nein, wollte ich nicht. Und doch folgte ich ihr durch das zerstörte Dorf. In der Dorfmitte blieb sie vor einem großen Haufen aus Schilf und geflochtenen Ranken stehen. Hier hatten die Angreifer ein besonders großes und aufwendig gestaltetes Gebäude aus einem mächtigen Baumriesen herausgerissen und hinuntergeworfen. Aus den Trümmern ragten kleine rötliche Füße hervor.

Kiniki seufzte leise. »Das war der Priester und Heiler des Dorfes. Er hat eine besonders intensiv gefärbte Haut, siehst du?

Die Unaschkin haben alles verwüstet, was der Heiler in mühsamer, jahrelanger Arbeit zubereitet hat, um für das Wohl seines Dorfes zu sorgen. Sie haben den Geirawar mitgenommen. Verflucht sollen sie sein, diese Bestien!«

Was auch immer das war, es schien wichtig zu sein, denn sie war am Boden zerstört.

»Warum tun sie so etwas?« Ich wusste, dass es im Krieg keine Gnade gab, aber das hier? Es kam mir so unnötig grausam vor.

»Die Überlebenden, die in den Dschungel geflohen sind, werden am Fieber sterben. Die Alten, die schwangeren Frauen und die Kinder«, sagte Kiniki leise. »Darum tun die Unaschkin das. Sie vernichten uns vollständig.«

Versteckt im Knie eines breiten Flusses, der hier eine Biegung machte, lag das nächste Dorf. Es war verschont geblieben. Winzige fellbewachsene Kinder tobten um mich herum und zupften an meinem weißen Unterhemd, das sie wohl für ein Kleid hielten. Die rote Uniform, die ich so gut es ging gesäubert hatte, wäre mir lieber gewesen, doch Kiniki hatte mir davon abgeraten, sie anzuziehen. Es war besser, wenn ich nicht wie der Feind aussah. In der Vorstellung der Kleinen Krieger waren die Menschen grausame Mörder, und eine unbewaffnete Frau, die ihnen zulächelte, ein kaum fassbares Wunder.

Doch ich bemerkte auch die grimmigen Blicke einiger älterer Männer, die das rote Kleiderbündel betrachteten und dann laut mit Kiniki diskutierten – vermutlich über mein Schicksal.

»Ich wollte mir die Zerstörung ansehen«, sagte sie düster. »Und ich sollte mich freuen, dass dieses Dorf verschont geblieben ist. Doch wenn ich gewusst hätte, dass es noch steht, hätte ich dich nicht hergebracht. Der Unaschkin ist immer noch hinter uns.«

Mein Herzschlag setzte aus. »Wir haben ihn nicht abgehängt?«

»Die Hornpanther sind unruhig. Unsere Nase ist nicht gut genug, aber ihre schon. Dein Verfolger ist ganz in der Nähe. Wir müssen unbedingt deine Spur verwischen.«

»Aber wie …«

»Erst einmal komm mit«, sagte sie zu mir. »Der Priester will dich sehen.«

Ich war nicht so flink wie sie, und den Baum hochzuklettern, in dessen Äste die geflochtene Hütte hineingebaut war, fiel mir schwer. Doch ich kämpfte mich tapfer nach oben, und in der Behausung, die von einem grünlichen Schimmer erhellt wurde – das Sonnenlicht war hier oben weitaus stärker und drang hell durch das Flechtwerk –, erwartete mich der Priester und Heiler des Dorfes.

Er saß auf einer Matte und runzelte bei meinem Erscheinen die Stirn. Hinter ihm an der Wand prangte ein weißer Tierschädel, kaum größer als mein eigener Kopf, aus dem unzählige Stacheln und Hörner wuchsen. Die leeren Augenhöhlen leuchteten unheimlich; ich musste mehrmals hinsehen, bis ich erkannte, dass eine phosphoreszierende Blume darin wuchs.

Der Kleine Krieger sprach zu mir. Sein Nordunisch war nicht so perfekt wie Kinikis, aber ich konnte ihn recht gut verstehen.

»Kiniki ist töricht«, sagte er. »Sie bringt dich her, Affenfrau, und du sagst den Unaschkin, wo unser Dorf ist. Unaschkin werden kommen. Unaschkin werden unseren Geirawar nehmen und zerstören.« Sein Blick huschte zu dem leuchtenden Schädel. »Unaschkin werden alle töten. Werden die Kinder der Pantherkrieger fressen.«

»Nein«, protestierte ich, »ich werde nichts verraten. Ich verspreche es.«

»Du kannst nicht zum Dorf kommen und dann zu Unaschkin gehen. Du musst bleiben. Du kannst haben Krieger zum Mann. Affenfrau sehr groß, du kannst haben zwei Krieger.«

Nein danke.

Erwartungsvoll blickte er mich an und ich sah mich gezwungen, etwas zu sagen.

»Ich fühle mich geehrt, aber mein Hierbleiben würde euch ebenfalls in Gefahr bringen. Ich …«

Kiniki unterbrach mich. »Ja, sie fühlt sich geehrt. Du kannst alles in die Wege leiten, Meister.«

»Was sollte das?«, zischte ich, als wir wieder nach unten kletterten. Was sie da eben vereinbart hatte, kam auf gar keinen Fall infrage. »Ich gehe allein weiter, bevor ich mich mit einem deiner Stammesbrüder verpaaren lasse – oder gar mit zwei.«

»Natürlich wirst du das nicht. Aber ich konnte dem Meister nicht sagen, wie dumm ich war. Wir gehen dem Unaschkin entgegen, damit er nicht in die Nähe dieses Dorfes gerät, und schlagen dann eine andere Richtung ein. Unsere Spur muss deutlich sein, damit er uns folgt, statt herzukommen.«

Wir würden Ser-Chaj entgegengehen? Das hörte sich nicht gut an.

»Wenn wir uns verschätzen …« Sie schüttelte besorgt den Kopf. »Dann laufen wir ihm direkt in die Arme. Nichts und niemand ist wie die Unaschkin. Doch wenn wir es nicht tun, findet er das Dorf. Eine Bestie allein könnten wir im Dorf überwältigen, aber es würde viele Opfer kosten. Ich lasse meine Brüder hier, für den Fall, dass der Unaschkin trotzdem herkommt. Sie wissen Bescheid und sind gewarnt. Sie werden Wache halten. Wagst du es, Meriri? Mit mir zusammen? Ich würde allein versuchen, ihn abzulenken, aber er folgt deiner Spur, nicht meiner.«

Sie hatte mich aus dem Sumpf gerettet.

Ich dachte an die niedlichen Kinder, die ich gestreichelt hatte.

Und ich dachte an jenen Abend in Serchers Haus, an die Angst und den Schmerz, und wie sehr ich mir wünschte, ihm nie wieder zu begegnen. Nur die Vorstellung, dass er plötzlich vor mir stehen könnte, ließ meine Knie zittern.

»Natürlich«, sagte ich. »Ich bin dabei.«

Die rote Uniform klebte mir an der Haut, und ich hätte sonst etwas dafür gegeben, ein Fell zu haben wie Kiniki. Mittlerweile hatte ich mich sogar daran gewöhnt, dass sie ihre Brüste nicht verdeckte. Allerdings wurde sie auch nicht so stark von Fliegen belagert wie ich. Ich wünschte, ich hätte den Fellmantel getragen, der das Ungeziefer davon abhielt, einen zu belästigen.

Irgendwann hörte ich auf, nach den Insekten zu schlagen, und konzentrierte mich auf den morastigen Untergrund. Wir folgten unseren eigenen Spuren – ich bewunderte die Kleine Kriegerin dafür, wie sie überhaupt dieselbe Strecke fand, denn für mich sah der Wald überall gleich aus.

Unvermittelt hielt Kiniki inne und prüfte die Luft. »Jetzt schnell weg, sonst laufen wir ihm direkt in die Arme.«

Sie wandte sich nach links, in östlicher Richtung, wenn ich mich nicht täuschte. Die Himmelsrichtungen waren mir im Dämmerlicht des Waldes ein Rätsel, den Stand der Sonne erkannte ich an »dunkel« und »ganz dunkel«. Wieder einmal wurde mir deutlich, wie wenig wir Norduner über den Dschungel wussten, den wir eroberten. Ob wir die Straße überhaupt je zu Ende bauen würden? Und wie viele Hunderttausend Leben würde es kosten?

Wir gingen schnell, und Kiniki schien trotz ihrer kurzen Beine überhaupt nicht zu ermüden. Endlich wurde der Boden fester, doch dafür auch steiniger. Felsbrocken in allen Formen und Größen lagen herum und die Bäume trugen nur noch feine, nadelartige Blätter und ließen das Licht durch. Sie wurden immer kleiner und struppiger, und bald gab es nur noch bizarr geformte Sträucher, die über die mannshohen Steine zu klettern schienen. Der Himmel über uns leuchtete blau.

Kiniki blieb unvermittelt stehen und hob die Hand.

Auf einem Felsbrocken stand ein Tier. Es war etwa so groß wie ein Hornpanther, vielleicht ein wenig kleiner, ein gedrungenes Geschöpf mit kurzen Beinen. Es hatte kein Fell, sondern war mit Schuppen bedeckt wie eine Eidechse oder eine Schlange, mit bunten, schillernden Schuppen in Feuerrot und Goldgelb. Anders als bei einer Echse, waren seine Beine nicht seitlich am Leib angesetzt, sondern darunter, sodass es vom Körperbau Ähnlichkeit mit einer Katze hatte. Doch der lange Schwanz war mit Stacheln besetzt, die sich über seine Wirbelsäule zogen und in einem wahren Strauß von Stacheln endeten. Das Maul des Wesens war ebenfalls katzenähnlich; eine Reihe kleiner spitzer Zähne blitzte auf. Die auffallend großen, rotgoldenen Augen schienen zu leuchten. Und auf dem Kopf trug es mindestens ein Dutzend Hörner.

Es war zugleich niedlich, furchterregend und schön – wie ein Kätzchen, das sich in Stacheln gewälzt hatte, die an ihm kleben geblieben waren. Ein ganz und gar nicht flauschiges Kätzchen. Es sprang auf den nächsten Felsbrocken, haschte nach einem Tagfalter, der über die winzigen Blüten, die in den Ritzen wuchsen, schaukelte, und blieb verwirrt stehen, als der Schmetterling davonflatterte.

Eine spitze rosa Zunge leckte über das Maul, und als es den Kopf drehte, rasselten die Stacheln und Hörner. Es hatte uns noch nicht bemerkt, der Wind stand günstig und die Sonne blendete es.

Kiniki rührte sich immer noch nicht von der Stelle. Doch langsam, ganz langsam, hob sie ihren Speer.

Ein Brüllen ließ mich herumfahren. Eine riesenhafte Gestalt schleuderte die Kleine Kriegerin gegen den Stein, entriss ihr die Waffe und holte aus, um Kiniki damit an den Felsen zu spießen.

»Nein!« Ich schrie und hängte mich an das Ende des Speers.

Der Unaschkin schüttelte mich ab. Ich fiel zwischen die Steine, der Sturz presste mir die Luft aus den Lungen. Kiniki hatte die Gelegenheit genutzt, um sich flink herumzurollen und zwischen den großen Steinen zu verschwinden. Auch die geschuppte Katze war fort. Der Mann fluchte und hob erneut den Speer. Hastig zog ich einen der vergifteten Pfeile aus meiner Tasche und bohrte ihn ihm ins Bein. Er trat nach mir, gerade rechtzeitig wich ich ihm aus, sonst hätte er mir mindestens die Nase gebrochen. Grob packte er mich am Arm und riss mich hoch. Hielt mich in Augenhöhe, sodass ich gezwungen war, ihm ins Gesicht zu schauen.

Es war Ser-Chaj. Diese rötlichen Augen kannte ich. Zum ersten Mal fielen mir die rot-schwarz gestreiften Wimpern auf; eine davon hatte ich vor vielen Mondtänzen aus Ruovans Brief gefischt. Wenn ich gewusst hätte, von wem sie stammte, ich hätte sie sofort verbrannt.

Der Unaschkin verzog höhnisch den Mund. »Was haben wir denn da?«

Auf einmal wusste ich, dass er sich nicht damit zufriedengeben würde, mich zu besitzen. Es ging schon lange nicht mehr um das Monopol, nicht, seit er besiegt und beschämt geflohen war. Er wollte sich rächen, an mir, aber vor allem an Charal-Jar.

Und Charal-Jar war nicht da. Er war nicht hier, um mich zu retten. Ich musste den Schrei nach ihm herunterschlucken, musste irgendwie der blinden Panik, die von mir Besitz ergreifen wollte, Herr werden. Wenn ich mich umbringen ließ, würde Charal-Jar mir das nie verzeihen. Mit einer erschreckenden Klarheit wusste ich, dass ihn nichts schlimmer treffen würde.

Und dass Ser-Chaj das ebenfalls wusste.

Also musste ich irgendwie überleben.

Ich durfte mich nicht in meiner Angst vor diesem Scheusal verlieren, sondern musste einen kühlen Kopf behalten. Wann wirkte das Gift denn endlich? Müsste er nicht benommen schwanken und auf die Knie sinken?

»Ich denke, wir kennen uns«, sagte ich kühl. Ich wunderte mich selbst darüber, wie klar und selbstbewusst meine Stimme klang, obwohl er mich hochhielt wie einen Hasen, den er gerade aus einer Falle gepflückt hatte. »Besser, als mir lieb ist.«

Er schien verblüfft, dass ich nicht wie beim letzten Mal kreischte und strampelte. Obwohl der harte Griff seiner Hände schmerzte, versuchte ich, mir nichts anmerken zu lassen, sondern tastete mit meinem freien Arm nach einem weiteren Pfeil.

Natürlich, das Gift der Schmetterlinge konnte ihm nichts anhaben. Nicht umsonst hatte sich auch Charal-Jar nicht vor den Dunkelfaltern gefürchtet. Ich musste einen anderen Weg finden. Dem Feind diesmal nicht nur den Zeigefinger, sondern die Spitze eines Pfeils ins Auge stechen.

»Jetzt gehörst du mir.« Ein tiefes Grollen aus seiner Kehle.

Da war kein Pfeil mehr. Kein Pfeil. Fieberhaft überlegte ich, ob ich etwas anderes als Waffe benutzten könnte, aber ich besaß kein Messer. Ich kam an keinen Stein heran, den ich Sercher an den Kopf hätte schmettern können – und was hätte das geholfen, bei diesem Schädelputz?

Ich hatte nicht gesehen, wie er sich den Pfeil aus dem Bein gezogen hatte, doch bestimmt lag das verdammte Ding irgendwo in der Nähe. Man konnte diese Pfeile nicht weit werfen. Trotzdem hätte er genauso gut auf einem der Monde sein können.

Mein Kopf schlug unsanft gegen den Felsen hinter mir, als der wütende Unaschkin mich dagegendrängte. Ich versuchte den Schmerz zu ignorieren; wenn ich das Bewusstsein verlor, war ich so gut wie tot.

»Ein Handel«, sagte ich. Mit meinem Blick versuchte ich seinen einzufangen. Er sollte mich als Gegenüber wahrnehmen, nicht bloß als Beute oder als Mittel, um es Charal-Jar heimzuzahlen. »Hört mir zu, ich schlage Euch einen Handel vor, Herr.«

Er schnaubte böse.

»Ihr könnt ins Pelzgeschäft einsteigen, ganz gleich, wen ich heirate. Wir können einen Vertrag schließen, der Euch bevollmächtigt, dass Ihr …«

»Halt den Mund.« Er warf mich zu Boden, wieder fuhr mir der Schmerz durch alle Knochen und Gelenke, und mein Fuß knickte um.

Ich unterdrückte den Impuls, aufzuspringen und zu flüchten, denn an seinem lauernden Blick sah ich, dass er genau darauf wartete.

Dass ich kämpfte, dass ich schrie, dass ich litt.

Und obwohl ich all das tun wollte, war etwas Kühles, Berechnendes in mir, das zu mir sagte: Du musst überleben. Ganz gleich, was passiert, du überlebst das hier.

Dann sah ich den Pfeil. Er lag auf einer Kriechpflanze, die in den Rissen des Felsen wuchs. Etwa drei, vier Meter entfernt. Flecken von Schmetterlingsgift glänzten dunkel auf der Spitze. Eine unendlich weite Strecke, da Ser-Chaj genau vor mir stand, wie ein Riese über mir aufragte und den Himmel verdunkelte.

Ich senkte halb die Lider und versuchte, verführerisch auszusehen. Wenizia hatte mir oft genug vorgemacht, wie das ging. Ein halb geöffnetes Lächeln, eine Zungenspitze, die mir die Lippen befeuchtete.

»Fragt Ihr Euch nicht, warum ich hier bin, Herr? Warum ich die Sicherheit des Lagers verlassen habe?«

Der Pfeil. Wie kam ich an den Pfeil? Er war abgebrochen und zersplittert, doch das war mir egal. Er war die einzige Waffe weit und breit.

»Weil du dem Verfluchten nachläufst wie eine rollige Katze.« Er spuckte verächtlich aus und öffnete seinen Mantel.

»Nein, weil ich vor den anderen Frauen geflohen bin. Diesem eifersüchtigen Pack. Ich brauche jemanden, der mich beschützt.«

Es war unglaublich schwer, meine Abscheu zu unterdrücken. Vor seinem mächtigen, breiten Körper mit den Schuppenstreifen und – oh gütige Pana, erspar mir den Anblick – dem Beweis dafür, dass er längst bereit war, mir hier zwischen den Steinen Gewalt anzutun.

Obwohl ich beißen und kratzen wollte, leckte ich mir geziert über die Lippen.

»Vielleicht könntest du derjenige sein, der mich beschützt. Du glaubst doch nicht im Ernst, ein Bastard wie er könnte das. Sie werden ihn sowieso umbringen. Keiner der Alphas wird einen Verfluchten dulden. Und ich …«

Er warf den Mantel zur Seite. Kniete sich hin und griff nach mir.

Mühsam hielt ich mein Lächeln fest.

»Kommt auf den Pelz«, sagte ich und schlüpfte an ihm vorbei auf das weiche Fell. »Hier ist es schön weich.« Ich wandte ihm kurz den Rücken zu, zupfte den Pfeil aus dem Kraut, wobei ich darauf achtete, die Spitze nicht zu berühren, und verbarg mein Geheimnis hinter mir, als ich mich umdrehte.

»Versuchst du so, dein jämmerliches Leben zu retten?«, höhnte er und packte mich an den Fußgelenken. Mit einem Ruck zog er mich näher. »Das wird dir nicht helfen. Du bist schuld, dass ich mit diesem Bastard kämpfen musste!«

Dann warf er sich mit seinem ganzen Gewicht auf mich, und ich stach ihm mit dem Pfeil ins Auge.

Sein Gebrüll erschütterte den Boden und die Felsen. Ich hatte den Pfeil falsch herum gegriffen und den Unaschkin mit dem zersplitterten Ende erwischt. Er sprang auf, riss den Splitter heraus, Blut strömte ihm übers Gesicht. Er schrie etwas in seiner Sprache und ich wollte aufspringen und wegrennen, doch mein Knöchel gab unter mir nach und Ser-Chaj war schon da, war schneller, eine wilde, wütende Bestie, todbringend wie ein Sturm. Er bekam meine Haare zu fassen, riss mich zurück, hielt den Pfeil über mich, um zuzustechen – und im nächsten Moment hing jemand an seinem Nacken und rammte ihm ein Messer in den Hals.

Ruovan.

»Töte sie nicht!«, schrie er. »Du hast versprochen, sie nicht zu töten!«

Ser-Chaj brüllte vor Schmerz und Zorn, richtete sich zu seiner vollen Größe auf, und da flog von irgendwoher ein Speer heran und bohrte sich in seine Brust.

Er taumelte rückwärts gegen die Felsen, begrub Ruovan unter sich und kam stöhnend wieder auf die Füße. Blut quoll aus seinem Hals, rann aus seinem Auge, tränkte seinen Bauch. Er griff mit der freien Hand nach dem Speer, zog ihn mit einem Ruck heraus und ließ ihn achtlos fallen; in der anderen Hand hielt er immer noch den Pfeil. Dann wankte er auf mich zu.

Zwischen den Felsen erschien Kiniki. »Hier!«, schrie sie, »ich bin hier!«

Doch Ser-Chaj sah nur mich. Blutüberströmt torkelte er auf mich zu, brach in die Knie, packte meinen Arm und riss mich zu sich heran, bis seine Nase fast gegen meine stieß. Sein zerstörtes Auge war fürchterlich anzusehen.

»Bestie!« Kiniki stand hinter ihm, sie hatte den Speer wieder an sich genommen. Mit einem Schrei hob sie den Arm und stach zu. »Stirb!«

Ser-Chaj stieß ein gurgelndes Lachen aus. »Du stirbst mit mir.« Und er bohrte die vergiftete Pfeilspitze in meine Haut.

13.

Ich träumte von den Monden. Sie tanzten durch den Himmel, kreisten umeinander und jemand spielte dazu eine berauschende Tanzmusik.

Ich träumte davon, dass ich rannte, immerzu rannte, und hinter mir war die Bestie, so nah, dass ich ihren heißen Atem spürte. Aber so schnell ich auch lief, ich konnte ihr nicht entkommen.

Ich träumte davon, dass ich im Sumpf feststeckte, dass meine Füße sich nicht bewegen ließen.

Ich träumte davon, dass ein Mann mich in den Armen hielt. Er hatte ein wildes, fremdartiges Gesicht, und er war nicht schön, wie die Kaufmannssöhne schön waren, mit denen ich tanzen musste. Sein Gesicht war nicht gepudert, er trug keine Perücke, sondern hatte blauschwarzes Haar und aus seiner Stirn wuchsen kleine Höcker. In diesem Traum wusste ich nicht, ob die Hörner auf seinem Schädel zu ihm gehörten oder ein Teil der Trophäe waren, die er wie einen Helm trug. Aber seine Augen waren blau wie der Nachthimmel und seine Stimme war tief und sanft.

Er roch nach Harz und seine Küsse schmeckten nach Gift und süßen Früchten.

»Ich kann nicht mehr«, stöhnte eine Stimme. »Sie ist schwerer, als sie aussieht. Wie kann ein zartes Mädchen so viel wiegen?«

»Vorsicht«, sagte eine andere Stimme leise. »Da vorne … oh nein. Oh nein, ich wollte doch rechtzeitig umkehren. Zu spät.«

Ich öffnete mühsam die Augen. Mein Körper fühlte sich tatsächlich sehr schwer an, als hätte jemand ihn mit Eisen ausgegossen.

Ja, mich trug ein Mann, aber es war Ruovan. Sein rotes, unrasiertes Gesicht war schweißnass, die Haare klebten ihm an der Stirn und sein Herz schlug schnell vor Anstrengung und Angst.

Ich wandte den Kopf und sah den Grund.

Zwischen den Felsen brannte ein großes, loderndes Feuer. Es musste ein Albtraum sein, denn mitten in den Flammen ruhten auf einem Podest augenlose runde Schädel, aus denen Funken flogen. Hörner und Stacheln wurden in der Hitze schwarz, und es war, als würden sie gleich ihre Mäuler öffnen und schreien. Vor dem Feuer bewegten sich tanzend die Unaschkin, Bestien in Fellmänteln und mit Hörnern, die im Lichtschein glänzten. Es wurde schon dunkel, und in der Finsternis waren die zottigen Gestalten vor dem Feuer wahrhaft furchterregend. Ihr Geheul schwoll so laut an, dass es mir bis ins Mark fuhr.

Und dann richteten sich glühende Augen auf uns.

Ein Zischen, ein Brüllen, ein unmenschliches Kreischen.

Sie waren da, um uns, eine Horde, ein Rudel, Felle und Hörner und Wut, und Ruovan rief die ganze Zeit: »Nein! Hört mir zu! Nein, nein, nein!«

Dann war er da. Durch meine Benommenheit hindurch erkannte ich ihn, trotz des wutverzerrten Gesichts, und Ruovan schrie: »Das war ich nicht, das war Ser-Chaj, es ist das Gift! Sie stirbt! Wir haben dich gesucht, weil sie sonst stirbt!«

Hände rissen mich aus seinen Armen, Sternenaugen blitzten auf, der Duft nach Fell und Harz stieg in meine Nase und es roch bitter nach Feuer und Rauch und verbrannten Knochen.

»Passt auf sie auf, aber krümmt ihnen kein Haar«, befahl Charal-Jar.

»Wir werfen die Kriegerin ins Feuer«, sagte jemand. »Soll sie mit ihnen brennen.«

»Nein. Fasst sie nicht an, bis ich zurück bin. Das gilt für beide.«

Er trug mich ins Dunkle.

Die Nacht war warm und seine Hände waren voller Hitze. Sein Mund, sein fordernder Kuss – es war mir zu viel, ich war zu müde, ich wollte mich wegdrehen.

»Küss mich, Shea-Win. Wenn du mich küsst, wirst du nicht sterben.«

Ich öffnete meine Lippen für ihn, überließ mich ihm; es war, wie sich in einen Traum fallen zu lassen. Er saugte an meiner Unterlippe, umspielte mit der Zunge meine Zähne, erst sanft, dann immer heftiger, und allmählich ließ die Betäubung nach und gab mich frei. Ich fühlte mich zugleich wach und berauscht, meine Sinne schärften sich plötzlich und ich wurde gewahr, dass ich auf einem Fellmantel zwischen den Felsen lag, weich gebettet auf dem samtigen Pelz, und dass der Mann, der über mir lag und mich ausdauernd küsste, nichts anhatte. Seine Haut war seidig unter meinen tastenden Händen, jede Berührung ein Fest. Mein Herz schlug schneller, als ich begriff, wo ich war – bei ihm.

Bei Charal-Jar, der lebte. Er lebte, und ich hatte ihn gefunden. Ich hatte das Gift überlebt, denn es konnte mir nicht schaden, wenn er mich küsste. Seine Nähe war berauschend, sie ließ das Blut in meinen Adern brennen, und das Gift, das er mit seinen Küssen, seinen zärtlichen Bissen auf mich übertrug, weckte ein wildes Tier in meinem Unterleib. Ich erwiderte den Kuss mit gierigem Hunger, zog ihn mit einem Knurren von irgendwo tief in meiner Kehle an mich heran.

Er reagierte darauf, küsste mich ebenfalls wilder, drängender, doch dann löste er sich plötzlich von mir und setzte sich auf.

»Warum bist du hier, Shea-Win?«, fragte er. »Bist du vollkommen verrückt geworden? Was tust du im Dschungel, im Kriegsgebiet?«

Einen Augenblick lang war ich nur enttäuscht, wollte ich ihn wieder zu mir herunterziehen, wollte ihn spüren, sein Gewicht auf mir, seine Wärme, seine Küsse, seine Leidenschaft. Dann erreichte mich seine Frage und ich erinnerte mich, was mich dazu bewogen hatte, mich in die Gefahr zu stürzen.

»Ich wollte dich warnen. Du darfst deine Schar nicht verlassen. Die anderen Alphas – sie wollen dich umbringen.«

»So weit würden sie nicht gehen«, murmelte er.

Also hatten sie es noch nicht versucht. Und nun war er gewarnt. Alles würde gut werden.

Charal-Jar stand auf und neigte den Kopf, um den kaum spürbaren Wind zu prüfen. Da erst wurde mir bewusst, wie dunkel es war, wie weit alle Geräusche und Stimmen von uns entfernt.

Mit wackeligen Beinen stand ich auf.

Über uns der Abendhimmel, der schnell dunkler wurde. Die Monde gingen gerade erst auf. Wir waren allein, ganz allein. Das Feuer war schwach in der Ferne zu sehen, dort tanzten die schwarzen Umrisse seiner Schar von Unaschkin.

»Wir müssen zurück!«, rief ich. »Was, wenn die Alphas gerade darauf gewartet haben?«

»Zu spät«, sagte er.

»In der Tat, es ist zu spät.«

Aus dem Dunkel trat eine mächtige, fellumhängte Gestalt. An den auffällig gebogenen Hörnern erkannte ich den Ersten Alpha.

Hinter ihm erschienen drei weitere Bestiensoldaten – die anderen Alphas.

Wollten sie ihn zu viert erledigen?

»Lauf zu meiner Schar«, sagte Charal-Jar leise, doch da hörte ich den Schrei. Den fürchterlichsten Schrei, den die Wildnis zu bieten hatte, bei dem mir das Blut in den Adern gefror.

Irgendwo zwischen diesem Ort und dem Feuer streifte ein Dschungellöwe umher. Ein Dschungellöwe, der wieder verstummt war und mit der Nacht verschmolz – vielleicht hatte er auf leichte Beute gehofft, fern von dem Getöse der Unaschkin, die immer noch am Feuer tanzten und nichts davon ahnten, was ihrem Alpha hier widerfuhr.

Ich erstarrte. Eine Flucht war unmöglich, ich konnte nicht einmal versuchen, Hilfe zu holen. Charal-Jar war auf sich gestellt. Und ich würde mit ansehen müssen, wie sie ihn umbrachten.

Der Erste Alpha stieß ein grollendes Lachen aus.

»Genug«, sagte er schroff. »Es ist genug. Ich habe genug von deiner Tändelei mit diesem Mädchen, genug von deiner Anmaßung und der königlichen Selbstverständlichkeit, mit der du sämtliche Regeln brichst, Bastard.« Er spie das Wort aus und seine Stimme war voller Hass und Verachtung. »Du wolltest ein Alpha sein? Du bist nichts als Abschaum. Es ist genug. Heute Nacht beenden wir es.«

Charal-Jar beachtete ihn gar nicht. Er wandte sich wieder an mich.

»Wickel dich in meinen Mantel ein, Shea-Win. Darunter bist du wenigstens etwas geschützt. Schließ die Augen und hülle dich ein.«

Seine Stimme war ernst, doch ohne Aufregung. Ich tat, was er sagte, und zog den Fellmantel über mich. Würde die Haut mich vor den Krallen und Stacheln der Ungeheuer schützen? Aber die Augen schließen konnte ich nicht. Ich musste wissen, was geschah.

»Du solltest dich sehen«, höhnte der Erste Alpha. »Ein Soldat, der sich um ein Menschenmädchen sorgt wie eine Pfauenhenne um ihr Küken. Verdammt, du bist ein Unaschkin! Stell dich mir!«

Charal-Jar trat einen Schritt vor. »Soll ich mich dir stellen oder deinen Freunden? Hast du dich etwa gefürchtet, mich allein herauszufordern?«

»Ich kenne die Gerüchte über deinesgleichen«, sagte der Erste Alpha und warf seinen Mantel und seinen Helm ab. Krallen sprossen aus seinen Fingern. Der mächtige Hörnerschädel rollte achtlos zur Seite. »Über die Bastarde des Kaj-Baor.«

»Und deshalb wolltest du nicht, dass die Unaschkin sehen, wie ich dich töte, Hiar-Waral?« Charal-Jar ging einen weiteren Schritt auf ihn zu. »Wegen der Gerüchte?«

»Stolzes Gerede. Genug davon. Um dich zu töten, muss man kein Erster sein.« Er winkte, und die anderen drei Alphas ließen ihre Umhänge auf den Boden fallen und griffen gleichzeitig an.

Ich konnte den Blick nicht abwenden. Wie die vier Männer sich bewegten, nahezu lautlos in einem grotesken Kampf, nur unterbrochen von Knurren und Fauchen, als wären es Tiere, die sich anfielen. Es war zu dunkel, um Einzelheiten zu erkennen, und vielleicht war das gut so, denn das, was ich sah, war schrecklich genug.

Charal-Jars Körper veränderte sich, wie damals im Lager, er ließ Stacheln und Dornen wachsen, seine Haut verschwand unter einer Panzerung aus Schuppen. Doch die anderen standen ihm in nichts nach – auch sie verwandelten sich in krallenbewehrte Ungeheuer. Mit dem Kampf gegen Ser-Chaj, als Charal-Jar seinen Widersacher vorgeführt hatte, hatte dies hier wenig gemein. Es war blindwütiges Angreifen, Anspringen, ganz Krallen und Stacheln und Dornen. Die Monde, die immer heller aufleuchteten, ließen die Schuppen glänzen und die geschmeidigen Körper der Männer sprangen umher, als würden sie tanzen. Ich zweifelte nicht daran, dass Charal-Jar sie hätte überwältigen können, wenn sie nacheinander und einzeln mit ihm gekämpft hätten. Doch sie waren zu dritt, drei mächtige, bullige Alphas, Krieger, die noch größer und breiter waren als er, muskelbepackte Giganten, und sie rangen ihn schließlich nieder und hielten ihn fest.

»Denk an dein Goldlöckchen«, sagte der Erste Alpha warnend. »Wenn du zum Äußersten gehst, müssen wir sie anschließend töten. Ansonsten würde ich sie gerne behalten. Sie hat Feuer, ich bin sicher, ich werde es sehr genießen.«

»Feiges Pack!«, zischte Charal-Jar, aber er hörte auf, sich zu wehren.

Ich hörte den Schlag, der auf seinen Körper klatschte, hörte Haut aufreißen, etwas splitterte. In der Luft lag der Geruch von Blut, süß und metallisch. Irgendwo in der Nähe schrie der Dschungellöwe plötzlich erneut auf – laut und grausam, und ich hätte mich nicht gewundert, wenn die Sterne vom Himmel gefallen wären.

Der Erste Alpha hatte ungerührt zugesehen, nun kam er wieder näher. Seine Krallen wurden länger und länger. Er wechselte in die Sprache der Unaschkin, doch ich verstand auch so, womit er drohte.

Damit reiße ich dir das Herz heraus, Bastard.

Die drei Alphas hielten Charal-Jar fest, zwei an jedem Arm, der dritte stand hinter ihm und hatte ihm den Arm um den Hals geschlungen. Ihre Leiber waren fast vollständig mit Schuppen bedeckt, die sie vor den Dornen schützten.

»Ich werde euch nicht töten«, sagte Charal-Jar, als wäre er nicht derjenige, der im Würgegriff und gebändigt zwischen ihnen stand. »Ihr gehorcht nur eurem Ersten Alpha, das respektiere ich.«

Hiar-Waral stand nun dicht vor ihm, und im Licht der Monde, deren Schein von den sandgelben Felsen widergespiegelt wurde, sah ich deutlich wie am Tag sein triumphierendes Lächeln, die Fänge, die ihm bis zum Kinn reichten, die glühenden Augen.

»Genug«, zischte er.

»Ja, genug jetzt«, sagte Charal-Jar.

Die drei Alphas, die ihn festhielten, schrien plötzlich auf. Einen Moment noch hingen sie an ihm, dann schüttelte er sie mit einem heftigen Ruck ab. Sie stürzten, rappelten sich auf, krochen aus seiner Nähe. Blut färbte den felsigen Untergrund schwarz. Heulend und wimmernd flohen sie in die Nacht hinaus.

Es waren die Dornen. Seine Arme, wo sie ihn gehalten hatten, waren mit Dornen übersät, sie wuchsen aus seinem Nacken, seinem Schlüsselbein, und der rote Mond ließ das Blut daran aufleuchten.

Der Erste stand immer noch mit ausgestreckter Pranke vor Charal-Jar. Der Triumph verwandelte sich in Entsetzen. »Nein! So viele Dornen hat niemand!«, rief er. »Das kann nicht sein! Deine Dornen können ihren Panzer nicht durchdringen!«

»Sagtest du nicht, du hättest die Gerüchte gehört über die Kinder des Kaj-Baor?«, fragte Charal-Jar kalt. »Sie sind alle wahr. Dachtest du, Ser-Chaj sei vor mir geflohen, weil er feige war? Er hat zu spüren bekommen, wie meine Dornen durch seine Schuppenhaut fuhren. Und nun bist du dran. Deine Alphas habe ich verschont, aber dich, Hiar-Waral, werde ich nicht verschonen. Du hättest mich einfach in Ruhe lassen sollen.«

Er packte den Ersten Alpha und stieß ihm die Krallen in die Brust.

Gegen den Panzer. Es gab ein kratzendes, schleifendes Geräusch, und Charal-Jar keuchte, als sein Gegner ihm seinerseits die Klauen in die Brust schlug.

Hiar-Waral lachte leise. »In meinen Adern fließt das Blut eines Bruders des Kaj-Baor.«

Sie rangen miteinander. Und sie schienen gleich stark. Ich wusste nicht, ob ihre Verwandtschaft bedeutete, dass keiner den Panzer des anderen durchdringen konnte, oder ob beide einander zerfleischen würden. Vielleicht beides, vielleicht gab es Stellen, die gegen die Kraft des anderen gefeit waren, und solche, die sich als erschreckend verwundbar erwiesen. Ich sah Blut spritzen wie einen Funkenregen, und endlich sickerte die Wahrheit in mein Bewusstsein: Einer der beiden würde heute sterben.

Und Charal-Jar hatte bereits gegen drei Alphas gekämpft und war müde. Seine Bewegungen waren ein klein wenig langsamer als die von Hiar-Waral, und wenn er zuschlug, dann nicht so kraftvoll. Er geriet immer mehr ins Hintertreffen.

Seine Schreie, wenn der Erste Alpha ihn wieder einmal traf, ihm einen Stachel zwischen die Schuppen bohrte, waren so qualvoll, dass es mir durch und durch ging. Er würde sterben. Niemand war hier, um ihm zu helfen.

Nur ich. Und was konnte ich ausrichten? Ich hatte noch meinen kleinen Bogen an meiner Uniform hängen, aber keinen Pfeil, den ich dem Feind ins Auge stechen konnte. Kein Ruovan, keine Kiniki waren hier, um mich zu unterstützen; ich konnte nur hoffen, dass die Unaschkin sie am Leben gelassen hatten. Ein kleiner Damenbogen aus Eberesche war das Einzige, was mir geblieben war.

Die beiden Kämpfenden umkreisten einander. Charal-Jar musste es bald entscheiden, wenn er noch eine Chance haben wollte. Wenn er zu lange wartete, würde er nicht mehr genug Kraft haben, um gegen Hiar-Waral anzukommen. Ja, jetzt sprang er los, prallte gegen seinen Widersacher, in einem Knäuel aus Geheul, Zähnen und Klauen gingen sie zu Boden, jeder versuchte dem anderen an die Kehle zu gehen, ihre Dornen und Stacheln durchbohrten einander und der Geruch des Blutes wurde ekelerregend stark. Es stank nach Tod.

Charal-Jar gewann die Oberhand, er hockte über seinem Feind, beugte sich über ihn, seine Fangzähne wurden noch länger.

Und über ihm, von ihm unbemerkt, war … etwas. Ich begriff erst nicht, was es war. Ein langer, gewundener Arm, mit scharfen, gebogenen Dornen besetzt, ging von Hiar-Waral aus, reckte sich in die Luft und näherte sich von hinten dem ahnungslosen Charal-Jar.

Ein Tentakel? Eine Art Schweif?

Wenn ich schrie und ihn warnte, würde Hiar-Waral sofort damit zustechen. Seinem Gegner den stacheligen Arm um den Hals legen oder auf seinen Kopf herabfahren lassen, vielleicht konnte er Charal-Jar damit auch trotz der Rückenschuppen durchbohren.

Ich sprang auf, griff nach dem Fellmantel und lief auf die beiden Kämpfer zu. Ohne zu zögern, ohne lange zu überlegen, handelte ich und warf mich mitsamt dem Fell über das unheimliche Ding.

Es zuckte und wand sich unter mir wie eine Schlange, und die Dornen gruben sich durch die dicke Lederschicht und stachen mich wie glühende Messer in die Unterarme und Schienbeine.

Dann ein weiterer Schrei und ein Gurgeln und Röcheln – und Stille.

Zögernd richtete ich mich auf.

Charal-Jars Gesicht war dunkel vor Blut, es tropfte von seinen Zähnen, seine Augen waren wie aus reinem Gold. Er sah nicht wie ein Mensch aus, sondern wie ein fremdartiges, gefährliches Wesen, ein Raubtier. Überall aus seinem Körper sprossen Dornen, an denen Blut klebte, aus seinen Haaren ragten Hörner, umgeben von kleineren Stacheln, und die Klauen, in die seine Finger sich verwandelt hatten, waren so lang wie meine ganze Hand.

Unter ihm lag Hiar-Waral, die Kehle aufgerissen, die Augen blicklos.

Es war vorbei.

Ein tiefer Seufzer kam aus meiner Brust. Meine Beine wollten mich nicht länger tragen, und dann fiel ich in Charal-Jars Arme, ohne an die tödlichen Dornen überhaupt nur zu denken. In dem Moment, da ich ihn berührte, verschwanden sie, und ich schmiegte mich an seine glatte, menschliche Haut. Als ich meine Hände ausstreckte, gruben sie sich in weiches Haar.

Und seine Augen waren voller Sterne.

»Shea-Win«, flüsterte er. »Das bist du wahrhaftig.«

Ich sagte etwas völlig Blödsinniges, ich sagte: »Dein Mantel ist kaputt, tut mir leid.«

Er schob meinen Ärmel hoch und küsste die Schnitte, die mir Hiar-Warals Dornen zugefügt hatten.

»Danke«, sagte er leise. »Ich habe nicht damit gerechnet, dass er gegen die Regeln verstoßen würde. Verdammt, er hätte dich später unbedingt töten müssen, weil du es gesehen hast! Und mich hätte er kalt erwischt, denn ich dachte nicht, dass er so weit geht.«

Charal-Jar hielt mich fest und ich konnte die Leiche nicht richtig sehen, aber ihre Umrisse schienen nicht richtig zu sein. Der stachelige Schweif ging tatsächlich von dem toten Alpha aus. Wie war das möglich?

»Du hast mich gerettet und dich dafür in die Dornen eines Unaschkin von hohem Geblüt gestürzt. Das war sehr mutig, und dafür, dass es nicht dumm war, sorge ich.«

Ich fühlte das bittere Gift in meinen Armen und Beinen dumpf brennen, doch wo Charal-Jar mit seiner Zunge darüberfuhr, ließ der Schmerz sofort nach. Und dafür füllten meine Adern sich mit Glück.

Ein heißes, loderndes Glück – ich hatte nicht geahnt, dass es so etwas überhaupt gab. Mir war danach, ihn zu küssen, ihn festzuhalten, als würde ich ihn nie wieder loslassen, ich wollte mit ihm tanzen und ihn lieben, wieder und wieder. Doch stattdessen hielt ich ganz still, bis er meine Wunden versorgt hatte, dann half ich ihm, aufzustehen. Er schwankte und ich legte ihm den schmutzigen, blutbefleckten Mantel um.

Charal-Jar schloss die Augen, um sich zu sammeln, und als er sie wieder öffnete, lag ein kaltes Funkeln darin.

»Ich weiß, dass du hier bist«, sagte er laut.

Lautlos trat eine Gestalt zwischen den Felsen hervor. Knochen klapperten ganz leise, beinahe melodisch. Chir-Jawat trat in den Mondschein und verbeugte sich.

»Erster Alpha«, sagte er. »Gebieter.«

»Hast du gewusst, dass Hiar-Waral einer meiner legitimen Vettern war?«

»Ich habe es vermutet«, gab Chir-Jawat zu. »Ich habe vor langer Zeit einmal seine Rückendornen gesehen.«

»Und doch hast du mich nicht gewarnt. Du hast den Ausgang des Kampfes abgewartet, um das Lied des Siegers zu singen.«

Chir-Jawat neigte den Kopf.

»Ich habe die Warnung erhalten«, warf ich ein. »Durch Briane. Dass ein Hinterhalt geplant war.«

»Ist das so?« Charal-Jar war nun keine Schwäche, keine Erschöpfung anzumerken, obwohl ich merkte, dass er kaum stehen konnte. Er legte eine Hand auf meine Schulter; wenn er sich mit seinem ganzen Gewicht auf mich gestützt hätte, wäre ich zusammengebrochen. Doch er rang nur um sein Gleichgewicht.

»So ist es, Gebieter«, sagte Chir-Jawat.

Sie schwiegen einander an. Da ging etwas vor sich, von dem ich nichts mitbekam, eine stumme Zwiesprache, ausgetragen mit ihren Augen und ihrem Mienenspiel.

»Gut«, sagte Charal-Jar leise. »Um Erster Alpha zu bleiben, müsste ich die anderen Alphas töten – sie würden sich immer davor fürchten, ich könnte es ihnen heimzahlen, und würden sich irgendwann erneut gegen mich verbrüdern. Ich habe nicht vor, gegen die Weisungen des Uralphas zu handeln. Ich stimme zu, aber unter einer Bedingung.«

»Soll ich raten? Es geht um das Mädchen.«

»Du wirst sie niemals zu dir rufen. Wenn du mir das schwörst, werde ich dir als Zeuge dienen.«

Chir-Jawat senkte den Kopf. Sein Blick streifte mich, und er lächelte sein unnachahmlich schiefes Lächeln. »So sei es. Ich schwöre es dir, Gebieter.«

Dann hob er den Leichnam auf seine Schultern und schritt mit der schweren Last davon, anmutig und lautlos.

»Ich verstehe nicht ganz«, sagte ich. »Was habt ihr vereinbart?«

»Ich werde bezeugen, dass er Hiar-Waral getötet hat«, erklärte Charal-Jar, »und dann wird er der nächste Erste Alpha.«

»Aber …«

Er wandte sich mir zu, die Hände auf meinen Schultern. »Sie werden nie einen wie mich dulden oder mir vertrauen. Für die Unaschkin ist es schlimm genug, dass ich mir den Rang eines Alphas erkämpft habe. Ich hatte nie vor, weiterzugehen als das.«

»Du gibst Chir-Jawat den Platz, der dir gehört! Werden die anderen überhaupt glauben, dass er den Ersten Alpha getötet hat?«

Doch er lächelte nur. »Sie werden es glauben wollen. Wir sollten nun zurück …« Er brach mitten im Satz ab, schloss die Augen, seine Hände wurden immer schwerer.

Ich fing ihn auf, wankte, und gemeinsam fielen wir zu Boden.

»Schlafen«, murmelte er nur noch.

Ich versuchte die Augen offen zu halten, dachte an die Gefahr, an den Dschungellöwen, der zwischen den Felsen umherstreifte, und konnte doch nur noch unter Charal-Jars Mantel schlüpfen, bevor auch mich die Erschöpfung überwältigte.

14.

Die Gefangenen sahen sehr unglücklich drein, zerschlagen und müde und so hungrig, wie ich mich fühlte.

Wir waren heute Morgen erwacht, eng aneinandergekuschelt, und Charal-Jar war munter genug gewesen, um mich ausgiebig zu küssen. Ich hatte auf mehr gehofft, aber als ich seinen Mantel zurückschlug, hatte ich erschrocken gesehen, wie zerschunden sein Körper wirklich war, von unzähligen Wunden bedeckt wie ein Schlachtfeld.

»Die Unaschkin heilen schnell«, hatte er gesagt und meine wirren Locken im Licht der Morgensonne verzückt betrachtet. »Warte nur noch ein wenig.«

Ich hatte nichts davon gewusst, wie wunderbar es ist, auf das zu warten, was man unbedingt haben will. Also folgte ich ihm ohne zu klagen dorthin, wo seine Schar Bestiensoldaten lagerte.

Das Feuer war heruntergebrannt, die weißen Schädel zu Asche zerfallen.

Die Unaschkin empfingen ihren Alpha mit wildem Geheul. Offenbar hatten sie nicht damit gerechnet, ihn lebend wiederzusehen. Dennoch hatten sie die beiden Gefangenen am Leben gelassen. Sie hatten sich aber auch nicht die Mühe gemacht, sie mit irgendetwas zu versorgen. Kiniki lag zusammengekrümmt da und atmete flach. Ruovan hockte wie ein Häufchen Elend daneben und hatte die Stirn auf seine Knie gelegt. Keiner der beiden schien mehr zu erwarten als den Tod.

Bevor ich mich auf das gebratene Fleisch stürzte und mir die in Kräutern gekochten Wurzeln in den Mund schaufelte, bat ich darum, die beiden loszubinden.

»Dieser Mann ist Ser-Chajs Getreuer gewesen«, sagte Charal-Jar. »Und wenn ich dich richtig verstanden habe, hat er dich in den Dschungel gelockt, um dich zu verraten. Hast du nicht allen Grund, ihn zu hassen?«

Ruovan hob den Kopf. Seine Augen wirkten fahl und fast leblos. Ich fand ihn immer noch recht hübsch – seine Lippen waren schön geschwungen, sein Gesicht, obwohl dreckig und unrasiert, hätte man in allen Städten Norduns gut aussehend genannt. Und doch empfand ich nur noch Mitleid. Nein, ich hasste ihn nicht. Er hatte mich in eine Falle gelockt, aufs Übelste mit meinen Gefühlen gespielt und mich Ser-Chaj ausgeliefert, aber ohne ihn hätte ich Charal-Jar nie kennengelernt.

»Er hat Ser-Chaj gestern angegriffen«, sagte ich. »Sie beide haben mich vor ihm gerettet. Und dann hat er mich hergetragen, während Kiniki ihm den Weg gezeigt hat. Sie hätten beide fliehen können, doch sie haben mir stattdessen das Leben gerettet. Lass sie losbinden und ihnen zu essen geben.«

Mit finsterer Miene musterte Charal-Jar Kiniki, ein tiefes Grollen stieg aus seiner Kehle. Sie hob den Kopf und fauchte.

»Sie ist eine Kleine Kriegerin. Sie ist der Feind.«

»Kindermörder!«, zischte Kiniki.

Die zwei würden sich wahrscheinlich nie die Hand reichen. Aber Kiniki war meine Freundin und Lebensretterin, und Charal-Jar war … nun, er war eben, was er war.

»Merr-Kjain!« Er gab einem seiner Bestiensoldaten ein Zeichen.

Das war also sein Unter-Alpha, den ich zum ersten Mal ohne den Hornschädel sah. Ein recht junger Mann, dessen Wangenknochen mit grünen Schuppen gesprenkelt waren. Er musste ein herausragender Kämpfer sein, wenn er in dem Alter bereits einen so hohen Rang erworben hatte.

Merr-Kjain befahl, Essen und Wasserbecher zu bringen, und die Gefangenen stürzten sich ausgehungert darauf. »Was soll mit ihnen geschehen, Herr?«, fragte er dann. »Wollt Ihr die Pantherfrau einfach laufen lassen?«

»Sie hat mir das Leben gerettet«, wiederholte ich. »Sogar zweimal.«

Charal-Jar schien das gar nicht zu gefallen, doch er stand auf und ging zu Kiniki hinüber. Dort verbeugte er sich zu meiner Überraschung vor ihr.

»Ich schulde dir meinen Dank.«

Sie lächelte spöttisch. »Ich hätte nie gedacht, dass ihr Bestien das Wort Danke überhaupt kennt. Noch hätte ich jemals gedacht, es aus eurem Mund zu hören, an jemanden wie mich. Die ganze Nacht musste ich zusehen, wie ihr das Glück meines Volkes verbrennt. Ich fürchte mich nicht vor dem Tod, Unaschkin. Und wenn ihr kommt, um ihn zu uns zu bringen und uns aller Hoffnung zu berauben, werde ich euch verfluchen.«

Er zögerte einen Moment und schien zu überlegen, was er darauf erwidern sollte.

»Wir haben verbrannt, was uns gehört«, sagte er dann. »Das, was uns heilig ist. Geh, du bist frei. Es ist genug des Blutvergießens. Wir ziehen ab.«

»Ja, tut das. Und kommt nie wieder.« Sie spuckte vor ihm auf den steinigen Boden, sprang über die Felsen und flitzte wie ein fliehendes Doppelhornreh davon.

Charal-Jar wandte sich zu mir um. »Den Feind muss man nicht mögen. Ihn nicht und nicht seine schrecklichen Taten. Aber dieser Kriegerin bin ich auf immer verpflichtet.«

»Wenn ihr mich auch fortschickt, bin ich tot«, sagte Ruovan und wischte sich den Bratensaft vom Kinn. Er schien sich ein wenig erholt zu haben. »Es wäre gnädiger, mich umzubringen, als mich hier im Dschungel zu lassen.«

»Was soll ich mit ihm machen?«, fragte Charal-Jar.

»Er hat mich gerettet.« So ungern ich es auch sagen mochte, es war nun mal die Wahrheit. »Meinetwegen hat er sich gegen Ser-Chaj gewandt.«

In der Nähe wollte ich ihn trotzdem nicht gerne haben.

»Ich kann Euch dienen, so wie ich Ser-Chaj gedient habe, Herr«, sagte Ruovan.

Charal-Jar verzog angewidert das Gesicht und schüttelte den Kopf.

»Ich habe einen exzellenten Draht zu Feldwebel Juwal im Außenposten und darüber hinaus zu Generalmajor Derak persönlich«, fuhr Ruovan fort. Er nutzte offenbar jede Gelegenheit, um sich einzuschmeicheln. »Ihr würdet es nicht bereuen.«

»Nein«, sagte Charal-Jar trotzdem. »Aber wenn mein Unter-Alpha dich will, werde ich keinen Einspruch erheben.«

Der junge Merr-Kjain, der unsere Unterredung verfolgt hatte, riss überrascht die Augen auf. »Ich, Herr?« Dann nahm er Ruovan in Augenschein, als würde er ihn überhaupt zum ersten Mal sehen. »Ihn?«

»Wenn ich ihn am Leben lasse, braucht er Schutz im Lager. Niemandem zu gehören, ist eine schwere Last. Dann wäre es besser, er lässt sich versetzen.«

»Das kann ich nicht«, sagte Ruovan mit gesenktem Kopf. »Ich habe mich für fünf Jahre verpflichtet, drei stehen mir noch bevor.«

»Trotz deiner guten Kontakte?«

»Meine guten Kontakte versetzen mich nicht in die Lage, eine Sonderbehandlung einzufordern.«

»Ich nehme ihn«, sagte der Unter-Alpha schließlich, er klang nicht wirklich von dieser Entscheidung überzeugt. »Er verrichtet gute Arbeit im Lager, das kann man nicht leugnen. Es wäre ein Jammer, ihn umzubringen.«

»Danke«, sagte Ruovan schwach, auch er schien eher verwirrt denn erleichtert.

Also würde mir mein fescher Soldat erhalten bleiben. Glücklich machte mich das nicht, doch zumindest hatte ich meine Schuld zurückgezahlt.

Es gab eine Quelle zwischen den Felsbrocken, die hier bis zu zehn Meter in die Höhe ragten, wo wir uns und unsere Sachen wuschen. Charal-Jar breitete den triefenden Fellmantel auf den heißen Steinen aus, ich legte meine Uniform daneben. Wir suchten uns ein schattiges Plätzchen etwas weiter entfernt, er verscheuchte die Schlangen und Skorpione, bevor wir uns niederließen, und dann verschliefen wir den Tag.

Schliefen, während heilte, was heilen musste. Ich träumte von Ser-Chaj. Und von dem zerstörten Dorf der Kleinen Krieger. Kiniki weinte in meinem Traum, und ich wollte die Hand nach ihr ausstrecken und sie bitten, meine Freundin zu sein, aber selbst im Traum wusste ich, wie unmöglich das war. Es gab keine Freundschaft zwischen unseren Völkern. Und die Unaschkin waren niemandes Freunde.

Einmal erwachte ich, als die Mittagssonne hoch am Himmel stand. Hitze flirrte zwischen den Steinen, und zwischen den graubraunen dickblättrigen Pflanzen, die in den Ritzen wuchsen, lagen die Eidechsen herum, eine davon so lang wie mein Unterarm. Ihre blaue Zunge schnellte immer wieder hervor.

Dann sah ich über mir auf dem Felsen ein Tier.

Die Sonne, die hinter ihm stand, schwärzte die Umrisse eines Ungeheuers mit einer Mähne aus Stacheln und Hörnern. Über den gedrungenen Katzenleib zog sich eine Reihe von Stacheln, die in einen stachelbewehrten Schweif übergingen.

Etwas Ähnliches hatte ich am gestrigen Tag erst gesehen – glänzend, klein und niedlich mit großen, runden Augen. Dieses Wesen hier war etwa viermal so groß. Seine Augen schienen zu glühen, und als es auf einen anderen Felsen sprang, hörte ich nicht einmal ein Scharren.

Eine Welle von Angst überflutete mich. Ich erkannte die Gefahr daran, wie sich meine Härchen aufrichteten, wie Kälte meine Knochen zu Eis erstarren ließ und ich den Atem anhielt. Ein Dschungellöwe. Kein Zweifel, das war der Tod in der Gestalt eines Raubtiers, halb Katze und halb Echse und ganz Zähne und Stacheln.

Eine Weile horchte ich, wartete auf den Schrei des Untiers, der einen ganzen Wald zum Verstummen bringen konnte, auf Rufe aus dem Lager der Unaschkin. Doch nichts geschah. Vielleicht war der Dschungellöwe nicht auf sie aus, sondern auf uns, zwei schläfrige Wesen, über die der Tod wie ein Traum kommen würde.

Charal-Jar war schön im Schlaf. Die klaffenden Wunden hatten sich geschlossen, nur noch dünne Narben verrieten, wo er getroffen worden war. Seine feinen Schuppen, hauchdünn mit Gold überstäubt, waren hier im Schatten matt, als läge ein Schatz in ihm verborgen, der nur darauf wartete, dass man ihn zum Glänzen brachte. Als ich meine Hand auf seinen Arm legte, schlug er sofort die Augen auf, und da war es, das Funkeln. Und ein verschlafenes, nur knapp unter der Oberfläche ruhendes Begehren.

»Ein Dschungellöwe ist hier«, flüsterte ich dicht an seinem Ohr.

Ich erwartete, dass der Hunger, der in seinem Blick wohnte, in Wachsamkeit und Alarmbereitschaft umschlagen würde, doch er lächelte nur träge.

»Er wird uns nichts tun.«

»Wie kannst du dir da sicher sein?«

Charal-Jar zog die Oberlippe hoch und entblößte einen spitzen Zahn. »Sie sind uns heilig, Shea-Win. Wir respektieren sie und sie respektieren uns.«

Ich hatte die Bestiensoldaten im Dschungel gegen das Ungeheuer kämpfen sehen. Also war das nur geschehen, weil sie uns beschützt hatten? Würden sie einander niemals angreifen? Dass die Unaschkin sich die kleinen Brüder des Dschungellöwen nannten, wusste ich, aber nicht, dass ihre Zuneigung gegenseitig war.

»Oh«, sagte ich. »So, wie die Kleinen Krieger den Hornpanther ehren? Und sie denken, die Hornaffen seien die närrischen Väter der Menschen, was natürlich völliger Unsinn ist.«

»Komm her, Shea-Win.« Er zog mich näher an sich heran, an seinen warmen Körper, der die Wärme des Sonnentags in sich aufgenommen hatte, und streichelte mich, bis ich wieder eingeschlafen war.

Einer der Unaschkin hatte uns zu essen gebracht und war wieder gegangen. Vielleicht war es auch Ruovan gewesen, eifrig, seine Nützlichkeit zu beweisen. Die Eidechsen versuchten, uns die süßen Früchte streitig zu machen, und ich fütterte eine von ihnen, bis sie mir fast auf die Hand kroch.

»Werde ich sterben, wenn sie mich beißt?«, fragte ich.

»Du wirst nicht sterben, wenn du bei mir bist.«

Charal-Jar aß keine Früchte. In seinen Augen wohnte ein anderer Hunger, aber er wartete, bis ich fertig war, bis die Eidechsen flink davongehuscht waren, bis die Sonne hinter den Felsen versunken war und sich der Himmel dunkelblau färbte und die ersten Sterne erschienen. Dann nahm er mich an die Hand und zeigte mir einen Weg zwischen den Felsen hindurch. Wenn man genau wusste, wohin man treten sollte in den tiefen Rissen, die das Gestein zerteilten, konnte man bis ganz nach oben klettern. Dorthin, wo der Dschungellöwe gestanden und uns beobachtet hatte. Es war noch hell genug, um diesen Weg zu finden, doch als wir schließlich oben waren, fiel die Nacht über uns her.

Der Anblick verschlug mir den Atem. Der Sternenhimmel über uns wölbte sich von einem Ende der Welt zum anderen;

so viele Sterne hatte ich in Nordun-Stadt nie gesehen und im Dschungel war der Himmel unsichtbar. Die beiden Monde strebten vom Rand der Bäume in die Höhe wie Vögel, die ihr Nest verließen, und wir konnten beobachten, wie sie über das Firmament wanderten und die Steine in rötliches und weißes Licht tauchten.

Wir standen in einem weiten, flachen Tal, übersät von Felsen in allen Formen und Größen, als hätte ein Riese die Steine in seinen Händen zerkrümelt und verstreut. Der Dschungel fasste das Tal ein wie der Rand einer weiten Schüssel. Dunkel und drohend umgab er den Talkessel, in dem die hellen Felsen leuchteten. Von hier aus konnte ich das Lager der Bestiensoldaten sehen, wo der Rest des Feuers immer noch glomm, und die dunklen Gestalten der Wachen, die umherwanderten. Ein großer Vogel flog wie ein schwarzer Schatten über uns hinweg und stieß einen melodischen Laut aus. Irgendwo schrie ein Hornpanther und das verängstigte Kreischen eines Affen, den er aus dem Schlaf gerissen hatte, antwortete ihm. Dann war es wieder still, die Monde blühten auf, ihr Licht wurde intensiver.

»Dies ist der Garten der Monde«, sagte Charal-Jar. »In diesem Tal kann man sie Nacht für Nacht tanzen sehen, alle drei.«

»Alle drei?«, fragte ich ungläubig. »Du kannst ihn sehen, den dritten Mond?«

»Nicht mehr. Als ich ein Kind war, war ich oft hier. Und ja, ich habe ihn gesehen. Er ist immer bei den anderen, wie ihr Schatten. Er jagt sie, er verfolgt sie, er spielt mit ihnen. Ich hätte ihm die ganze Zeit dabei zusehen können.«

»Wie sieht er aus?«

»Er ist blau.« Seine Lippen streiften meine. »Und golden.«

»Davon habe ich geträumt!«

»Vielleicht können ihn nur die Kinder und die Träumer sehen«, sagte Charal-Jar, seine Zunge leckte über meinen Mund, sanft, neckend, bis ich seinen Kuss erwiderte.

Er schlang die Arme um mich und ich spürte seine großen Hände durch das dünne Hemdchen, das ich trug. Seine Haut war immer noch warm von der Sonne, und selbst als ein kühler Wind aufkam, fror ich nicht. Im fernen Dschungel schrie der Panther, ich hörte die Unaschkin reden und lachen, einer stieß einen heulenden Schrei aus, der wie Gelächter klang.

Charal-Jar fand meine nackte Haut unter dem Stoff, und im Gegenzug fand ich etwas in mir, das sich wie Wünschen und wie Brennen zugleich anfühlte. Seine Küsse machten mich schwindlig, die Welt drehte sich um uns, die Monde tanzten ihren ewigen Tanz, und mir war, als könnte ich den dritten beinahe sehen, eine runde Scheibe, die tausend Sterne enthielt, funkelnd wie Charal-Jars Augen.

Er hatte den Mantel ausgebreitet, den längst trockenen Mantel, aus dem das Blut und der Schmutz herausgewaschen waren, und dorthin legten wir uns, auf das weiche Bett aus Pelz und Erinnerung.

Ich sah ihn im Mondlicht, ich erkundete ihn, ich fühlte ihn, ich konnte nicht aufhören, ihn zu berühren.

Ich flüsterte ihm seinen Namen ins Ohr. Und das, was ich wollte.

»Mehr. Mehr, Charal-Jar, mehr.«

Er bedeckte meinen Leib mit Küssen, er verweilte an den erhabensten Stellen und an den verborgensten, er fand sie alle.

»Mehr«, flüsterte ich und mir war, als könnte ich fliegen.

Ich ließ ihn ein, und er war um mich und in mir, er war überall.

Ich flog beinahe ein bisschen, und er sagte »Shea-Win« und legte mir sein Herz zu Füßen.

Einen Lidschlag lang sah ich den dritten Mond. Beinahe.

15.

Wir erreichten den Außenposten einen Mondtanz später. Die Unaschkin hatten vergessen, dass sie Soldaten waren, sie feierten und tanzten am Feuer und auf Charal-Jars Befehl schlugen sie einen weiten Bogen um die Dörfer der Kleinen Krieger.

Die anderen Scharen taten jedoch, wozu sie hergeschickt worden waren. Ich sah den Dschungel brennen, ich sah Rauch zwischen den Bäumen wabern, und manchmal wateten wir durch schlammige Asche, wenn der Regen fortspülte, was die Soldaten übrig gelassen hatten.

Es war ein schmutziges, blutiges Geschäft, und als wir zurückkehrten, waren die schönen Träume und die schrecklichen in meinem Kopf wie ein Muster aus schwarzen und hellen Fäden. Und das Lied, das die Unaschkin sangen, war schwermütig und dunkel. Manchmal kamen wir an ein Feuer, in dem die Geiraware brannten. Ich hatte den kleinen und den großen Dschungellöwen gesehen, ich wusste, was die Bestiensoldaten ihren Feinden raubten und im Flammenmeer bestatteten. Manchmal war die Form des Schädels noch erkennbar, geschwärzt und hohl, und die Augenhöhlen für immer leer.

Heilig, hatte Charal-Jar gesagt. Sie sind uns heilig.

Das Heilige und das Tote, Ehrfurcht und Rache – auch das war wie ein Muster aus Trauer und Zorn, und nirgends gab es Vergebung.

Obwohl ich wusste, dass es nicht aufhören würde, solange da draußen noch Kleine Krieger lebten, war ich erleichtert, als wir die Palisaden des Bestienlagers erreichten. Ich wollte eine Tür hinter mir zumachen, die Wirklichkeit aussperren, ich wollte allein sein mit dem Mann, von dem ich nicht genug bekam. Ich hätte doch endlich einmal zufrieden sein müssen, aber sobald ich ihn ansah, wollte ich seine Haut berühren und seinen Mund küssen und das Licht in seinen Augen sehen.

Und dann, am zweiten Abend nach unserer Ankunft, zerriss das Muster. Die hellen Fäden zerfaserten und ein Traum zerbrach.

Charal-Jar sah an mir vorbei aus dem Fenster. »Ruovan hat es mir gesagt.«

»Was denn?«, fragte ich, denn er klang auf einmal sehr ernst.

»Dass du mir gefolgt bist, weil du einen Handel abgeschlossen hast. Das Geheimnis, wie man das Dschungelfieber heilen kann, gegen deine Freiheit. Es tut mir sehr leid, Meriande, dass du dir die Mühe ganz umsonst gemacht hast.«

Warum nannte er mich nicht mehr Shea-Win? Warum war er so ernst und traurig? Er glaubte doch nicht etwa, dass dieser vorgeschobene Grund mich dazu gebracht hatte, die Gefahren des Dschungels auf mich zu nehmen?

»Wie meinst du das?« Ich legte die Hand auf seine bloße Schulter. Die blauen Schuppen fühlten sich trocken und kühl an.

»Es tut mir leid, dass du bei mir bleiben musst. Ich kann dich nicht freigeben, auch wenn ich wollte, denn dann würden sie dich dem Unter-Alpha zuteilen, der noch keine Frau hat. Ich wünschte, es wäre anders.«

»Aber ich habe das Geheimnis herausgefunden«, sagte ich.

»Was?« Er fuhr herum. »Du hast was?«

»Der Geirawar. Ich weiß, was es ist. Meine Freiheit ist mir bereits sicher, wenn ich wollte.«

Es war nicht schwer, eins und eins zusammenzuzählen. Das, was den Kleinen Kriegern so wichtig war, dass der Verlust sie untröstlich machte, war das Heilmittel, das sie vor dem tödlichen Fieber schützte. Die Schädel, die die Unaschkin ihnen raubten, um sie singend und tanzend zu verbrennen.

»Nein.« Seine Stimme war gefährlich leise, kaum zu verstehen. »Nein, weißt du nicht.«

»Die Hörner eines jungen Dschungel…«

Seine Hände schnellten vor, legten sich um meinen Hals. Ich spürte, wie seine Krallen sich in meine Haut bohrten. Sein Gesicht war plötzlich ganz nah vor meinem, seine Augen schienen zu brennen, die goldenen Punkte glühten schmerzhaft intensiv. Ich schnappte nach Luft, keuchte, während er mir die Kehle zudrückte. Sterne tanzten vor meinen Augen. Er fletschte die Zähne, seine Fänge wurden länger. Hilflos zappelte ich in seinem Griff, versuchte, ihn mit beiden Händen wegzustoßen, seine Klauen von meinem Hals zu entfernen, aber er riss mich hoch. Ich strampelte verzweifelt. Sein Gesicht vor mir schien auseinanderzubrechen, Dornen wuchsen aus seiner Stirn, seinem Nasenrücken, durchbohrten seine Brauen zu einer neuen Braue aus Stacheln.

Ich wollte seinen Namen rufen, um Hilfe schreien, aber ich brachte keinen Laut heraus.

Charal-Jar würde mich umbringen.

Er war kein freundlicher Mann, mit dem ich mein Leben verbringen könnte – wie sehr ich mich doch von seinen Küssen und seiner Leidenschaft hatte einlullen lassen. Er war eine Bestie, und er würde mich hier und jetzt töten. Ich war so überrascht, dass ich mich nicht einmal wehrte.

Doch auf einmal fand ich mich zusammengekrümmt auf dem Boden wieder. Ich keuchte, fasste nach meinem Hals, schnappte nach Luft. Der Schmerz, der mich beim Einatmen überfiel, war unglaublich.

Charal-Jar war vor mir zurückgewichen. Entsetzt starrte er auf seine Hände. »Ich muss es tun, aber ich kann es nicht«, stöhnte er. »Ich liebe dich zu sehr.« Und damit kniete er sich vor mich hin und berührte ganz sanft mein Haar. »Ich liebe dich viel zu sehr, Shea-Win.«

Ich versuchte, seiner Hand auszuweichen, der Schmerz tobte durch meinen Hals, meine Lungen, ließ meinen Schädel beinahe bersten. Schreien konnte ich nicht, nur wimmern.

Die Dornen zogen sich wieder in seine Haut zurück. Das Glühen seiner Augen erlosch. Er atmete tief durch, stand auf und ging aus der Hütte.

Ich muss hier weg.

Der Gedanke hämmerte wie ein Hornspecht in meinem Kopf.

Weg, weg, weg.

Irgendwie schaffte ich es, mich aufzurappeln. Ich stolperte durch die Hütte und packte zusammen, was ich besaß. Viel war es nicht. Die verdreckte Uniform zog ich an, wickelte ein Tuch um meinen schmerzenden, blutenden Hals, griff nach dem Bogen. Vor lauter Tränen konnte ich alles nur verschwommen sehen.

Charal-Jar hätte mich fast umgebracht. Und nur, weil ich das Geheimnis des Heilmittels kannte! Wie verrückt war das? Auf welcher Seite stand er eigentlich? Ich hatte die Fiebernden und Schreienden im Lager gesehen, wie sie schwitzten und würgten, zitterten und lallten. Es gab ein Heilmittel dagegen! Und die Unaschkin hätten es schon längst mit uns teilen können. Sie hätten unzählige Leben retten können – und wäre das nicht sogar ihre Pflicht gewesen als Teil unseres Heeres? Als Sklaven, die hergeschickt worden waren, um uns zu unterstützen?

Stattdessen hatten sie ihr Wissen eifersüchtig für sich behalten. Sie taten, als wären sie die Einzigen, die es verdienten, gegen die heimtückische Krankheit gefeit zu sein. Dass sie nicht gegen Dschungellöwen kämpften, wie Kiniki behauptet hatte, stimmte nicht – auf dem Marsch nach Sandoria war ich selbst Zeuge davon gewesen. Sie wollten dieses Geheimnis einfach bloß für sich.

Charal-Jar hatte mir so viele Geheimnisse anvertraut. Das Geheimnis, welchen Status das Bestienbataillon tatsächlich innehatte, konnte Nordun in die Knie zwingen. Dagegen war das Heilmittel gar nichts! Doch während die Wahrheit über die Sklaven Nordun vernichten würde, hätte das Heilmittel mein Land entscheidend weitergebracht. Die Unaschkin waren nicht unsere Verbündeten. Sie taten nicht einmal so. Selbst ihre angebliche Hilfe im Krieg diente nur ihrem eigenen Feldzug gegen die Kinder des Hornpanthers.

Wilder Zorn wogte in meinen Adern, während ich zur Tür stolperte. Dieser verdammte Charal-Jar! Wie oft hatte er mir gesagt, ich solle ihm vertrauen? Wie oft hatte ich dumme Entscheidungen getroffen, weil ich genau das tat – ihm vertrauen, einem hinterlistigen Sträfling, dessen wahre Absichten ich wohl nie durchschauen würde.

Ich hatte geglaubt, dass er mich liebte. Aber nicht einmal mir hatte er das Heilmittel gegeben, er hatte mich genauso in Unwissenheit gelassen wie alle anderen Menschen auch. War das etwa Liebe?

Und, noch schlimmer, ich hatte geglaubt, dass ich ihn ebenfalls lieben könnte. Dass ich meine Gefühle irgendwann verstehen würde – vielleicht verdienten sie den Namen Liebe, vielleicht auch nicht. Ich hatte gedacht, dass ich genug Zeit hatte, um das herauszufinden. Dass ich, wenn ich erst frei war, mit meinem Unaschkin-Liebhaber zusammen wohnen könnte und dass er mir helfen würde, eine Jägerin zu werden. Ein guter Handel – ich würde mit ihm schlafen und er würde mir beibringen, wie man Dschungellöwen jagte. Dann würde ich mich aus den Kämpfen gegen die Kleinen Krieger heraushalten und das Lager mit dem Heilmittel versorgen. Die Zukunft hatte golden ausgesehen, voller erfüllter Nächte, abenteuerlicher Tage im Dschungel und dem guten Gefühl, etwas Wichtiges zu bewirken. Alle würden meinen Namen kennen. Mein gestiegenes Ansehen in Sandoria würde den Generalmajor persönlich dazu bringen, mich an seinen Tisch einzuladen. Mich, Meriande Suliwan aus Nordun-Stadt. Nein, keine einfache Rekrutin, sondern eine gefeierte Jägerin.

Wie dumm ich gewesen war, Charal-Jar überhaupt irgendetwas zu glauben.

Mehrmals sah ich mich um, denn er konnte jederzeit zurückkommen. Wenn er es sich anders überlegte, wenn er die Kraft fand, sein Werk zu vollenden …

Ich musste mich beeilen.

Blind vor Tränen stolperte ich durch die Siedlung, dann zwang ich mich dazu, mein Gesicht zu trocknen, langsamer zu gehen und Haltung zu bewahren.

Ich bin mit dir fertig, Charal-Jar, du Bestie.

Jeden Moment erwartete ich, dass er mir nachstürzte. Oder dass er mich rief, mich anflehte, ihm zu verzeihen. Als könnte er jetzt noch etwas rückgängig machen, mich davon überzeugen, dass ich bei ihm bleiben sollte.

Ich liebe dich viel zu sehr, Shea-Win …

Ja, natürlich. Das sehe ich auch so, höhnte ich innerlich. Und konnte förmlich spüren, wie mein Herz zerbrach.

Obergefreite Scharit begleitete mich, nachdem ich ihr mein Anliegen klargemacht hatte.

Mit Müh und Not hatte ich ein gekrächztes »Zu Juwal« herausgebracht und sie fragte nicht weiter, sondern holte Waffen und einen weiteren Soldaten zur Verstärkung.

Ich konnte kaum atmen, konnte kaum gehen, konnte kaum denken. Selbst wenn sich ein Hornpanther auf uns gestürzt hätte, ich hätte ihn willkommen geheißen. Den Tod.

Obwohl ich so wütend war, dass ich innerlich zitterte, wusste ich nicht, wie ich ohne Charal-Jar leben sollte. Irgendwie musste ich es schaffen, ihn mir aus der Seele zu reißen.

Scharit führte mich, da ich schwankte, und musterte mich besorgt.

»Geht es dir gut, Soldat? Bist du verletzt?«

Das Tuch klebte an meinem Hals, getränkt von meinem Blut. Dieser verdammte Irre hätte um ein Haar meine Halsschlagader durchbohrt.

»Muss … Juwal … sprechen«, flüsterte ich.

»Ich bringe dich lieber ins Hospital. Hast du dich mit Charal-Jar gestritten? Das verstehe ich nicht. Er ist nicht gewalttätig.«

Wenn du wüsstest, dachte ich bitter.

Ich wollte zum Feldwebel, aber sie brachte mich ins Hospital, wo mir eine aufgeregte Ärztin das Tuch vom Hals wickelte und mir einen neuen Verband anlegte. Ich hörte die Kranken schreien und jammern. Es waren mehr geworden.

»Einunddreißig Tote«, sagte die Ärztin, während sie mich behandelte. »Es hört gar nicht mehr auf. Heute haben wir wieder zehn Angesteckte aufgenommen.«

Ich hatte die Lösung für ihr Problem, aber das würde ich nicht ihr, sondern dem Feldwebel verraten. Es war so einfach – nun gut, soweit es möglich war, die Jagd auf Dschungellöwen einfach zu nennen. Von allen Tieren des Dschungels mussten es ausgerechnet die gefährlichsten sein. Der Tod selbst. Und er brachte das Leben.

Scharit begleitete mich zu Juwals Büro.

»Wenn er dich misshandelt«, sagte sie leise, während wir auf der Wartebank Platz nahmen, »kannst du sicher jemand anders zugeteilt werden. Möchtest du, dass ich für dich spreche?« Und sie fügte nachdenklich hinzu: »Ich kann es wirklich nicht begreifen. Charal-Jar ist nicht so wie die anderen. Ich dachte immer, er sei der Beste von allen, in jeder Hinsicht. Der menschlichste.«

Ich befühlte den Verband und zuckte zurück. Das Schlucken tat mir weh. Ich wusste gar nicht, wie ich Juwal erklären sollte, was ich herausgefunden hatte.

Das Junge des Dschungellöwen. Man muss es töten. Wie genau man die Hörner und Stacheln verwendete, wusste ich nicht, aber das war bestimmt nicht schwer festzustellen. Vielleicht konnte man sie zerreiben und schon hatte man das Heilmittel gegen die schrecklichste Krankheit des Dschungels.

Das Junge. Ich dachte an das hübsche Tier, das ich gesehen hatte, an den intelligenten Blick des kleinen Löwen. Wie verspielt er gewesen war, wie tapsig er zwischen den Steinen herumgesprungen war.

Ich dachte an die Ehrfurcht, mit der die Unaschkin die Schädel verbrannt hatten, die sie den Kleinen Kriegern gestohlen hatten. Sie hatten nicht nur das Heilmittel ihrer Feinde vernichtet, sondern ihrem Bruder, dem Dschungellöwen, Ehre erwiesen.

Der Dschungellöwe bedeutete ihnen viel, auch wenn sie mit ihm kämpften und ihn töteten.

Doch was war das gegen das Leben unzähliger Menschen, die im Dschungel starben? Ein totes Löwenkind würde vielen Soldaten das Leben retten, und später würde das Mittel den Händlern ermöglichen, auf der Straße zu reisen. Wir brauchten dieses Geheimnis, damit wir die Straße nach Banesch überhaupt nutzen konnten. Die Unaschkin hatten kein Recht, es uns vorzuenthalten, ganz gleich, wie viel ihnen die Löwen auch bedeuten mochten.

Konnte ich das – ein Jungtier töten, das mich mit großen Augen anschaute? Doch die Qualen der Kranken gingen mir ebenso wenig aus dem Kopf. Was zählte denn mehr, das Leben von Tieren oder das von Menschen? Die Wahl, die die Unaschkin getroffen hatten, war einfach nicht richtig.

»Soldat Meriande?« Die Gehilfin des Feldwebels öffnete die Tür.

Juwal saß hinter ihrem großen Schreibtisch, die von der Feuchtigkeit gewellten Papiere vor sich. »Oh, gut, du bist da. Ich freue mich, dass du mich gleich aufsuchst.« Sie blickte mich erwartungsvoll an. »Was hast du mir zu berichten? War deine Mission von Erfolg gekrönt?«

Ich schloss die Tür hinter mir. Dieses Geheimnis war zu wichtig, um es allen mitzuteilen. Man würde die Jagd auf die Dschungellöwen mit Verstand angehen müssen, statt wild draufloszupreschen.

»Setz dich, Soldat. Das sind schwierige Zeiten, für uns alle. Dieses Durcheinander im Bestienlager ist uns durchaus zu Ohren gekommen. Ein neuer Alpha, nun auch noch ein neuer Erster Alpha … Es heißt, der frühere Anführer hätte Verwandtschaft zum Königshaus der Bestien, das hat ihm Respekt verschafft. Hoffentlich bringt uns sein Tod keinen Ärger ein.«

Unverhofft erfuhr ich mehr über Charal-Jars Herkunft, als ich im Moment überhaupt wissen wollte. War also der Kaj-Baor der oberste Alpha der Unaschkin? Ihr König?

Dann war Charal-Jar der Bastardsohn des Bestienkönigs. So hatte ich am Ende doch noch meinen Prinzen gefunden. Und ihn verloren. Denn der Prinz kam nicht in einer Kutsche, um mich zu retten. Der Prinz war ein unberechenbares, mörderisches Ungeheuer, das mich in einem Moment liebte und im nächsten hasste.

Ich musste mich selbst retten.

»Ich brauche dir wohl nicht zu sagen, wie viel von deinem Erfolg abhängt. Konntest du deinem Bestiensoldaten das Geheimnis seiner Gesundheit entlocken?«

Meinem Bestiensoldaten? Der Schmerz ging mir durch und durch.

Vertrau mir, Shea-Win.

Würdest du mich wollen?

Als du zu mir kamst, ich dachte, ich sterbe.

Ich muss es tun, aber ich liebe dich zu sehr.

Wer hatte den Unaschkin befohlen, für ihr Geheimnis zu töten? Der Kaj-Baor? Oder ihr Herr, der König von Banesch? Oder gehörte es zu den vielen seltsamen Regeln der Bestiensoldaten? Charal-Jar war gegangen, ohne mir irgendetwas zu erklären.

Es hatte nichts mehr zu sagen gegeben. Er glaubte, dass es mir nur um meine Freiheit gegangen war, dass ich ihn benutzt und ausgehorcht hatte, um meinen Handel abschließen zu können.

»Soldat?«, fragte Juwal ungeduldig. »Träumst du? Was hast du mir zu berichten?«

Ich suchte nach meiner Stimme. »Ich …«

Wenn ich das Geheimnis verriet, würde ich nicht mehr ins Bestienlager zurückkehren können. Dann war diese Geschichte endgültig vorbei. Ich würde mein Geld ausbezahlt bekommen und meine Entlassung erhalten. Nach Nordun-Stadt zurückzukehren, nein, das konnte ich mir nicht vorstellen. Aber wenn ich im Außenposten blieb und Jägerin wurde, wenn ich meinen Traum verwirklichte, würde ich Charal-Jar nicht hin und wieder begegnen? Würde ich nach ihm Ausschau halten und mich fragen, wie es ausgegangen wäre, wenn ich mich anders entschieden hätte?

»Soldat, du bist am Hals verletzt, wie ich sehe. Willst du deine Ergebnisse vielleicht aufschreiben?« Sie schob mir einen Bogen Papier und ein Tintenfässchen herüber. Die Feder war lang und schillernd blau.

Deine wunderbaren blauen Augen, Charal-Jar.

Warum wolltest du mich töten? Und warum konntest du es nicht?

Ich tauchte die Feder in die Tinte, streifte sie am Rand des Fässchens ab. Der erste Tropfen fiel auf das feuchte Papier, breitete sich aus, wuchs in alle Richtungen. Blau, glänzend blau.

Wie konnte ich, um Tiere zu retten, Menschen sterben lassen? War ich dann nicht wie dieser verdammte Unaschkin, der töten wollte, um junge Dschungellöwen zu retten? Der die Kleinen Krieger einem qualvollen Sterben auslieferte für eine Handvoll Schädel und Hörner?

Durfte ein heiliges Tier heiliger sein als das Leben eines Menschen? Was war heilig? Wer durfte das entscheiden, wenn nicht die Götter?

Ein zweiter Tropfen Tinte fiel.

»Was ist heilig?«, schrieb ich.

Juwal, die begierig die Hand nach dem Blatt ausstreckte, runzelte die Stirn, als sie meine Frage las. »Wie, was ist heilig? Warum fragst du, Soldat? Ein Schwur ist heilig. Die Pflicht des Soldaten ist heilig. Die Vereinbarungen eines Vertrags sind heilig. Ich werde mein Versprechen halten, wenn du deine Aufgabe erfüllt hast.«

Sie schob mir das Blatt wieder zu.

Die Feuchtigkeit löste die Buchstaben bereits in ihre Bestandteile auf, schuf ein wildes Muster wie aus Federn oder Schuppen.

Blau wie der dritte Mond.

Er hatte ihn gesehen, als er ein Kind war.

Vertraust du mir, Shea-Win?

Oh gütige Pana, wie konnte ich jemandem *nicht* vertrauen, der den dritten Mond gesehen hatte? Ihm und seinem reinen Herzen?

Ein Vertrag ist heilig und ein Schwur.

Wir beide unter dem Mond, Charal-Jar. Unter dem weißen, dem roten und dem unsichtbaren.

Ich wusste immer noch nicht, was richtig war.

Ich schrieb: »Der kranke Bestiensoldat war bereits wieder genesen. Ich glaube, es hat etwas mit ihren Mänteln zu tun, die die Insekten von ihnen fernhalten.«

Juwal bewegte nachdenklich den Kopf. »Das ist eine Spur, der wir nachgehen werden. Aber es ist zu wenig, Soldat, um dir die Belohnung auszuzahlen. Ich muss dich leider wieder in den Dienst zurückschicken.« Sie musterte mich prüfend und bemühte sich nicht, ihre Enttäuschung zu verbergen. »Soll ich dich dem neuen Unter-Alpha zuordnen? Soldat Monka, die am Dschungelfieber erkrankt war, ist leider gestern gestorben, sodass wir eine Frau zu wenig haben.«

Und ich schrieb: »Bitte teilt mich dem Alpha Charal-Jar zu, Feldwebel.«

»Fünf Jahre sind eine lange Zeit«, sagte sie. »Bist du sicher? Du bist noch nicht bei ihm eingetragen, heute ist die letzte Gelegenheit, um jemand anders zu wählen.«

Ich tippte mit der Feder auf seinen Namen, tränkte ihn in blaue Tinte.

Sehnte mich nach seinen Augen, dem goldenen Glitzern, nach seiner Stimme in meinem Ohr.

»Oh, bevor ich es vergesse. Es ist ein Brief für dich eingetroffen.«

Ich erkannte das Wachssiegel, bevor sie mir den feuchten, gewellten Umschlag reichte. Das Wappen der Suliwan.

Ein Brief meines Vaters.

Mit zitternden Händen öffnete ich ihn.

Meriande!

Ich schicke dir diesen Brief, um dir mitzuteilen, dass dein Verlobter, Karel Stevan, geheiratet hat. Er hat, da du in die Armee eingetreten bist, deiner Schwester den Hof machen wollen, doch da Wenizia kein Erbrecht auf ein Monopol besitzt, hat seine Familie ihn zu einer anderen Wahl gedrängt. Die Stevans haben sich nun mit der Familie Mettering verbündet, sodass sie über das Monopol für den Handel sowohl mit lebenden als auch toten Tieren verfügen. Ich hege die Befürchtung, dass sie versuchen wollen, uns das Wasser abzugraben, indem sie Tiere mit seltener und kostbarer Haut entweder lebend oder als Ganzes handeln werden, um ihnen erst später das Fell abzuziehen.

Wir dürfen nicht fünf Jahre warten, bis du eine vorteilhafte Heirat schließen kannst, deshalb bitte ich dich, die du weiterhin Erbin des

Suliwan-Monopols bist, eine möglichst baldige Eheschließung bereits während deiner Dienstzeit in Erwägung zu ziehen. Wir sollten den Pelzhandel rasch größer aufziehen, bevor unsere Konkurrenten sich auf Umwegen unserer Ware bemächtigen. Eine Heirat wäre auch für uns, deine Mutter und mich, eine große Erleichterung, da wir für Wenizia gerne einen Mann suchen möchten und die jüngere nicht vor der älteren Schwester heiraten kann. Seit einigen Mondtänzen benimmt sie sich immer hysterischer und launenhafter, und es wäre für uns alle das Beste, sie in guten Händen zu wissen.

Akilander Suliwan

Keine Vorwürfe, keine Klagen über mein plötzliches Verschwinden. Er fragte nicht, wie es mir ging. Für meinen Vater war das Wichtigste in seinem Leben der Handel, und er schien zu denken, dass es mir ebenso ging. Vermutlich hätte er sich sogar gefreut, wenn ich Ser-Chajs Frau geworden wäre. Dieser Brief kam einer Aufforderung gleich, mir unverzüglich einen passenden Mann zu suchen.

»Schlechte Nachrichten von zu Hause, Soldat?«, fragte Feldwebel Juwal.

Ich schüttelte den Kopf. »Alles gut«, formte ich mit den Lippen. »Danke.«

Scharit sprang auf, als ich aus dem Büro trat.

Ich krächzte: »Nach Hause.«

Ich würde nicht nach Nordun-Stadt zurückkehren. Dabei sehnte ich mich nach einem Bad, nach einem guten Frühstück und danach, auf einer Chaiselongue im Gartensalon zu liegen, einen Teller mit geschnittenem Obst und einem Kristallbecher Tee vor mir, in dem die Eiswürfel schwammen, während eine Sklavin ein einschläferndes Lied zupfte. Ich sehnte mich nach dem Gefühl eines leichten Seidenkleides auf meiner Haut, nach dem Fächeln der großen Federn, die der Sklave über mir schwenkte. Aber noch mehr sehnte ich mich nach Charal-Jar.

Der rote Mond war voll und stand hoch am Himmel, als ich den Vorhang beiseiteschob und die Hütte betrat.

Sofort war ich wie blind. Nichts leuchtete oder schimmerte. Charal-Jar musste die Ranken abgerissen haben, und als ich einen vorsichtigen Schritt in die Dunkelheit machte, knirschte etwas unter meinen Stiefeln. Ich vermutete, dass es die Überreste von einer der schönen Lampen waren. Hatte er getobt, den Schmuck von den Wänden gerissen, die Leuchten zerschmettert?

Ich lauschte in die Finsternis, aber ich hörte nichts, keinen Atem, kein Rascheln von Haut auf Fell. Und doch wusste ich, dass er da war. Seine Anwesenheit füllte den Raum aus.

Vorsichtig setzte ich einen Fuß vor den anderen, streckte die Hände aus, um nicht gegen den Tisch zu stoßen, trat auf weitere Scherben. Dann erreichte ich das Felllager und spürte die Wärme, die von seinem Körper ausging, während er reglos dalag. Seine Haut war rau und stachelig und überall waren messerscharfe Dornen, an denen ich mir die Finger aufschnitt. Er hielt völlig still, aber ich wusste, dass er nicht schlief. Meine Hände streichelten über seinen Rücken, über die Schuppen, die seine Haut bedeckten, bis sie sich zurückzogen, und über die Dornen, bis sie kleiner wurden und in seinen Wirbeln verschwanden. Dann erreichten sie sein Haar, aber da war kein Haar, nur Hörner und lange Stacheln, ein Dornendickicht, das ich wegstreichelte, und ich fand seine Wange, kühl und trocken im Schuppenkleid.

»Verzeih mir«, flüsterte er.

Ich wollte ihm sagen, dass ich ihm verzieh. Der Schreck saß mir tief in den Knochen, der Schmerz wohnte in meinem Hals und meiner Brust, aber ich verstand, wie tief seine Gefühle waren. Seine Liebe zu mir. Und die Angst um das, was seinem Volk heilig war. Und der Widerstreit, wenn diese beiden Gefühle unvereinbar waren – wenn ich, die er liebte, sein Heiliges bedrohte.

Immer noch konnte ich nicht sprechen. Vielleicht hätte ich genug Stimme für ein kleines Ja gehabt, doch meine Kehle war wie zugeschnürt. Ich küsste ihn auf die Wange.

Er drehte sich auf die Seite und tastete nach mir, fand den Verband, stieß hörbar die Luft aus.

»Oh, Shea-Win, es tut mir so leid.« Er löste die Binde, so vorsichtig, dass es nicht wehtat, und küsste mich auf die tiefen Kratzer, die er mir zugefügt hatte, und auf die blauen Flecken. Wie ein Tier, das seine Wunden leckt, rieb er mit seiner Zunge über die wunden Stellen.

Ich legte meine Hände auf sein Haar, das jetzt wieder weich war, Menschenhaar, und an seine Wangen, die weich und warm und feucht waren. Jetzt, da er wieder ganz Mensch war, weinte er.

»Ich habe dir wehgetan.«

»Ja«, sagte ich. Mein Hals schmerzte nicht mehr, meine Stimme war wieder da.

»Und trotzdem bist du zurückgekommen. Ist das ein Abschied?«

Seine Hände, mit denen er über meinen Rücken streichelte, bebten, als er mich zu sich auf die Felle zog, sich eng an mich schmiegte, mich einfach nur hielt.

»Ich habe mich auf deinen Namen eintragen lassen«, sagte ich.

»Du bist nicht frei?«

Frei? Das Wort löste ein kleines, befreites Lachen in mir aus. Wo war ich frei, wenn nicht hier?

»Hast du es ihnen gesagt?« Er hielt die Luft an.

Ich schmeckte salzige Tränen. Sein Herz schlug dicht an meinem, schnell, zu schnell, als wollte es der Qual des Verrats entkommen.

»Nein«, flüsterte ich. »Ich habe ihnen nichts gesagt.«

Und die Kranken werden sterben. Dafür, dass ich in deinen Armen liegen darf, werden sie sterben. Die meisten, die im Hos-

pital sind. Und unzählige andere, die sich noch anstecken werden. Dafür, dass ich bei dir sein darf, dass du mich nicht hasst.

Weil du den dritten Mond gesehen hast.

Es war ein Handel, den kein Mensch abschließen durfte, das war mir in diesem Moment erschreckend klar. Jeder Tote, der schreiend, brechend und mit Schaum vor dem Mund starb, würde mein Toter sein.

Und Charal-Jar atmete wieder. »Oh ihr Götter«, sagte er nur.

Würde ich die ganze Welt vernichten, nur für ihn? Ich war nicht würdig, den dritten Mond zu sehen, und doch wusste ich nicht, was ich sonst hätte tun sollen, wie ich wieder zurückgehen könnte, um Juwal die Wahrheit zu sagen. Ich war wie eine Gefangene meiner verrückten, mörderischen, hilflosen Liebe.

»Bedeuten euch die Dschungellöwen so viel?«, fragte ich leise. »Sind sie mehr wert als wir? Ich verstehe es nicht. Sie sind nur Tiere.«

»Ja«, flüsterte er, »nur Tiere.«

Er küsste mich unendlich zärtlich, wie Mondlicht auf Falterflügeln, seine Tränen benetzten meine Wangen. »Nur Bestien.«

Sein Kuss wurde tiefer, drängender, hungriger. Seine Fänge ritzten meine Lippen, die er gleich darauf mit seiner Zunge heilte.

»Wir sind die Dschungellöwen.«

Er hielt mich fest, beinahe so fest, dass es wehtat. Schuppen brachen aus seiner Haut und verschwanden wieder, er duftete nach Harz und Steinen in der Sonne.

»Wir sind die Dschungellöwen«, wiederholte er.

»Nein«, sagte ich. »Nein, das ist unmöglich.«

»Die Kleinen Krieger töten unsere Kinder, um sich gegen das Fieber zu schützen. Wir sind das Heilmittel, Shea-Win, gegen die Gifte des Dschungels. Solange du mit mir zusammen bist, wirst du nie krank werden, kann dir kein Tier und keine Giftpflanze schaden. Wir haben keine Tricks, keine besonderen Methoden, wir sind einfach nur die Unaschkin. Wir sind der

Dschungel. Als ich den dritten Mond gesehen habe, war ich ein Dschungellöwe. Wir verbringen einen großen Teil unserer Kindheit als Löwen, das gehört zu unserer Entwicklung. In dieser Zeit sehen wir den dritten Mond ganz deutlich, und wenn wir ins Menschsein zurückkehren, nehmen wir das Wissen mit, dass er da ist.«

Charal-Jar ließ mich los und setzte sich auf. Durch das Mondlicht, das durchs Fenster hereinfiel, konnte ich seine Umrisse sehen. Seine Augen glänzten, und die Schuppen auf seinen Wangen und seinen Schultern schimmerten, als wären sie mit Goldstaub überpudert.

»Du bist ein Dschungellöwe?«

»Ja«, sagte er. Er schien darauf zu warten, dass ich erschrak, dass ich schrie, dass ich die Flucht ergriff.

Aber ich schrie nicht. Ich erschrak nicht einmal.

Es war unfassbar, ein Wunder – aber was von dem, was ich im Dschungel gesehen und erlebt hatte, war es nicht?

»Also … jeder Unaschkin ist beides, ein Löwe und ein Mensch?«

Er nickte.

»Der Dschungellöwe, der verhindert hat, dass ich Hilfe holen konnte, wer war das?«

»Chir-Jawat.«

»Ah. Und der Dschungellöwe, der uns auf dem Weg nach Sandoria überfallen hat?«

»Manche von uns verlieren den Verstand«, sagte er leise. »Sie vergessen alles Menschliche und sind nur noch Bestien.«

Er war eine Bestie. Meine Bestie.

Seine Hand tastete vorsichtig nach meiner. »Hast du Angst vor dem, was ich bin?«

»Und ich«, sagte ich, »ich bin Meriande Suliwan. Aus der berühmten Kaufmannsfamilie, die einen Sitz im Magistrat innehat. Wir sind wichtig in Nordun-Stadt und ich besitze das

Erbrecht eines Monopols. Hast du keine Angst, Charal-Jar, vor dem, was ich bin?«

»Doch«, sagte er leise. »Die hatte ich. Und vielleicht habe ich immer noch ein wenig Angst. Aber du bist zurückgekommen, obwohl du dachtest, dass du dein Volk dem Wohlergehen eines gefährlichen Tieres opferst.«

»Und du hast mich gehen lassen, obwohl du dachtest, dass ich dein Volk den Jägern preisgebe? Dass ich eure Kinder ans Messer liefere?« Ich hatte geglaubt, dass ich ihn verstehen würde, aber nun begriff ich gar nichts mehr. »Warum hast du mir nicht gesagt, worum es wirklich geht? Du hättest mich zurückhalten müssen!«

»Ich konnte es dir nicht sagen. Das ist unser größtes Geheimnis, das wir niemandem verraten, und ich wusste nicht, ob ich dir vertrauen konnte. Verzeih mir, Shea-Win, ich war mir nicht sicher. Du bist eine Händlerin. Du magst dich wie eine Soldatin kleiden und du kannst schießen wie eine Jägerin, aber du gehörst zu den Kaufleuten. Du hättest nicht einmal ahnen dürfen, was du nun weißt. Wenn es herauskommt, wird man uns nicht nur wegen des Heilmittels jagen. Die Kleinen Krieger und die Menschen werden sich zusammentun und uns vernichten. Ich habe dir nicht genug vertraut, um es dir zu sagen. Aber ich hätte dir vertrauen sollen, Shea-Win.« Er küsste mich und lachte leise.

»Keine Geheimnisse mehr.«

»Keine Geheimnisse.« Er küsste mich wieder, tiefer, ernster, entschlossen.

»Dann will ich noch etwas wissen. Was bedeutet *Shea-Win?*«, fragte ich.

»Dschungellöwin«, sagte er. »Es bedeutet Dschungellöwin.«

Personen- und Begriffsverzeichnis

Nordun-Stadt

Kaufleute in Nordun-Stadt

Wilimen Börger, Erbe des Monopols Eisen
Jurigan Mertaler, Erbe des Monopols Blumen
Sastia Mettering, Erbin des Monopols für den Handel mit toten Tieren
Karel Stevan, Erbe des Monopols für den Handel mit lebenden Tieren
Familie Struna, Monopol Pflanzensamen
Akilander Suliwan, Besitzer des Monopols für Leder, Felle und Stoff tierischer Herkunft
Meriande Suliwan, seine älteste Tochter, Erbin des Monopols
Wenizia Suliwan, seine zweite Tochter

Weitere Personen in Nordun-Stadt

Galizian, Wissenschaftler und Sternforscher
Meister Meiran, Arzt

Soldaten

Menschliche Soldaten

Briane, neue Rekrutin aus Siragant
Leutnant Harik, Dschungelbrigade Sandoria
Feldwebel Juwal, Dschungelbrigade Sandoria

Monka, neue Rekrutin
Leutnant Ruovan, Dschungelbrigade Sandoria
Obergefreite Scharit, Dschungelbrigade Sandoria
Siliva, neue Rekrutin aus den Elendsvierteln von Nordun-Stadt
Soldat Stefenno, Dschungelbrigade Sandoria
Vizefeldwebel Utaina, Reserve Nordun-Stadt

Bestiensoldaten

Charal-Jar, einfacher Soldat
Chir-Jawat, Unter-Alpha
Hiar-Waral, Erster Alpha
Merr-Kjain, Unter-Alpha
Ser-Chaj, Alpha

Kleine Krieger

Kiniki, eine Kriegerin

Weitere Namen und Begriffe

Ortsnamen

Banesch, ein Königreich im Osten und zukünftiger Handelspartner von Nordun
Binatet, ein Gebirgsland, das von Nordun erobert wurde
Dun, der Fluss, an dem die Hauptstadt Nordun-Stadt liegt
Nordun, ein kriegerisches Reich, das unentwegt neue Gebiete erobert
Sandoria, der letzte Außenposten im Dschungel
Siragant, eine nordunische Stadt am Rand des Dschungels

Götter

Pana, die Göttin des dritten Mondes

Pflanzen und Tiere

Banesch-Nuss, eine Nuss aus dem östlichen Dschungel
Bena-Baum, ein mächtiger Urwaldbaum
Dschungellöwe, der Schrecken des Dschungels
Dschungelschmetterlinge, giftige Falter
Hornaffe, eine gehörnte Affenart
Hornpanther, ein gehörnter Panther mit rotem Fell
Mondfalter, Nachtfalter in der Farbe des jeweiligen Mondes
Nachtbeeren, giftige Beeren aus dem Dschungel
Wirrnwurzeln, werden in Nordun mit Honig gegessen
Zoba-Wurzeln, werden pikant gewürzt

Wörter aus der Sprache der Unaschkin

Kaj-Baor, der Ur-Alpha der Unaschkin, ihr König
Kranzta!, »daneben«, ein Schlachtruf, um den Feind zu verhöhnen
Shea-Win, ein Kosename
Weha-Chaveran, ein Ritual nach dem Kampf

Fortsetzung folgt …

DRACHENMOND VERLAG